U0561504

"画境"与"词心"

宋代词画艺术之美

王万发 著

广西师范大学出版社
·桂林·

图书在版编目（CIP）数据

"画境"与"词心"：宋代词画艺术之美 / 王万发著. -- 桂林：广西师范大学出版社，2023.4
ISBN 978-7-5598-6000-2

Ⅰ. ①画… Ⅱ. ①王… Ⅲ. ①宋词—诗词研究②中国画—绘画研究—中国—宋代 Ⅳ. ①I207.23②J212.092.44

中国国家版本馆CIP数据核字（2023）第076368号

广西师范大学出版社出版发行

（广西桂林市五里店路9号　邮政编码：541004）
网址：http://www.bbtpress.com

出版人：黄轩庄
全国新华书店经销
广西民族印刷包装集团有限公司印刷
（南宁市高新区高新三路1号　邮政编码：530007）
开本：880 mm × 1 240 mm　1/32
印张：10.125　　　　字数：260千
2023年4月第1版　2023年4月第1次印刷
定价：78.00元

如发现印装质量问题，影响阅读，请与出版社发行部门联系调换。

序

王万发是我早年所带艺术美学方向的硕士研究生,之后,继续在我供职的陕西师范大学美术学院师从著名学者胡玉康教授,攻读艺术文化史专业博士学位。其以优异的成绩毕业之后,被贵州师范大学聘用,并先后取得副教授、教授职称。今天,他的新著《"画境"与"词心":宋代词画艺术之美》即将付梓,承其嘱托,为该书写几句话。

从研究对象的学科归属看,该著是艺术学理论学科关于"中国艺术史学"的一项跨学科学术成果。据我所知,当今学界构建的中国艺术史学,是一种"复数与整合"的学问。所谓"复数",一是把"复数"的艺术门类作为研究对象;二是把"复数"的艺术形态作为研究对象。所谓"整合",就是"打破"艺术门类、艺术形态之间的界限,重新整合材料。而万发的这项研究,一定程度上能够强化当代形态的中国艺术史学之"复数与整合"观念,对中国艺术史学理论的进一步探索,具有不容忽视的学术补益作用。

随着学界对中国艺术史学的不断探索与推进,文学与图像的关系问题,已成为该学科的一个重要议题和学术热点。从历时、动态的角度看,人类艺术的发展,大致可分为三期,即以图像为主的时期、以文字为主的时期、文字与图像并立的时期。20世纪后期以来,由于电子、网络、信息技术、人工智能等当代科技的迅猛发展，图像艺术以一种前所未有的新的形态再度兴盛，成为与语言艺术双峰并峙的主流的审美样式。随着图像迈入艺术的中心舞台，文字与图像之间的关系越来越成为人们关注的热点。而万发的这项成果，恰恰关乎这一学术热点问题。这一研究，无疑有助于我们进一步深入理解文字与图像之间的关系，在一定意义上解决相关的理论与实践问题，并有利于我们在艺术实践中正确处理文图关系，促进语言艺术与视觉艺术的发展。因此，这种研究不仅必要，而且必需。

其实，对文字与图像的关系问题研究，是一项有难度的工作。就研究者而言，既要同时熟悉语言艺术、图像艺术的实践与理论，又要从美学和文艺理论等形而上的高度宏观把握、准确理解二者的关系。当今学界对文字与图像的关系研究，已有一些重要成果，如赵宪章主编的《中国文学图像关系史》、赵炎秋所著的《艺术视野下的文字与图像关系研究》等。这些成果，初步构建出了一种本土化的"文图关系"理论。万发的这项成果，正是在这种学术背景下展开的。该著作吸收了"文图关系"和"语图关系"的相关理论，从"词画本为友/卷上何相分""遐思云天外/万物有情怀""语图各相联/意蕴词画间""墨抒豪放意/言藏婉约情""情志词画寄/境中引深思""灵韵藏妙品/词画联珠璧"等诸多维度，透视词画关系、阐发宋代词与画的主体情怀、挖掘题画词与词意画的艺术意蕴、体味宋代词与画的美感风格、分析宋代词与画的寄托情结、揭橥宋代词与画的意境灵韵，颇见新意。需要说明的是，万发对"宋代词画艺术之美"的研究，是站在词画对等的研究立场展开的一项学术研究。这充分展现了作者较高的文学与艺术素养，及其对待这一问题的学术勇气与自信。

深入词与画的内部结构，可以认为，词与画的关系问题，不仅体现在"诗画一律""诗中有画，画中有诗"等艺术观念层面，而且体现在词与画的独特性方面，尤其是二者基于"独特性"的词画异同等方面。尽管词有"诗余"之名,有"以诗为词"之传统艺术观念,但词与诗无疑是有本质区别的,是两种不同类型的文学体裁;尽管中国绘画是一门图像艺术,但与词关联的绘画是一种具有强烈个性特质的图像艺术。因此,这方面的研究,具有一定的难度与挑战性。然而,让人欣慰的是,万发是著,对词与画的异同关系,尤其是二者的融通关系有较为深入的探究,如词与画的相联相分、"以词题画"的题画词、"以词入画"的词意画,以及词与画在艺术意蕴、意象意境、表现技法等方面的相互影响问题。因此,这本著作可谓有关"词画关系"问题的一项较高水平的学术成果,内容充实、观点新颖、论证严密、语言富于美感,可读性强,既可以作为专业学术研究的重要参考论著,也可以作为对相关艺术形式感兴趣读者的品读佳作。希望作者以此著为新的起点,继续深耕艺术美学与艺术文化史等领域的相关问题。

是为序。

陕西师范大学教授、博士生导师 陈刚
癸卯仲春于西安南郊

目录

引言 ··· 1

第一章　词画本为友　卷上何相分 ··· 5

　第一节　词含画境尝不语，艺术本质两相观 ··· 8

　第二节　《诗馀画谱》词画融，心物文图各相通 ··· 14

第二章　遐思云天外　万物有情怀 ··· 19

　第一节　墨彩有情藏宋画 ··· 21

　　一、造化有灵山水境 ··· 21

　　二、凡尘俗世百态新 ··· 28

　　三、折枝雀翎尽成趣 ··· 36

　第二节　俗世万千入宋词 ··· 40

　第三节　境外心音明意趣 ··· 53

　　一、境如琵琶半遮面，云烟缥缈意朦胧 ··· 54

　　二、野鹤闲云林中客，浮沉入世倦归林 ··· 58

　　三、人随境迁画意转，叶叶心心总关情 ··· 63

　第四节　士人情思付此中 ··· 68

　　一、此情源流远 ··· 68

　　二、暗藏宋画里 ··· 70

三、明情宋词中 ···74

第三章 语图各相联 意蕴词画间 ···79

第一节 形构词意画 ···81
    一、画图留观 ···81
    二、画意词心 ···91

第二节 珠联题画词 ···99
    一、语言之美 ···99
    二、异句换景 ···100
    三、情意难分 ···104
    四、感官互动 ···106
    五、感官互通 ···109

第三节 纸上意象生 ···112
    一、图上经营 ···113
    二、只赋墨踪 ···120
    三、点染成韵 ···123
    四、色彩相映 ···126

第四章 墨抒豪放意 言藏婉约情 ···135

第一节 年岁更易词画变 ···136
    一、笔下意气改 ···136
    二、词间风骨新 ···144

第二节 豪放婉约入词间 ···153

第三节 宋画风貌各有态 ···158
    一、山高水远云霞渺 ···159

二、眉间颦展见喜悲 ···167
　　三、花蝶鸟雀各相生 ···169

第五章　情志词画寄　境中引深思 ···175

　第一节　山水境 ···177
　　一、沉静淡泊的向往 ···178
　　二、自然闲适的渴慕 ···185
　　三、隐逸闲雅的意趣 ···191

　第二节　花鸟意 ···200
　　一、细致精丽之美感 ···202
　　二、婉转跃动之韵律 ···205
　　三、意象人化之绝妙 ···208

　第三节　世人语 ···215
　　一、高尚品性的描绘 ···216
　　二、低回幽思的抒写 ···220
　　三、理想人格的寄予 ···225

第六章　灵韵藏妙品　词画联珠璧 ···231

　第一节　画里人 ···232
　　一、闲人世外逍遥客 ···232
　　二、沉疴不治此命薄 ···236
　　三、填词作画记小景 ···237
　　四、人似芳妍花若卿 ···245

　第二节　境中物 ···247
　　一、苍山千仞踏川流 ···247

二、琼枝万蕊度春秋 … 250
　　三、闲景小物何人赏 … 253
　　四、衔枝翠羽去未休 … 256

第三节　卷上思 … 258
　　一、留来欢愉纸上书 … 258
　　二、浮生长恨与风诉 … 261
　　三、愁情片片未可断 … 264
　　四、故人远去留长思 … 267

第四节　行间语 … 273
　　一、词画何得冷暖分 … 273
　　二、撷来珠玑妙成文 … 278
　　三、卷里修辞生巧句 … 281
　　四、画语浅浅入境深 … 283

第五节　词画异 … 287
　　一、浮想联翩据此生 … 288
　　二、寥语不拘画中意 … 290
　　三、画图有貌收眼底 … 293
　　四、一瞬风华世长留 … 298

结语 … 303

参考文献 … 306

后记 … 313

引言

"诗是无形画,画是有形诗","画难画之景,以诗凑成;吟难吟之诗,以画补足",文学(语言)与绘画(图像)是中国传统艺术精神的显著体现,两种不同的艺术门类超越艺术界限相融共通的历程可谓悠远绵长。在历史的发展中,它们从相互独立到相互借鉴、彼此融通,构成了中国古代文艺史上的奇妙景观。唐代张彦远认为"书画同体而未分",提出了"书画异名而同体"的观点;苏轼在《书摩诘蓝田烟雨图》中说"味摩诘之诗,诗中有画;观摩诘之画,画中有诗";由此可见,早在唐代,文学(语言)与绘画(图像)就已经有了十分紧密的联系。文字与图像的相互融合使得审美的艺术时空得到了完美的呈现,文学和图像的主题被不断地演绎和再生,从而展现出"语—图"间复杂的时空张力。

词与画,一个是语言艺术,一个是视觉艺术。词以语言文字记述论说、表情达意,婉约与豪放兼具;画用线条图案模山范水、绘景状物,含蓄与直观并存。画绘心意人情,既绘山川小景,又描人物花鸟,山间野趣的万物勃发,长街闹市的悲欢离合,以画写意,叩生命价值;词亦抒发胸臆,既写风花雪月,亦歌壮志豪情,血染山河的丹心报国,纵情山水的惬意人间,以词抒情,感人生百态。论及词与画,断不可忽视的是中国文艺发展史中的一个高峰时期——宋代。词从地位不高、为人所鄙，到风雅异常、广有受众，其间经历了漫长的过程；画的时代变迁、风格更易也不容忽视。宋代的词与画，皆异彩纷呈。在重文、科举制度发展更为完善的时代背景下，众文人的创作实践大大推动了词的发展，比如柳永，比如以苏轼为主的文人集团。宋代理学的兴起，很大程度上影响了当时的士大夫思想，玄学之道的兴起与佛学的流入，使儒学的地位倾斜，为其后的文学与艺术的发展夯实了文化基础，士大夫精神的熔铸，使得宋代的词与画拥有更深厚的文化底蕴。

词中有婉约者、豪放者、花间者，一词一句诉人情百貌；画中有山水者、人物者、花鸟者，一笔一墨绘万物自然。艺术家笔下的千里江山、小景山水、繁荣汴京、田园渔猎、道释人物、货郎婴戏、历史故事、文人仕女……这些形象千姿百态、形神皆备。词与画中描绘的主要题材如山水、人物以及花鸟，在这一时期都取得了长足发展。无论是绵延千里的江山风貌还是寸步可观的山水小景，都散发着独特的光芒；无论是那细致入微的白描人物还是那潇洒恣意的泼墨减笔，都展现出彼时的人物风貌；无论是那跃然成趣的蜂蝶鸟雀还是那四季盎然的琼枝万蕊，皆透视了万物的生命情调。

词与画在拥有自身表达优势的情况下，又各自存有表达的局限性。词中景象、画里缘由，全凭观者想象。读词有感，胡不描之绘之？观画有思，何不题之述之？

古人尝游山景之中、憩砖木之间，观世人来去、赏春秋开落，心中兴致，寄于笔墨。庐山百态，远近不同，苏轼诗题西林壁；曲径通幽，万籁都寂，常建题寺后禅院（《题破山寺后禅院》）；秦女窥人，攀花出墙，于鹄作之《题美人》；梅雪相争，逊白输香，卢钺提笔论雪梅。题物之诗由来久，世间百象染文风。平常之物不足语，且将诗笔入画中。这些文学家不满足于仅仅题写现实之物，便将绘画也纳入诗文的题写范围之中。池头墨痕，清气流芳，王冕之梅不须夸；笔底明珠，闲抛闲掷，徐渭落魄含无奈；碧水丹山，夕阳永在，沈周题画惊溪鸟；鸟雀何多，啄食千石，伦文叙感时题《归巢》(百鸟归巢图)。题画诗在各个朝代都不罕见，可见这种形式为古人所推崇。题文既有诗，何能无词？

画者，见其形而难以度其意；词者，述其景而不可窥其貌。画词与归，形意兼备。题画词与词意画是词与画中特殊的类型，二者因为文图相合，在一定程度上能够补足词与画在艺术传达方面的局限。画作若非人为更改、时光摧残而可永固，因此它具有瞬间性的特点，展现的往往是典型的一幕。如此，若无文字叙述，仅凭一幅画，我们看不见故事的前因后果，看不见事情的始末，也不知那画里人微蹙眉中隐藏的是相思还是春愁。而语言具有广阔性，寥寥数句可容寰宇、流光，不管是倒叙、插叙还是写景写情，都不惧篇幅长短。文字具有间接性，词中尽管能容无限时空，但意象的视觉形成终归要靠观者想象。图画便将这想象呈现出来，将画家的构想传递与他人，让人以此为参照品味画中意蕴，也在画中体会词句内涵。宋人写题画词，常常爱以画作真，将画中物当作真实的事物来写，见画上花卉如闻其芳。而感官的挪移、结合，也能使观者在鉴赏艺术作品时得到更好的审美体验。

总而言之，宋代词与画是中国文艺皇冠上光辉夺目的一颗巨钻，是一块芬芳绚丽的园圃；宋画，天真质朴，雅致清新，历千年而犹自美丽；宋词，婉转低回，心绪悠远，经万世而情意绵长。本著将与您一起进入那余韵悠长的宋代词画之境，读词品画，体味宋代词画艺术之美。

第一章 词画本为友 卷上何相分

如果说词是可以诵读的画，画则可以称作无言的词。情思与画致这对孪生姐妹，在艺术本质、发展历程、艺术意蕴、审美追求、艺术手法等层面都称意文坛。在最根本的意义上，中国的艺术是"抒情"①的艺术。以文学（诗歌）为主流的古代中国艺术一直在推动这一审美倾向的向前发展，同样，以"抒情"为核心和主线又孕育和培植着艺术的百花齐放。众所周知，诗歌最早的功能为"诗言志"，如果放在今天我们所理解的"志"的概念上看，它有一个从"言情"到"言志"的过程，"志"是在说"情"之后以或隐或显的形式存在的。早在《毛诗序》里就已经有人论及这个过程："诗者，志之所之也。在心为志，发言为诗。情动于中而形于言，言之不足故嗟叹之，嗟叹之不足故永歌之，永歌之不足，不知手之舞之，足之蹈之也。"②也就是说，"情动"是关键的第一步。但是情还必须伴随一定的物质载体，即"情以物迁，辞以情发。一叶且或迎意，虫声有足引心，况清风与明月同夜，白日与春林共朝哉！"③由此，才能"气之动物，物之感人，故摇荡性情，形诸舞咏"④。这里的"气、情、物"互融而构成一个较完整的"抒情"世界。创作者意在抒情，

---

① 参看王万发，冯云轩．宋代山水画与词的关系及其寄托情结[J]．重庆社会科学，2012（11）．
② 李学勤，主编．十三经注疏·毛诗正义（上）[M]．北京：北京大学出版社，1999：6．
③ （南朝梁）刘勰．文心雕龙选译[M]．周振甫，译注．北京：中华书局，1980：180．
④ （南朝梁）钟嵘．诗品注释[M]．向长清，注．济南：齐鲁书社，1986：2．

但情感抒发需要一定的物质载体，存情于"万事万物"。

中国艺术的抒情是将自然"人化"的"抒情"。生命意识或者生命情调以"人"为支点，触及宇宙的各个角落，在诸多朴素的辩证观当中，试图追求天地人神之间的合一，这个合一的基础便是"气韵或神脉"的冥合。因此，"气韵"在一定程度上的贯通，不仅给"自然景物"赋予了强劲的生命力，也为艺术的"抒情"提出了最高的要求——淋漓尽致而又不事雕琢，浑然天成。同时，构成艺术品的现实媒介如声音、线条、色彩、语言等符号，也就具有了相应的生命意义。诗、画是这样，词也是这样。

在众多的抒情媒介里，自然景物中的山水是最贴近人类生存环境、最能直接传达情意的物质载体，"山水"很早就自然而然地产生了这样的功能，并具有物质和精神家园的双重意义，直接影响"文化人"的生活状态。"从某种意义上可以这样说，以山为代表的'隐逸'、'超然'的审美化的精神是中国文人最为突出的特征，它简直成为了一种文人心态的调节器，保持他们心态始终如一的平静洒脱和一种纯粹的审美，并且令他们能够在所谓的'清高'之中保持着自己作为一个文人的一种身份认可。"[①] 因此，山水在儒道文化领域里被视作"仁智""道德"的化身，在佛禅文化领域中成为修身养性的场所，这些都是历代文人向往的精神与生活世界，特别是经历了魏晋历史文化的大洗礼，它们显得尤为多彩和可贵。山水诗、山水画是在这片家园里萌生的第一批精神食粮，在以后的渐次孕育与播种中，产生了真正意义上的一大批新的艺术果实。中国的艺术不管以哪一类形式存在，都始终全未脱离也不能脱离"抒情"的血脉成分。

[①] 陈传席，顾平，杭春晓. 中国画山文化[M]. 天津：天津人民美术出版社，2005：20.

第一节

词含画境尝不语，艺术本质两相观

词与画在中国文化中的个体特性，决定了它们在艺术当中的地位和作用。在关乎"美"的表达和表现中，它们都强调传达意境美。审美创造者和审美接受者的主体一般都是文人（士人），而他们的情感，构成了中国艺术的整个审美主题，词与画都不例外。其中，最具代表性的文艺作品要算文人画。

"中国古代文人画（士人画）在北宋兴起，以纯粹的语言表达'画者，文之极也'的理想，并对后世中国画产生近千年的影响，在中国绘画史上具有里程碑的意义。这一事实，在宏观上有深刻的文化史渊源，即与北宋文化的本质有直接的关联。更具体地说，与北宋纯粹汉文化的发展、科举文官制度的成熟、诗词书画艺术创作与理论的极度兴盛，都有密切的关联。"[1] 这是对"文人画"由来的简单概述，其间包含的"画为文之极"的理想，充分揭示了画在艺术史上的重要地位。在这一思想的引领下，以苏轼为主的宋代文人们促成了"文人画"的形成并开创了"诗画一律"论的先河，时至今日，不管是在理论上的研究还是实践上的发展，从未止息。苏轼用"诗画本一律，天工与清新"来评鄢陵王主簿所画的折枝，这是"诗画一律"论的来源。他还用"诗不能尽，溢而为书，变而为画，皆

---

[1] 李希凡，总主编. 中华艺术通史·五代两宋辽西夏金卷·下编[M]. 北京：北京师范大学出版社，2006：8.

诗之余"阐述诗词书画之间的关系,这也可以说是对"抒情需要"的阐释。无独有偶,词在当时就被看作"诗人之余事"。明代张𬘡作词谱取名《诗馀图谱》后,"诗余(馀)"正式成为词的别名。周邦彦还做出过"词何以名诗余?诗亡然后词作,故曰余也"的判断。虽然这些理论多少都有些抬高诗而降低词、书、画地位的意味,但很明显都承认它们之间有着不可割断的渊源。诗画、诗词、书画之间的关系就不必多说了,那么同被看作"诗之余"的"词"和"画"之间到底又有怎么样的联系呢?在这里我们不敢简单地说,它们之间谁对谁有怎么样的影响,因为一类艺术对另一类艺术有影响与否,本身是一个非常复杂的问题,但我们可以通过对照观看词与画内在的许多实质性的关联,在比较中获得更加清晰的认识。

中国的绘画题材大致分为三类:山水、人物、花鸟。这三类中人物最早出现,山水、花鸟次之。人物画主在肖像;花鸟画主在草、石、花、枝和禽虫类的表现;而山水画取于自然界各类能被表现的素材,但以山水为主要内容。依据这个划分,结合具体绘画作品的特点,我们可以看到,人物、花鸟皆可以在山水画中出现,并且在山水画不断发展的过程中,人物(人类活动)和花鸟作为点景在不断地丰富山水画的意义,同时也在丰富着它们自身的内涵。

晋代,山水画渐次走向独立。词在隋代开始萌芽,后脱胎于唐代新乐府诗和燕乐歌词。王灼《碧鸡漫志》说:"盖隋以来,今之所谓曲子者渐兴,至唐稍盛。"[①]张炎《词源》讲:"自隋唐以来,声诗间为长短句。"[②]独立以后的山水画,经隋唐的发展,也有了如展子虔的《游春图》以及《历代名画记》里记载的吴道子、李思训画蜀道嘉陵江水的作品与故事,更有了二李的青绿山水。绘画和词的发

---

① (宋)王灼.碧鸡漫志校正[M].岳珍,校正.成都:巴蜀书社,2000:3.
② (宋)张炎.词源[M].//张璋等,编纂.历代词话.郑州:大象出版社,2002:188.

展虽经历纷争不休的五代,但同时也为它们在大江南北的扩散找到了新的土壤,而后在宋代达到了各自的巅峰,呈"双峰并峙"之势。

"词者,诗之余,作为五代两宋艺术的代表,实际上晚唐绘画与晚唐词之间,已有不少相互关联的踪迹,至于西蜀、南唐时期乃至宋代,词曲与绘画之间,如花间词和西蜀画、南唐词与南唐画、宋词与宋画之间,尤有更为广泛而深入的关联。"① 在这样的历史大背景中,晚唐逃入西蜀避祸的画家为西蜀画坛的兴盛奠定了基础,以黄筌父子为代表的被誉为"黄家富贵"的精妙花鸟画风格久负盛名。与此同时,赵崇祚选录十八家(作者大多是集中在西蜀的文人)词作编成的《花间集》问世,词风大体一致,多尚富贵艳丽和柔媚。南唐和西蜀一样,在中后期建立了画院,而且君主臣僚中不乏杰出的文艺人才。其中,南唐后主李煜对词、书、画的造诣都非常深厚,顾闳中、董源皆是南唐的著名画家。宋代,多方面的因素促成了政治上的"文弱"格局,为艺术的发展空间提供了得天独厚的土壤。词由起初的艳俗逐步向正雅发展,至北宋中后期,柳永开创慢曲,苏轼另立豪放,使词不管从形式还是内容,都得到了巨大的改变,最终形成了"婉约"和"豪放"两种风格并存的局面并一直延续下来。南宋以后,这种局面更为突出,一个作家既作豪放词也有婉约词,一篇作品既有婉约因素也有豪放因素。如苏轼有"缺月挂疏桐,漏断人初静"②的静谧之词,也有"惊涛拍岸,卷起千堆雪"③的豪放之词。再如柳永《夜半乐》同时有"冻云黯淡天气,扁舟一叶,乘

---

① 李希凡,总主编. 中华艺术通史·五代两宋辽西夏金卷·下编[M]. 北京:北京师范大学出版社,2006:6.
② 唐圭璋,编纂. 全宋词[M]. 王仲闻,参订;孔凡礼,补辑. 北京:中华书局,1999:381.
③ 唐圭璋,编纂. 全宋词[M]. 王仲闻,参订;孔凡礼,补辑. 北京:中华书局,1999:363.

兴离江渚。渡万壑千岩，越溪深处。怒涛渐息，樵风乍起，更闻商旅相呼"和"败荷零落，衰杨掩映，岸边两两三三，浣纱游女"①的动静结合。

两宋的山水画，无论从构图、形式还是技法或意境，总体上呈现出雄浑博大和清幽润秀的特点。有郭熙、范宽等人的磅礴全景，也有马远、夏圭等人的边角小境；有《晋文公复国图》《文姬归汉图》一类催人泪下的历史长卷和《却坐图》《折槛图》一类惊心动魄的古典立轴，也有《出水芙蓉图》《秋江暝泊图》一类或艳丽或恬淡的扇面；既有大斧劈之大皴法，也有披麻之小皴法；既有水墨淋漓的万里江山画卷，也有清新典雅的西湖小景册页；等等。宋以后，绘画基本承袭这一局势，元、明、清偏向了简淡清雅的方向。

我们进一步就词与画的艺术意蕴进行对照比较，可以发现，在抒情上，词侧重抒发"情绪"，画侧重抒发"情志"；词中的"情志"隐含在"情绪"当中，喜怒哀乐、悲苦深愁之后是"志"的表达，画中的"情志"隐含在"笔墨"当中，成为画家心性的表现；词以丰富多彩的长短句开拓了无穷无尽的画境，在有我之境和无我之境中追求"言有尽意无穷"，画以浓淡干湿的笔墨营造了虚实空灵的意境，在计白当黑、幽清静远中也追求同样的"言有尽而意无穷"；词向内发掘找到了诗意栖居的市井田园幽情，画向外探寻找到了诗意栖居的山水深情；词可以音乐的形式吟唱，画可把音乐的形式融于笔墨、线条的节奏和部分点景表现出来；词注重本色当行的真情流露，画（特别是文人画）注重师承造化的本真意趣；词对"意象"的塑造由自我向大众转变，渐入对"入世"的追逐，画对"意象"的塑造由自然向自我转变，渐入对"出世"的向往。这就是它们艺

---

① 唐圭璋，编纂. 全宋词[M]. 王仲闻，参订；孔凡礼，补辑. 北京：中华书局，1999：47.

术意蕴的一些相同点和不同点。

词、画之间有着某些相同的艺术手法的应用。一为勾勒法，它指用线条画出轮廓，是中国绘画技法的名称之一。表现线条时，顺笔而行为勾，逆笔而行则为勒。后来，勾、勒融合成一个描形绘物的动词，运用到词的创作中，则表现为对人物场景的勾画交代。《蕙风词话·诠评》中说："勾勒者，于词中转接提顿处，用虚字以显明之也。"① "转接提顿"本身是书法、绘画里对笔墨用线的要求，在这里可以用来分析词在塑造意象上的韵律节奏；"虚字"不是我们今天所说的虚词，就"虚"而言有形容的意味。如周邦彦词《锁窗寒·越调》："暗柳啼鸦，单衣伫立，小帘朱户。桐花半亩，静锁一庭愁雨。洒空阶、夜阑未休，故人剪烛西窗语。似楚江暝宿，风灯零乱，少年羁旅。　　迟暮，嬉游处。正店舍无烟，禁城百五。旗亭唤酒，付与高阳俦侣。想东园、桃李自春，小唇秀靥今在否。到归时、定有残英，待客携尊俎。"② 这里的"洒""似""正""想"都是转折处的词语，清晰地勾勒出羁旅生涯的人对流年的痛惜、对漂泊的厌倦以及对故人的怀念，一步一景，千姿百态。二是精工细描法（白描），即对事物一笔一画地仔细刻画，这不仅是工笔绘画的技法之一，也是词惯用的写作手法。如李清照《凤凰台上忆吹箫》中的"念武陵春晚，云锁重楼。记取楼前绿水，应念我、终日凝眸。凝眸处，从今更数，几段新愁"③，就细腻地刻画出一个多情的少女形象，"楼""绿水""我""凝眸"构成了一幅完整的画卷，人物情态通过"凝眸"风景传神生动地表达出来。三为皴擦点染法。绘画当中

---

① （清）况周颐. 蕙风词话[M]. 孙克强，导读. 上海：上海古籍出版社，2009：238.
② 唐圭璋，编纂. 全宋词[M]. 王仲闻，参订；孔凡礼，补辑. 北京：中华书局，1999：767.
③ 唐圭璋，编纂. 全宋词[M]. 王仲闻，参订；孔凡礼，补辑. 北京：中华书局，1999：1204.

用于塑造物象的方法,以凸显物象的质感、虚实和空灵。这也是词使用的手法之一,刘熙载《艺概·词曲概》中谈道:"词有点、有染,柳耆卿《雨霖铃》云:'多情自古伤离别,更那堪、冷落清秋节。今宵酒醒何处?杨柳岸、晓风残月。'上二句点出离别冷落,'今宵'二句乃就上二句意染之。点染之间,不得有他语相隔,隔则警句亦成死灰矣。"①

  词和画有着常用的审美标准、概念以及范畴。一为意境。唐代王昌龄《诗格》提到"物境""情境""意境"之后,"境界""境象"等概念也相继被后人提出,大多数以诗评的形式出现;近代王国维在词评中,建立了"意境说"并创构成中国艺术审美领域最核心的范畴;宗白华又上升到哲学高度,立体地阐述了它,使之成为艺术、人生、宗教、政治、社会的一个终极概念而存在。二是绘画中的"气韵"和词中的"气象"。"气韵生动"位居绘画"六法论"之首,后来的一些画论也有许多与"六法论"近似的表述。实际上,历代绘画都在强调这一问题。而"气象"可以说是"气韵"的变相说法,北宋吴处厚在《青箱杂记》中用来评词,强调词境自然或者说自然而然。它们讲的是同一个意思,如前文所说,都在要求"气、韵、象"之间的贯通。三则是意趣。这是词和画都非常讲究的一个概念,在绘画特别是文人画当中,"趣"的传达非常重要;在词的创作中,它被作为一个创作的标准来对待,精思妙构而不可重复,并获得一定的新象。由"意"到"趣",都有一个从"精思"到"迁想"再到"妙得"的过程。宋代艺术深受理学的影响,"格物致知"方可获得真神真趣,总体上来说就是"有意味的形式"。四是婉约和豪放。自宋以后此二者是评论词体风格时经常采用的一对审美范畴,

---

① (清)刘熙载. 艺概[M]. 上海:上海古籍出版社,1978:119.

阴柔阳刚、清秀崇高、典雅雄浑、绵柔苍劲、艳丽清旷等都可以归结在它们的范围之内。而这些范畴在我们评价绘画时，也时常被运用。五为南北宗。这是明末清初董其昌提出的绘画派别论，其后不久，词类研究中，王士祯有意无意地把词体改为词派，并以豪放和婉约分宗。如果抛开派别，站在艺术美的角度看，实际上绘画理论的南北宗与词评的豪放体和婉约体说的是同一个意思。

第二节

《诗馀画谱》词画融，心物文图各相通

《诗馀画谱》原名《草堂诗画意》，为晚明时期宛陵汪氏所辑印，是一部配有版画插图的唐宋词选本。所选词作或寥廓旷远、或工致优美，版画亦精美细致，远近分明。它是将词与画结合起来进行鉴赏的最早的读本。戏曲、小说类的作品插图在中国古代版画中占有相当重要的地位，于此之外，清晰分明的画谱版画也占地一席。古代印刷技术不甚发达，要保存绘画，版刻是最有效的方法之一，《诗馀画谱》就是刊载版画的重要作品。除去印刷技术和版画自身的功能之外，这是词与画最直接的融合形式。从孙雪霄校注的《诗馀画谱》中可以看到，它以一词一画的形式编排，每一幅画配有一词，词大多是唐宋名家的作品，画多是宋元名家的山水画。如刻有"仿米友仁"的一幅山水画配有苏轼的《蝶恋花》："春事阑珊芳草歇。客里风光，又过清明节。小院黄昏人忆别。落红处处闻啼鴂。　咫尺江山分楚越。目断魂销，应是音尘绝。梦破五更心欲折，角声吹

落梅花月。"① 画中小舟江水，山远水阔，近景取一角，画有茅屋小院、青竹飞鸟，院中有一人似眺望又似长叹，很符合词所表达的意境。再如刻有"仿郭熙"的一幅画，天地式构图，取近景两山相对，一条石拱桥横跨于沟壑两边，桥的右边一平地处，几所房子掩映在古松当中，门前画有三个人两匹马，从人的动态装束和马的嘶鸣可以看出他们是于寒冷天气之中早行，空中一轮残月映照着整个画面。这幅画所配之词为秦观的《如梦令》："遥夜沉沉如水。风紧驿亭深闭。梦破鼠窥灯，霜送晓寒侵被。无寐。无寐。门外马嘶人起。"② 词与画的意味非常接近。数十幅画与所配之词在意境上的融合都非常贴切，就跟"诗画一律"一样，它们彼此在某些地方非常相近，其优点不仅能使不同种类的艺术作品在对照中传情达意更为直观，便于艺术鉴赏者理解，还能丰富各自的艺术内涵。不过这样的做法也不是没有缺点，画配以诗词或诗词配以画会在一定程度上局限赏析的思维空间。正如题诗画跋，在相得益彰中也限制了观赏者一定的思想发散。

另外，词在古代绘画当中很少被人用于画跋，这是有一定历史原因和自身原因的。诗一直以来被看作正统文学，占有绝对地位，词自宋以来很长时间都被看作"艳科"甚至"诗余"，以儒家文化为核心地位的思想容不得词登上大雅之堂，更谈不上赋予它助人伦成教化的政治功能，而画和诗则可以；画和诗一直以雅表达含蓄的精神世界和具有深度的思想内容，词以俗表达繁冗的俗世、俗情，古人一般不容词入画而妨害画内在的精神意蕴；诗句一般不具备渲染

---

① 唐圭璋，编纂. 全宋词[M]. 王仲闻，参订；孔凡礼，补辑. 北京：中华书局，1999：422.
② 唐圭璋，编纂. 全宋词[M]. 王仲闻，参订；孔凡礼，补辑. 北京：中华书局，1999：595.

的效果，词却具备和绘画一样的渲染性，词中的物境本身就是水墨或着色画，因此，没必要再在画境中题词。实际上词从萌生、发展到成熟，不应该一概被视作"艳科"或"小词"，词中不乏意蕴深刻的作品，这种偏见降低了它的身份，限制了它的应用范围。但这些都不影响词本身塑造画境的能力，也不影响它与绘画画境融合的本质特征。相反，在对比中犹能显现各自的本色，许多境象只是语言形式不同而已。

中国古代艺术，越是成熟，"心"与"物"的契合程度就越高，这是不容置疑的，这种契合最中心的共识就是"意境"。作为意境中的"景境"，王国维在词评中总结为两种："有造境，有写境。此理想与写实二派之所由分。然二者颇难区别。因大诗人所造之境，必合乎自然，所写之境，必邻于理想故也。"① 又阐释："自然中之物，互相关系，互相限制，故不能有完全之美。然其写之于文学中也，必遗其关系、限制之处，故虽写实家亦理想家也。又虽如何虚构之境，其材料必求之于自然，而其构造亦必从自然之法则，故虽理想家亦写实家也。"② 他不仅解释了"造境""写境"与创作需要的"互相关系"，而且也解释了艺术创作的一般原则。作为创作主体的人也应作为其中一境，融于自然之中，即所得的"情境"。应不同的创作意图与目的，当选择不同的手段，去塑造创作者所需的"意境"。词和画是这样，其他形式的艺术同样也如此，将心与境象的契合归结到了精神世界之中，由此诞生了"有我之境"与"无我之境"、"画境"与"词心"等美学主张。

事实上，后世艺术立"心"的源头是宋代最壮丽的理学精神。正如张载所言："为天地立心，为生民立命，为往圣继绝学，为万世

---

① （清）王国维. 人间词话新注[M]. 滕咸惠，校注. 济南：齐鲁书社，1986：36.
② （清）王国维. 人间词话新注[M]. 滕咸惠，校注. 济南：齐鲁书社，1986：39.

开太平。"① 这一哲学观概括了古代儒、道、释的核心思想,且以儒学为中心。"定心为天地"不仅是为哲学观念上的政治需要,也是为以文学为中心的艺术而确立的。艺术在"立心"的基础之上,将"真、善、美"有机地结合起来。率先提出"词心"的清代词评家况周颐,在《蕙风词话》中说:"吾听风雨,吾览江山,常觉风雨江山外有万不得已者在。此万不得已者,即词心也。而能以吾言写吾心,即吾词也。此万不得已者,由吾心酝酿而出,即吾词之真也,非可强为,亦无庸强求。"② "万不得已者"即为心中之真情,这跟诗歌的"在心为志,发言为诗"和绘画上始终强调的"胸有成竹""心手相应"等如出一辙。郭熙《林泉高致·画意》中说:"世人止知吾落笔作画,却不知画非易事。《庄子》说画史'解衣盘礴',此真得画家之法。人须养得胸中宽快,意思悦适,如所谓易直子谅油然之心生,则人之笑啼情状,物之尖斜偃侧,自然布列于心中,不觉见之于笔下……余因暇日,阅晋唐古今诗什,其中佳句有道尽人腹中之事,有装出目前之景,然不因静居燕坐,明窗净几,一炷炉香,万虑消沉,则佳句好意亦看不出,幽情美趣亦想不成,即画之主意亦岂易!及乎境界已熟,心手已应,方始纵横中度,左右逢源。"③ 只有"解衣盘礴"(《庄子·田子方》)、"易直子谅"(《礼记·乐记》)才可以"人之笑啼情状,物之尖斜偃侧,自然布列于心中,不觉见之于笔下"。由此可以理解绘画必需的一种"心境"。词中要求"能以吾言写吾心",此处则是"能以吾笔画吾心"了。"写吾心"获得一定的"词境";"画吾心"获得一定的"画境"。宋代米友仁说:"画之老境,于世海中一毛发事泊然无着染。每静室僧趺,忘怀万虑,与碧虚寥

---

① (宋)张载. 张载集[M]. 章锡琛,点校. 北京:中华书局,1978:320.
② (清)况周颐. 蕙风词话[M]. 孙克强,导读. 上海:上海古籍出版社,2009:9—10.
③ (宋)郭熙. 林泉高致[M]. 周远斌,点校、纂注. 济南:山东画报出版社,2010:59.

廓同其流。"① 此即画境。清代况周颐说："人静帘垂，灯昏香直。窗外芙蓉残叶飒飒作秋声，与砌虫相和答。据梧冥坐，湛怀息机，每一念起，辄设理想排遣之。乃至万缘俱寂，吾心忽莹然开朗如满月，肌骨清凉，不知斯世何世也。斯时若有无端哀怨枨触于万不得已；即而察之，一切境象全失，唯有小窗虚幌、笔床砚匣，一一在吾目前。此词境也。"② 以上种种观点，都在一定程度上显现出古人对词与画的一些看法。古今以词意为画从唐人始，以词意入画则宋人多，时称"词画"。《诗馀画谱》为我们展现出的景象，无论是自然景观还是人文内涵，其间华美或质朴、喧嚣或静谧、怡然或伤感、动荡或安宁，皆以情感人，含义隽永。

总体来看，不管是填词者还是作画人，最终所要创造出的画境和词境都需要实现"心"与"物"的冥合，词画的创作都要有一个从创作冲动到创作构想再到平稳创作的过程，都需要有"万不得已"的真情和"与碧虚寥廓同其流"的感悟。以上这些基本都论说着同一个意思，即意境的创构条件和生成机制如何在艺术品当中展现出来。眼观心忖，人们才能透过境象体验到创作者所表达的深情、精神以及艺术美，正如宗白华所说："艺术意境的创构，是使客观景物作我主观情思的象征。我人心中情思起伏，波澜变化，仪态万千，不是一个固定的物象轮廓能够如量表出，只有大自然的全幅生动的山川草木，云烟明晦，才足以表象我们胸襟里蓬勃无尽的灵感气韵。"③

---

① 宗白华. 美学散步[M]. 上海：上海人民出版社，2005：126.
② （清）况周颐. 蕙风词话[M]. 孙克强，导读. 上海：上海古籍出版社，2009：9.
③ 宗白华. 美学散步[M]. 上海：上海人民出版社，2005：125.

第二章 遐思云天外 万物有情怀

宋朝作为继唐朝之后中国绘画史上的又一鼎盛时代，延续了唐朝恢宏的文化盛况。在政治上，北宋处于封建社会后期并形成了相对统一的良好政治局面，这为统治阶级建设文化打下了稳定的政治基础。在这样的背景下，大宋开始由官带民自上而下地兴起文艺风潮。在经济上，手工业和商业的发展，生产水平的进步，进一步增加了各类艺术品的种类，更多元化的美术风格的创作得以实现。在文化上，各民族的文化交流与融合使得宋代美术极具包容性和多样性。结束了五代十国的混乱割据局面后，宋太祖赵匡胤制定了以文官节制武将的核心政策，将行政权力交给文官，让武将解甲归田，同时他又广招天下贤士入官府，虚心纳谏，并于公元962年立下一碑，谓之"太祖誓碑"，继承大宋皇位的皇帝都必须遵守当中条律。其中一条规定"不得杀士大夫及上书言事人"，故而宋朝的文人士大夫享有空前的声望及言论自由。由于手工业、农业、商业的繁荣，社会风气的良好，文人士大夫们得到了充分尊重，极具包容性的宋朝文化得以诞生。它既能似唐朝一般宏大，使人极目千里尽火树银花，也能有自身的优雅从容，令人静观万物看秋水蜉蝣。它既有大丈夫般的胸怀，也有小女儿般的情态；它既能容纳大好河山，也能收容草木鱼虫。它能在各种题材中展现无限可能，所以宋画与宋词极多追求的是生命体验，即于万事万物之中感知生命的美好。

　　宋词表达的是情，每一首词都有其表现的主旨，需要看词人如何通过不同题材来抒发自己的情，然大体上还是归回到人物、山水与花鸟之上。这三种题材表现的事物可大可小，如宋画里有大如王希孟笔下的千里江山之景，亦有小如林椿所刻画葡萄草虫册页的微枝细物；宋词里有如苏轼一般的人物，既可以在历史长河里遨游感叹"寄蜉蝣于天地，渺沧海之一粟"，也可以于一片枣花飘零之时闲庭信步，写下"簌簌衣巾落枣花，村南村北响缲车"。宏大与微小、豪壮与柔情都是宋画与宋词必不可少的一部分，从一端到另一端，包含广阔的空间，包罗万物，蕴藏着无限的情意。

第一节

墨彩有情藏宋画

宋画能与宋词一样，表现既广阔又细微的万物，盖因两者都是一定社会、政治、经济、文化的反映。宋朝的万物在画家们的笔下千姿百态，他们用画笔一一再现了形态各异、丰富多彩的生活画卷。

一、造化有灵山水境

宋人善绘山水，远景似在咫尺，近景精妙细致。然山水风光之美不在于尺幅大小，它们各有"可爱"之处。大、高、远是一种境界，小、低、近也不失艺术价值。王国维对词的境界大小持有独到观点，他说"境界有大小，然不以是而分高下"[1]，画亦如此，其好坏不以视觉上的大小评定，描绘浩瀚或微小只是创作者不同的选择。

广阔江山有"咫尺"的表现方式，也有"全景"的表现方式。

---

[1]（清）王国维. 人间词话新注[M]. 滕咸惠，校注. 济南：齐鲁书社，1981：49.

如宋初李成的山水被王诜评为"墨润而笔精，烟岚轻动，如对面千里，秀气可掬"①，刘道醇说"李成之笔，近视如千里之远"，与范宽"远望不离座外"形成对比，观画者在几步之内就仿佛看到千里之远。李成能创造出这种"平远萧疏"的图式，得益于"平远"法构图。其后，郭熙总结了前人创作经验以及自身创作实践之后，提出绘画构图的"三远法"：

> 山有三远，自山下而仰山颠谓之高远，自山前而窥山后谓之深远，自近山而望远山谓之平远。高远之色清明，深远之色重晦，平远之色有明有晦。②

"高远""深远"与"平远"让画家与观者从不同的角度对山水的观赏产生不同的审美体验。画家通过不同的方位观察获得不同的视觉画面，将之诉诸笔墨，从而创作出不同的绘画作品。从《林泉高致》对"平远"的阐述我们可以理解平远是从近山望向远山，而近山到远山有非常大一段距离，以平远法作画能在尺幅内展现千里江山，如李成的《乔松平远图》与郭熙的《窠石平远图》。

《乔松平远图》展现的是李成所创造的典型的"平远萧疏"图式，画面左侧坡石之上长有苍松两株，其主干遒劲，枝桠奇出，松针细密。近处的坡岩交叠状如云卷，其间有山泉缓缓流出。苍松之后云雾流动弥散，远山连绵起伏，表现出了"烟岚轻动"的特色，同时色彩"有明有晦"。李成在并不大的尺幅内将千里之远的山川景象

---

① （宋）韩拙. 山水纯全集[M]. // 俞剑华，编著. 中国古代画论类编. 北京：人民美术出版社，1998：680.
② （宋）郭熙. 林泉高致[M]. 周远斌，点校、纂注. 济南：山东画报出版社，2010：51.

李成《乔松平远图》

郭熙《窠石平远图》

表现了出来。郭熙的《窠石平远图》由远及近刻画了散落的窠石、稀疏的寒林、空旷的平原、流水远山以及漫天的晚霞。视平线在画面下方约三分之一处，除晚霞外几乎所有物体都被极力压低在画面的下半幅，上半幅除了树枝点点，余下的大面积都是遥远的天空。郭熙作画的才能之一，体现在他能在这么小的画幅内集中大部分的景物。自近景透中景而望远景，空间布局得当，层次分明，空间距离的纵深感强烈，令人一眼便览尽千里景色，萧瑟空旷的深秋之景跃然于脑海。

全景式构图的长卷多表现千里江山之宏大气势，如王希孟的《千里江山图》为典型的以大青绿着色的山水作品。青绿山水在隋朝李思训、李昭道父子手里发展到高峰，随后受到水墨山水的冲击，发展缓慢，后宋哲宗时期宣扬"重古"，青绿山水重新得到重视。到徽宗朝，这种重视设色、工整、理法的金碧辉煌的山水画风得到肯定。蔡京的卷后题跋写明了画作信息：王希孟当时为画院学生，数次的进献画作虽不算惊艳，但徽宗独具慧眼，认为王希孟"其性可教"，便"亲授其法"，之后不逾半年，王希孟就呈上了这幅《千里江山图》卷，这时他才十八岁。我们在《千里江山图》卷里看到的就是风华正茂的十八岁少年的精神气质，画里面住着的是十八岁的灵魂，王希孟如同三国周郎般的雄姿英发，将江山指点。这幅长卷中的景物，色彩艳丽丰富，意境开阔，高远、平远、深远透视，在其间被交替使用，且构图严谨。画卷长度接近十二米，高低起伏的山峰与烟波浩渺的江河绵延千里，其间夹杂着渔村野市、鱼艇客舟、茅庵草舍、桥梁水车，若移步换景，则步步生意。画上还有穿插在景物间的人物，在进行游玩、赶集、捕鱼等日常活动，天上一划而过的飞鸟被定格在空中，场景既宏大宽阔又细致入微。王希孟创造出的这一幅旷阔江山图，无论是题材的选择还是华丽的表现技法的运用，都符合皇室审美。少年人用加法将富丽繁华呈现，一一

王希孟《千里江山图》(局部)

添加各种矿物颜料，使这幅画在近千年后的今天仍然绚丽无比。许是天妒英才，王希孟在创作了这幅《千里江山图》卷的两年之后，就与世长辞了，他的姓名，仅凭这一幅惊世之作名垂千古。人虽远去，但他的灵魂永远留在了画里。

小景山水是继雄伟的全景式山水后画家们的又一创造，它有别于壮阔的大山大水，取材于局部小景，不尽之意溢出画面，与词所求的"言外意"有异曲同工之妙，构图、意境发生了从充实到空灵的变化，深受当时的文人士大夫的青睐。宋初画僧惠崇及之后的皇室贵族赵令穰、驸马王诜等都是北宋时期画小景山水的代表人物。到了南宋，画家们突破之前全景式山水表现手法，多集中刻画山水的局部，或着重表现自然景色其中一方面的主要特征。这一时期的

刘松年《四景山水图》(冬景)

马远《梅石溪凫图》

画家多表现寒江独钓、柳溪归牧、秋江暝泊与风雪归家等题材，同时许多画家还常将小景山水表现在册页中。"南宋四家"是小景山水的代表人物，李唐的《江山小景图》，刘松年的《四景山水图》，马远的《晓雪山行图》《梅石溪凫图》，夏圭的《雪堂客话图》等都是小景山水的佳作。刘松年的《四景山水图》分春、夏、秋、冬四个部分表现了西湖边贵族闲逸的生活情调，其中穿插的人物活动为画面增添了生活的气息，画家利用不同的组合方式在不同的季节中刻画了树、石、桥、堤和住宅等物，各具季节特色。这四幅作品都是围绕庄园进行描绘，庄园主人或春游踏青、或静坐纳凉、或观赏秋山、或出门赏雪，春日的怡人、夏日的喧闹、秋日的旷远和冬日的寒意都被展现了出来。画上的主人公乐在逍遥，享受现状，在庄园中过着安逸舒适的日子。马远的《梅石溪凫图》册页可看作山水与花鸟融为一体的小品画，画面左方与上方山岩斜出梅枝，右边是大面积的溪水，虚实结合，构图有着典型的"马一角"特征。早春时节，空气中有迷蒙的水汽，坚硬的岩石，三两枝初绽的梅花，溪水自山坳处涓涓而出，小漩涡偶见溪中，群凫嬉戏溪上，给平静的山涧带来了生气。

宋代画家绘山水，既能表现波澜壮阔的千里江山，也能表现清润可爱、余味悠远的沙岸小景，既能画高屏大幛、长卷立轴，也能画小幅册页、轻罗小扇。词之境界优劣，不在于大小，画同样如此。

二、凡尘俗世百态新

宋代人物画发展虽不及前朝与同时期的山水画和花鸟画，但在反映社会现实以及历史故事画创作上有突出的成就，同时道释、仕女、文人雅士等题材也有所发展。这一时期的人物风俗画在表现现实生活上有很大的进展，如张择端的《清明上河图》同柳永的都市词一样，极力地表现北宋繁荣富庶的都市生活。《清明上河图》不仅展现了那个时代的繁华热闹，而且以极其细微且精致的笔法一一描摹了社会百态，具有很高的艺术与史料价值。画卷长五米余，写尽了芸芸众生。画上有八百多人，分属各个阶层，但最多的是各色各样的普通人，画家真实地刻画了每个人物的动作与神情。开端的郊区，中段繁荣的汴河两岸，结尾鳞次栉比的商店与街道，构图紧凑且严密，将汴京城的热闹繁华绘于纸上。在看似繁华的大景象之下，张择端暗中精心刻画了另一意旨——盛世危情。开端郊区的惊马似乎在预示着什么；城市边缘的望火楼改成了酒馆；贵族囤积粮食的行为，暗示粮食危机的到来；中间最紧张的虹桥部分，水中负载过

张择端《清明上河图》(局部)

重的危船暗示北宋已经不再太平,许多问题亟待解决;乞丐流浪城中,城楼上无一士兵把守,城楼下胡人明目张胆地带领骆驼商队进城;税务所门前记录税务的官吏与拉货物的车夫在争吵,暗指税务之重……还有很多细节,都暗示在这繁盛华丽的外衣之下,"太平"北宋隐含着千疮百孔的现实危机。

这类真实地反映社会现实的人物风俗画既宏大又细微,符合宫廷审美,而货郎与婴戏题材则代表的是市民阶层的喜好。这类题材拉近了艺术与市民阶层的距离,苏汉臣、李嵩都曾事此。李嵩的《市担婴戏图》中,描绘一货郎挑着装有各式各样商品的货担,在秋日里摇晃着拨浪鼓吸引孩童,招揽买主。画面左侧一妇女正在给怀中的婴儿喂乳,有一小孩还调皮地爬上了货担,想要去拿自己喜欢的商品,其他小孩则焦急地向母亲示意他看上了某个玩具……好不热闹。货担上的商品琳琅满目,包括玩具、食品、面具、小花篮、

李嵩《市担婴戏图》

拍板、不倒翁、泥人、各种小瓶小罐,应有尽有,货郎肩上担负的,或许是一个家庭的生计。李嵩还画出了婴孩的天真活泼,妇女的淳朴慈爱,人物神情刻画细致入微。

"货郎图"是宋代商品经济昌盛的产物,这类作品从一个侧面折射出当时普通民众的生活水平状况,其现实性值得肯定。"婴戏图"则象征多子多福,是市民阶层美好生活的愿景,比"百子图"更具表现百子千孙的吉祥寓意。同时渔猎、村牧、纺织等生活题材的绘画也别具一格,许多画家都从事过这类作品的创作,他们的作品中反映了别样的审美情趣。如李唐的《村医图》、牟益的《牧牛图》、王居正的《纺车图》、梁楷的《蚕织图》、朱锐的《盘车图》等，这类作品在通俗化、平民化之上有很大进步，表明各阶层人民都有自身的审美需求。宋代涌现的城市、农村绘画题材侧重于写实，经过画家们的探索与实践，在反映现实生活的真实性上实现了大步跃进。

道释题材除了表现传统的佛教、道教人物之外，还有些特殊的例子，如南宋周季常、林庭珪在其《五百罗汉图》中加入了穷苦之人与现实场景。这套作品由二人花费十年时间创作完成，共百幅画作，主要表现佛家大师、僧人日常、佛教历史事件等，其中最引人注目的应当为罗汉施舍穷人的画面。如"施饭饿鬼""施财贫者"等主题，画家看似传达的是罗汉的怜悯仁慈之意，但是联想到现实社会，或许又含有批判之意。"施财贫者"图绘罗汉向乞讨者施舍钱财的场面，云端之上五位出游罗汉中的一位，看见地上瘦骨嶙峋的贫民，便向他们施舍钱币。铜钱自云端散落在地上，地上四个正在抢夺的穷人，姿势或趴或跪，还有人双手撑地而坐，像是被人推搡倒地，旁有几人正站立观望他们。这些"财贫者"衣衫褴褛、骨瘦如柴，他们的形象令人同情。这类罗汉施舍穷苦之人的题材，不得不让人认真思考彼时社会的真实状况。

宋代道释人物画在形象和环境的塑造上向现实推进了一大步，从《五百罗汉图》可看出，人物的背景和当时山水画画法一致。刘松年《瑶池献寿图》中的这场瑶池宴会似在人间举行，人物面貌如凡人，没有缭绕的仙气，珍奇的仙兽，仿佛是皇室贵族在山间举行的一场宴会，作者借神仙题材来描绘现实中贺诞祝寿的宫廷宴会场景。《地官图》图绘地官率随从出行的场面，极具生活色彩，富有现实意义。画上地官骑马，头顶华盖，在侍从的簇拥下巡游，俨然一副出巡官员的做派，所处环境似在凡间，背景山水采用李成、郭熙所常用的绘画手法，画面右下角力士肩扛长斧，形象威严勇猛。再如张思恭的《猴侍水星神图》，图绘水星神随意地坐在榻上，盘着

周季常《五百罗汉图·施财贫者》

佚名《地官图》

左腿，右手执笔，左手拿纸，回首看向双手高举砚台的小猴，神情淡然，姿态轻松且随意，水星神的头饰和衣衫皆与贵族妇女相同。宋代的道释人物画所描绘的人物面貌与普通民众更相似，且他们的行为举止较为随意，不似前朝般端正肃穆，环境也与人间无异，真实感有较大提升。

宋代"仕女图"中的仕女形象符合宋人审美，面部丰腴，身材瘦削。仕女图有小幅册页的形式，如王诜的《绣栊晓镜图》、刘宗古的《瑶台步月图》、苏汉臣的《妆靓仕女图》、刘松年的《宫女图》等。长卷如马和之的《宋高宗书女孝经马和之补图》、牟益的《捣衣图》《女孝经图》等。册页似宋词中的闺情词，如一幅对镜梳妆的画，有"小轩窗，正梳妆"（苏轼《江城子·乙卯正月二十日夜记梦》）之词意。长卷则更富有写实性，这表现在人物衣冠服饰、行为举止之上。风俗画中也有表现仕女题材的，如《浴婴图》《骷髅幻戏图》《蕉荫击球图》《荷亭婴戏图》等作品中的母亲、侍女形象更有一种田园词中的恬淡闲适之味。

宋代文人雅士题材勃兴，其中雅集聚会时的休闲活动是宋时画家常表现的题材。雅集聚会，为"以文会友"，文人雅士挥毫用墨、写字作画、填词作诗、抚琴唱和、打坐问禅，许多文学艺术作品都诞生于此间。历史上著名的文人雅集主要有晋代王羲之所描绘的"兰亭集"和宋代王诜的"西园雅集"。西园是驸马王诜在汴京的宅邸，在神宗元丰初，王诜邀请了苏轼、黄庭坚、米芾、李公麟等十六人在西园聚会。散后，李公麟画了一幅《西园雅集图》，米芾作《西园雅集图记》。这场聚会集聚了当时的文人名士，他们在历史上都是赫赫有名的存在，令后人景仰。宋代赵佶的《听琴图》《文会图》，刘松年的《博古图》《斗茶图》《十八学士图》《春宴图》《竹林拨阮图》，马远的《王羲之玩鹅图》《溪边论道图》《竹涧焚香图》《伴鹤高士图》，梁楷的《三高游赏图》，马麟的《静听松风图》等，皆是表现文人雅集聚会的题材。这些画作多以册页的形式展现,画幅虽小,却意境幽远,再现了古代的文人情怀。

历史故事画主要描绘重大历史事件或再现历史故事。这一题材如同宋词中的咏史词,多抒发民族气节,表达家国统一的民族愿望。如北宋李公麟的《免胄图》,以白描画法表现唐朝大将郭子仪不着甲胄去会见回纥可汗的故事。画面中心回纥首领身着铁甲,下马单膝跪地面向郭子仪,为服软之状,郭子仪仅身穿常服,虽大敌当前,神情却宽舒平和,俯身对回纥可汗伸手,表示请起之意,仪态间尽显名将风度。到南宋时期,赵宋政权偏安一隅,与北方辽金敌对,少数民族政权不断入侵,加上政治腐败,不少画家都投入历史故事画的创作,借古讽今,以表达对统治阶级的不满,激起人民光复山河之心。代表画作如李唐的《采薇图》《晋文公复国图》,刘松年的《中兴四将图》,陈居中的《文姬归汉图》,李迪的《苏武牧羊

李公麟《免胄图》(局部)

图》等。

宋代人物画题材众多，包罗万象，极尽姿态，画家们将其跃然于纸绢之上，向千百年后的人们展现着宋时百姓的音容笑貌、风俗人情。

三、折枝雀翎尽成趣

宋人常静下来观察体味生活里的精微事物，他们常化身为一朵花或是一只鸟，去体会自然宇宙，认真体验、经历一个生命成长的过程。正如蒋勋先生所言，"能够感受到春天花的绽放的人，大概必然要在某些时候体会到花朵凋零的哀伤"[1]，只有将整个过程都经历一番，才能心有所得。宋画中有完整的春夏秋冬，有鸡犬牛马、春华秋实、蝴蝶蟋蟀，以及一些极其细微的事物。

畜兽是宋朝之前就常被绘画表现的题材。唐代曹霸、韩幹善画马，韩滉善画牛，到了宋代，画家们扩大了畜兽画的表现范围，除了传统的牛马羊之外，猿猴、猫犬、兔鹿等小动物也常被表现。李公麟的传世名作《五马图》，以白描的方式表现了五匹体格健壮的骏马，它们毛色不一、形态各异。宋代画家常作牧马、牧牛、牧羊图，好将动物与山水、人物相结合，构造出颇具生命力的景象。如李公麟的《临韦偃牧放图》、祁序的《江山放牧图》、毛益的《牧牛图》、夏圭的《雪溪放牧图》、李迪的《风雨归牧图》与《春郊牧羊图》、阎次平的《四季牧牛图》、李椿的《牧牛图》和《初平牧羊图》等。宋代画猿猴最有名的人物当是易元吉，他为了画猿猴，不惜"寓宿山家，动经累月"[2]，在大山深处观察猿猴的外形及生活方式一连数月。现存的《猴猫图》《聚猿图》与《蛛网攫猿图》为他的

---

[1] 蒋勋. 蒋勋说宋词[M]. 北京：中信出版社，2014：47.
[2] （宋）郭若虚. 图画见闻志[M]. 邓白，注. 成都：四川美术出版社，1986：246.

代表作。《宣和画谱》载御府收藏易元吉的画作有两百四十五幅，其中猿猴题材画作就有近两百幅。他笔下的猿猴灵动活泼，栩栩如生，实现了他以"古人所未到处……驰名"的理想，开辟了一条动物画取材的新路径。他的创新精神为北宋花鸟画坛带来了新的生机。猫犬题材画作的兴起可以说是见证了人对宠物的驯化历史，宋时这些小动物已经从皇室贵族家庭走向了士庶平民家庭，大多数猫犬图皆为表现闲适、赏玩的主题。如李迪的《秋葵山石》《狸奴小影图》《蜻蜓花狸图》《猎犬图》，毛益的《蜀葵戏猫图》，佚名的《鸡冠乳犬图》《萱花乳犬图》《犬戏图》《秋葵犬蝶图》《戏猫图》《富贵花狸》《秋庭乳犬图》《五猫图》等。

　　花朵、果实、禽鸟、虫鱼是花鸟画中最常表现的题材，宋代画家潜心观察一朵花、一株草、一只鸟或一只虫，细看微毫，重写生、师造化，并将思想情感寄托在它们身上。惠崇的《秋浦双鸳图》中，初秋时分一对鸳鸯栖于水岸边，旁有败荷芦苇，留下大部分的空白天空，引人遐想，整幅画给人一种萧散旷远之感。近景以双钩法写芦苇，点染残荷。中景，雄鸳鸯昂首驻足，雌鸳鸯正在梳理羽毛，它们似乎刚嬉过水，在阳光下晾晒羽毛。惠崇将情与景相结合，勾勒出一幅惬意的秋日画卷。林椿的《果熟来禽图》，画中表现的是秋日寂静的山林中，果树枝头挂着沉甸甸的果实，它们已经熟透，圆润饱满、色泽美丽，与树叶都有被虫叮咬的痕迹。这时来了一只小鸟，将枝头压低，打破了山林原本的寂静。整幅图精巧可爱，意境恬淡，饱含了画家对大自然的喜爱。秋天树叶的即将枯萎，因虫子啃食而发黄的痕迹，铁锈色的斑点，果实的细小虫眼，鸟儿精细的羽毛，都被林椿一一绘在画面之上。韩佑的《螽斯绵瓞图》，充满了"螽斯振振，瓜瓞绵绵"的美好寓意。画上是普通的田间一角，地上生长着一簇富有生机的瓜藤，瓜身饱满，已经成熟，两只蝈蝈分别游戏于叶上、地下，与它们为伴的还有田间常见的野草。瓞即

惠崇《秋浦双鸳图》

林椿《果熟来禽图》

韩佑《螽斯绵瓞图》

小瓜，螽斯即蝈蝈，绵延的瓜藤盛开花朵、结满果实，觅食的蝈蝈不停地振动翅膀，两者都有着子孙昌盛的美好寓意。

宋代花鸟画家尤擅表现平常人们不常关注的事物，似乎在用"显微镜"观察细枝末节。这种细微精致的美，是属于宋人独特的美。

第二节

俗世万千入宋词

词体文学萌芽于晚唐时期，历经五代，到了宋代达到顶峰，从"俗词"逐渐"雅化"，"词"成为与"诗"同等地位的写作体裁。在北宋时期，词的题材就已经种类繁多，多描写山水、花鸟、仕女等。如北宋俞紫芝的《临江仙·题清溪图》：

> 弄水亭前千万景，登临不忍空回。水轻墨澹写蓬莱。莫教世眼，容易洗尘埃。　收去雨昏都不见，展时还似云开。先生高趣更多才。人人尽道，小杜却重来。[1]

俞紫芝，字秀老，金华人，寓居扬州，他的诗词意境高远。该词的开头两句，表明了弄水亭前气象万千，令人流连忘返，竟不忍空回，点出了画家作画缘起。据《名胜志》记载，弄水亭位于池州府南门外，为晚唐杜牧所建。有杜牧《题池州弄水亭》诗曰"弄水亭前溪，飐滟翠绡舞。绮席草芊芊，紫岚峰伍伍"[2]，也有太白诗云"牵引条上儿，饮弄水中月"[3]。"水轻墨澹"一句既指出了该画是以水墨调和而作，又能让人真切体会到画面蕴含的朦胧意境。"莫教世眼"两句意在表明画作可以荡涤心灵，使人神清气爽。该词在

---

[1] 唐圭璋，编纂. 全宋词[M]. 王仲闻，参订；孔凡礼，补辑. 北京：中华书局，1999：270.
[2]（唐）杜牧. 杜牧全集[M]. 陈允吉，校点. 上海：上海古籍出版社，1997：12.
[3]（唐）李白. 李太白全集[M].（清）王琦，注. 北京：中华书局，1977：419.

表现绘画的精妙时采用了类比法，将画中的弄水亭与蓬莱仙境相媲美，突出画面宛如仙境一般的美丽和其意境的淡远幽旷；以赏画者见之忘俗、眼明心澄的奇妙体验，赞美画作的淡雅空灵；篇末由写画转至写人，将画家与杜牧相提并论，表达出词人对画家的情感态度，借杜牧写画家的志趣高洁、才华出众，同时也表现画作的不凡。俞紫芝将该词以词牌名"临江仙"相呼应，让山水间有了更多的灵气，有了高山流水般的恬静和风雅，同时也让该词显得更加的清雅和高丽。

词在唐、五代时期曾被视为不可登大雅之堂的"小道"，到宋初时，晏殊、晏几道、张先等人将《花间集》中温、韦代表的香软词风和南唐二主的江南清丽词风融合发展，直至柳永将这一词风推到了高峰，世人以"俗词"视之，由此形成了"俗在民间，雅在上层"的格局。而苏东坡"以诗为词""自是一家"的词学观点，对词的"雅化"起了很关键的推动作用。况周颐的《蕙风词话》中有提及："有宋熙丰年间，词学称极盛，苏长公提倡风雅，为一代山斗。"[①]这一时期，词与被世人视为高雅趣味的绘画有了生活化的结合点，逐渐跨越了"雅"与"俗"的鸿沟。苏轼的一些词里也曾出现了"画堂""画作""画屏"等字眼，如《江城子·孤山竹阁送述古》中："画堂新构近孤山，曲阑干。为谁安。飞絮落花，春色属明年。"[②]该"画堂"是指孤山寺内与竹阁相连接的柏堂。又有《蝶恋花》："记得画屏初会遇。好梦惊回，望断高唐路。燕子双飞来又去。纱窗几度

---

① 况周颐. 蕙风词话·蕙风词笺注[M]. 俞润生，笺注. 成都：巴蜀书社，2006：109—110.
② 唐圭璋，编纂. 全宋词[M]. 王仲闻，参订；孔凡礼，补辑. 北京：中华书局，1999：385.

春光暮。"①描绘了恋爱中的"初遇—破灭—思念"过程。"记得画屏初会遇",写初次会遇的情景,至今仍历历在目,爱情的美妙令人难忘。

苏轼在《行香子·过七里滩》中也描绘过景色的如画似屏:

> 一叶舟轻,双桨鸿惊。水天清、影湛波平。鱼翻藻鉴,鹭点烟汀。过沙溪急,霜溪冷,月溪明。 重重似画,曲曲如屏。算当年、虚老严陵。君臣一梦,今古虚名。但远山长,云山乱,晓山青。②

这首词作于宋神宗熙宁六年(1073)春二月。上阕写词人乘着一叶小舟,荡着双桨,像惊飞的鸿雁一样,飞快地掠过水面。天空碧蓝,水色清明,山色天光,尽入江水。波平如镜,水中游鱼,清晰可数,不时地跃出水面;水边沙洲,白鹭点点,悠闲自得。词人用笔墨描绘出轻舟、水、天、游鱼、白鹭等物象,一幅动静结合、形象生动、色彩鲜明的画卷展现在眼前。词的下阕描绘两岸连山,往纵深看,则重重叠叠,如画景;从横列看,则曲曲折折,如屏风。在这种"重重似画,曲曲如屏"的天地中,灵魂和身心得到净化与升华。

宋代以来,不少文人都善墨戏画。米芾、米友仁父子就以"云山墨戏"著称。"墨戏"追求的不是形象的逼真、形式的工整,而是瞬间的自由挥洒,以及个人情绪的抒发,其崇尚的是一种自由的

---

① 唐圭璋,编纂. 全宋词[M]. 王仲闻,参订;孔凡礼,补辑. 北京:中华书局,1999:423.
② 唐圭璋,编纂. 全宋词[M]. 王仲闻,参订;孔凡礼,补辑. 北京:中华书局,1999:391.

创造精神。这种文人墨客雅致风流的审美情趣,推动了词体文学的"雅化",此时期出现了大量描绘墨竹、墨梅、枯木、松石、四君子等咏物之词。如苏轼在元丰六年(1083)七月六日所作的《定风波》,将词与绘画相结合,以诗为词,打破了世人认为的"词为小道"的思想:

> 雨洗娟娟嫩叶光,风吹细细绿筠香。秀色乱侵书帙晚,帘卷,清阴微过酒尊凉。　　人画竹身肥拥肿,何用？先生落笔胜萧郎。记得小轩岑寂夜,廊下,月和疏影上东墙。[①]

该词是一首集句词(集古句),通过集前人所作诗句来合成一首完整的词。词的上阕,集的是唐代杜甫的《严郑公宅同咏竹》:"绿竹半含箨,新梢才出墙。色侵书帙晚,阴过酒樽凉。雨洗娟娟净,风吹细细香。但令无剪伐,会见拂云长。"[②]描绘出雨后竹叶润泽饱满,风吹竹叶传来阵阵清香的视嗅结合的场景,以"竹"为吟咏对象,托物言志,象征自己的高洁气节。"秀色乱侵书帙晚"增添了字眼"秀"和"乱"。"秀"字点出了雨洗之后竹子的光泽,"乱"字则照应了"风"的存在,既写出了被风吹过的竹叶、竹枝的动态之美,又写出了竹在风中枝叶参差、摇曳不定的特点。词的下阕集白居易和曹希蕴的诗句。首先是白居易的《画竹歌并引》:"植物之中竹难写,古今虽画无似者。萧郎下笔独逼真,丹青以来唯一人。人画竹身肥拥肿,萧画茎瘦节节竦。人画竹梢死赢垂,萧画枝活叶叶动。"[③]

---

① 唐圭璋,编纂. 全宋词[M]. 王仲闻,参订;孔凡礼,补辑. 北京:中华书局,1999:372.
② (唐)杜甫. 杜诗详注[M]. (清)仇兆鳌,注. 北京:中华书局,1979:1184.
③ 石理俊. 中国古今题画诗词全璧[M]. 北京:商务印书馆,2007:213.

萧郎是指唐代画家萧悦，其善画竹。白居易通过对萧悦所画竹的再现与评价，赞扬了画家的高超技艺。苏轼也以此点明自己的绘画技巧胜过了唐代画竹名家萧悦。其次是曹希蕴，她是宋代著名女诗人，苏东坡点评她的诗："近世有妇人曹希蕴者，颇能诗……尝作《墨竹》诗云：'记得小轩岑寂夜，月移疏影上东墙。'此语甚工。"这是对她才气的高度褒扬，同时又赞美自己笔胜萧郎。词以"竹"言志，给人以高洁之感，竹香和竹影都是词人当时内心真实感受的反映，表达了作者在人生低谷时虽孤寂不得志但却超脱的性情。

苏轼的集古句题词，让词与画有了更深度的交流，被世人视为"俗"的词也与高雅趣味的绘画有了生活化融合的趋势。再如他的《定风波·咏红梅》：

好睡慵开莫厌迟。自怜冰脸不时宜。偶作小红桃杏色，闲雅，尚余孤瘦雪霜姿。　　休把闲心随物态，何事，酒生微晕沁瑶肌。诗老不知梅格在，吟咏，更看绿叶与青枝。[①]

该词是苏轼在宋神宗元丰五年（1082）被贬黄州时，因读石延年《红梅》有感而作。词中梅花淡红如桃杏，文静大方，疏条细枝几许，傲立于雪霜。词藻间绘形绘神，"画"出红梅的美姿丰神。"小红桃杏色"，是说其色如桃杏，鲜艳娇丽；"孤瘦雪霜姿"，是说其斗雪凌霜、孤傲瘦劲的本性。"偶作"一词上下关联，天生妙语。美人因"自怜冰脸不时宜"，才"偶作"红色以趋时风。又说其虽偶露红妆，光彩照人，却仍保留雪霜之姿质，依然还有"冰脸"本色。

---

① 唐圭璋，编纂. 全宋词[M]. 王仲闻，参订；孔凡礼，补辑. 北京：中华书局，1999：373.

这与《卜算子·黄州定慧院寓居作》中"拣尽寒枝不肯栖"①的缥缈孤鸿一样，都是词作者身处穷厄而不苟于世、洁身自守的人生态度之真实写照。

咏梅、画梅，借助梅花言志抒怀，成为宋代文人的一种风尚。王安石在熙宁九年曾写下名篇：

> 墙角数枝梅，凌寒独自开。
> 遥知不是雪，为有暗香来。②

此时此刻的王安石再次被罢相，心灰意冷，退居钟山。他的孤独心态和艰难处境与傲雪凌霜的梅花有着共通之处，遂写下此诗。梅向来孤傲，不以无花相伴为惧，管它一枝两枝，也不论一朵两朵，都在冬风似虎狂的时节倔强地开放。宋人画梅花，以墨线勾勒为主，并施以简淡墨色，讲究气韵生动，追求格调高雅。如王冕笔下的梅花，一律用墨笔勾勒，不屑粉饰。这既是清高，也是自信：

> 我家洗砚池头树，朵朵花开淡墨痕。
> 不要人夸好颜色，只留清气满乾坤。③

作者为自己所画的墨梅图题诗调侃道：我家洗砚池头有一棵梅树，开出的梅花一朵朵都像用淡墨汁点染而成；它不需要别人夸赞其颜色如何漂亮，只管尽情绽放，将清气留在天地之间。梅花好像

---

① 唐圭璋，编纂. 全宋词[M]. 王仲闻，参订；孔凡礼，补辑. 北京：中华书局，1999：381.
② （宋）王安石. 王荆文公诗笺注[M].（宋）李壁，笺注. 上海：上海古籍出版社，2010：1023.
③ （元）王冕. 王冕集[M]. 寿勤泽，点校. 杭州：浙江古籍出版社，1999：223.

是吸尽了水池里的笔墨之色，没有半点浓艳的胭脂气息。

胡云翼先生根据宋词的描写性质将其分为"艳情、闺情、乡思、愁别、悼亡、叹逝、写景、咏物、祝颂、咏怀、怀古"[①]等主题。词至宋代，所描写的范围越来越宽广，但其中仍留有细腻微小之处，以下我们将从苏轼、辛弃疾、柳永等的词作来探析宋词之中广阔细微的天地境界。

苏轼"以诗为词"，将诗能写的题材都纳入词中，他的实践使词的地位得到了提升。从他的《念奴娇·赤壁怀古》我们可以看到，即使是在被贬谪之后，他依旧能够作出境界如此开阔、气象如此高远的词，词云：

> 大江东去，浪淘尽、千古风流人物。故垒西边，人道是、三国周郎赤壁。乱石穿空，惊涛拍岸，卷起千堆雪。江山如画，一时多少豪杰。　遥想公瑾当年，小乔初嫁了，雄姿英发。羽扇纶巾，谈笑间，强虏灰飞烟灭。故国神游，多情应笑我，早生华发。人间如梦，一尊还酹江月。[②]

这首词创作在他因"乌台诗案"被贬至黄州的两年多之后，"乌台诗案"是苏轼生命之中的重大转折点，他入狱后，经历了许多审问与折辱，同样也是这一段经历让苏轼的心境有了很大的转变。看那滚滚东逝的江水，无论是正直的、高贵的，还是奸佞的、卑微的人物，都会被这大浪淘尽。苏轼所处的赤壁位于黄冈，所以是"人道是"，他看着这赤壁，不禁想起了三国时期周瑜的事迹。"乱石"

---

① 胡云翼. 宋词研究[M]. 长沙：岳麓书社，2010.
② 唐圭璋，编纂. 全宋词[M]. 王仲闻，参订；孔凡礼，补辑. 北京：中华书局，1999：363.

五句写景又写历史,江水激流、浪花奔腾的动荡开阔之景就像一幅画一样,吸引多少英雄豪杰。他将词笔从壮阔的景象转到儒雅的周瑜身上。回想小乔刚嫁给周瑜时,他"雄姿英发"、气度无双,在谈笑间便能使敌军战船灰飞烟灭。"羽扇纶巾"是周瑜的一贯形象,故苏轼以此代指周瑜。苏轼遨游的神思归来,想到当年的周瑜三十四岁,而自己已经四十七岁;周瑜那时正当盛年,而自己却已生白发,故慨叹"多情应笑我"。尔后苏轼想那周瑜也消失在历史长河之中,自己又有什么好气馁、好悲伤的呢?不管再功名盖世的英雄,都会为历史这大浪所淘尽,人生不过如梦一场,所得"唯江上之清风,与山间之明月"尔,所以倒不如一杯薄酒祭奠给那江水、明月。苏轼在和历史对话的过程中,对生活、生命之本质也逐渐释然理解。历史长河似滚滚东逝的江水,奔流不息,波澜壮阔的江河就是宋词里的广阔天地。

再从《水龙吟·次韵章质夫杨花词》来看苏轼眼中的杨花,词云:

> 似花还似非花,也无人惜从教坠。抛家傍路,思量却是,无情有思。萦损柔肠,困酣娇眼,欲开还闭。梦随风万里,寻郎去处,又还被、莺呼起。　　不恨此花飞尽,恨西园、落红难缀。晓来雨过,遗踪何在,一池萍碎。春色三分,二分尘土,一分流水。细看来,不是杨花点点,是离人泪。[1]

这首词似一幅小品画,春景中杨花飘落,它似花又不似花,坠地后无人为它怜惜。此词同样作于作者被贬黄州之后,苏轼有借写

---

[1] 唐圭璋,编纂. 全宋词[M]. 王仲闻,参订;孔凡礼,补辑. 北京:中华书局,1999:358.

杨花无人珍惜来暗喻自己独自在外漂泊，仕途坎坷无人关怀之意。杨花虽"抛家傍路"，却可随风萦回飘荡，细细想来无情又有情。"萦损柔肠"三句又将杨花与"困眼娇憨"的闺妇情态结合，那飘荡萦回的杨花似是犯春困的闺妇，那双眸"欲开还闭"，正好梦，却被那房外枝头上的黄莺叫声惊醒。从杨花写到繁花落尽，词人不恨这花凋零落尽，只恨西园那落红难以挽回，再不能重上枝头。一场雨后，何处去寻芳踪？唯余眼前的"一池萍碎"。苏轼在杨花里寄托了自己的身世之感，写的是杨花，也写的是自己，带有更浓的主观情感。苏轼的词，能写河山、写历史，也能写一小片杨花，他的词表现了豁达的人生观。

辛弃疾有着非常强烈的抗金复国之心，他是当时朝廷中的主战派，他的词里往往充满雄心抱负，有时又有柔情。《破阵子·为陈同甫赋壮语以寄》就如同辛弃疾在朝堂上的主战之心，热血沸腾、慷慨激昂，词云：

> 醉里挑灯看剑，梦回吹角连营。八百里分麾下炙，五十弦翻塞外声。沙场秋点兵。　马作的卢飞快，弓如霹雳弦惊。了却君王天下事，赢得生前身后名。可怜白发生。①

这里的辛弃疾是军人、是将领，他在追忆与想象之间穿梭。开篇他回忆起之前的军旅生活，现实中的他酒醉之后在烛火下看着自己尘封已久的利剑，梦中的自己回到号角震天的军营里，将烤牛肉分给将士们，昂扬的乐曲激动人心。到了秋天，是战马膘肥体壮，能随将士上战场杀敌的好时节，沙场正点兵。他的战马如同刘备的

---

① 唐圭璋，编纂．全宋词[M]．王仲闻，参订；孔凡礼，补辑．北京：中华书局，1999：2502．

的卢马，在战场上风驰电掣，放出的箭矢如雷声般霹雳作响。辛弃疾收复失地的梦想没有实现，君王天下事未曾了却，只余两鬓斑白的头发，残酷的现实让他清醒。读这首词，我们能在脑海中浮现军营里兵将操练、战场上激烈厮杀的宏大场景。

辛弃疾的词作《清平乐·村居》却描绘了宁静和谐的村居生活，一片闲情逸致、充满生活情趣的景象。词云：

> 茅檐低小。溪上青青草。醉里蛮音相媚好。白发谁家翁媪。　大儿锄豆溪东，中儿正织鸡笼。最喜小儿亡赖，溪头卧剥莲蓬。[①]

这首词的画面感非常强，像小景山水图画。又低又小的茅草屋房檐，一湾潺潺的溪水，溪边长满了青草。这时的辛弃疾有点喝醉了，听见了不知是谁家的老夫妻在说吴语，声音悦耳，他一个北方人，在南方也渐渐地喜欢上了这语言。下片他继续描述各司其职的农家人物，老夫妻的大儿子在溪的东边锄豆，二儿子正在编织鸡笼，小儿子最令人喜爱，不帮忙干活，卧在溪边剥莲蓬吃，最是无赖，却有符合年龄特征的天真可爱。如此简单且朴素的日子，辛弃疾也羡慕了，这里的他不再想着去北伐中原，而是想停下来过平淡天真的村居生活。

一个人的转变不在于一朝一夕，而在于经历许多坎坷，最终识得生命的真谛。辛弃疾在他的《丑奴儿·书博山道中壁》说自己少年时没经历过什么大风大浪，可自己两鬓斑白时，经历了风风雨雨，尝过人间苦楚，却"欲语还休"，能向谁道呢？就算将心中"愁

[①] 唐圭璋，编纂. 全宋词[M]. 王仲闻，参订；孔凡礼，补辑. 北京：中华书局，1999：2434.

滋味"说出来,又能怎么办?所以就让它去吧,千言万语化作一句"却道天凉好个秋"①。只有当真正历尽沧桑,才能领会什么是真正的愁,但对于这一切自己也无可奈何了。《稼轩词》中收集辛弃疾的词作共有六百二十多首,他是整个宋代词作数量最多的词家。

"奉旨填词柳三变",柳永总是在风花雪月中抒写自己的人生,虽流连花间柳巷,曾创作出众多狎妓行乐之词,但在游乐之时他也创作了许多羁旅词,同时还有很多表现繁荣富庶的城市生活和年节风俗的词作,歌颂了生活的美好。

《凤栖梧》是柳永怀念恋人的作品,其中最后两句的执着精神被王国维称为"古今之成大事业、大学问者"②所必经之境界,将其上升为执着奋斗事业的高度,这是所必经的第二个境界。词云:

伫倚危楼风细细,望极春愁,黯黯生天际。草色烟光残照里,无言谁会凭阑意。　拟把疏狂图一醉,对酒当歌,强乐还无味。衣带渐宽终不悔,为伊消得人憔悴。③

这里的柳永思念成狂,他日渐消瘦至衣带渐宽。一个春日的傍晚,微风细细,词人伫立在高楼之上,凭栏极目远眺,想在目之所及内看见一些想看的景色,在这里并不知道他极目远眺想看的究竟是什么。再看天边,他还生起了黯淡的春愁,所观之物都沾染上他心底的愁绪。此时烟雾迷蒙,斜阳残照芳草,无人可领会词人心底真正的意绪。词人为将内心的愁绪疏泄出来,对酒当歌,狂放图一

---

① 唐圭璋,编纂. 全宋词[M]. 王仲闻,参订;孔凡礼,补辑. 北京:中华书局,1999:2477.
② (清)王国维. 人间词话新注[M]. 滕咸惠,校注. 济南:齐鲁书社,1986:2.
③ 唐圭璋,编纂. 全宋词[M]. 王仲闻,参订;孔凡礼,补辑. 北京:中华书局,1999:31.

醉，但是强行作乐无用，其中并无滋味。从最后两句我们终于知道了，词人是在思念他爱的那个人，思念到了人渐消瘦、衣袍较往日宽大许多的地步，可是词人愿意为她消瘦憔悴，无怨无悔。最后两句可谓千古绝唱，其中对爱情的执着极具感染力。

柳永的《抛球乐》与宋画《清明上河图》都是描述北宋汴京清明时节的景象，不仅题材相似，"构图方式"也与《清明上河图》相仿，皆为全景式构图。柳永"截取城市生活中的一个个画面，内容涵盖了那个繁荣时代的诸多方面"[1]，绘成一幅都市风俗画。词云：

晓来天气浓淡，微雨轻洒。近清明，风絮巷陌，烟草池塘，尽堪图画。艳杏暖、妆脸匀开，弱柳困、宫腰低亚。是处丽质盈盈，巧笑嬉嬉，争簇秋千架。戏彩球罗绶，金鸡芥羽，少年驰骋，芳郊绿野。占断五陵游，奏脆管、繁弦声和雅。　向名园深处，争捉画轮，竞羁宝马。取次罗列杯盘，就芳树、绿阴红影下。舞婆娑，歌宛转，仿佛莺娇燕姹。寸珠片玉，争似此、浓欢无价。任他美酒，十千一斗，饮竭仍解金貂贳。恣幕天席地，陶陶尽醉太平，且乐唐虞景化。须信艳阳天，看未足、已觉莺花谢。对绿蚁翠蛾，怎忍轻舍。[2]

这首《抛球乐》相对于《凤栖梧》，结构壮大了很多，慢词的字数受限小很多，铺排能力强，自然美景、游人之乐、节日盛况以及宴饮之畅一一呈现给读者，生动地反映了北宋清明时节的风土人情。

---

[1] 程荣. 论"词中有画"——以柳永词为中心[J]. 安徽农业大学学报, 2011(6): 114—118.
[2] 唐圭璋, 编纂. 全宋词[M]. 王仲闻, 参订; 孔凡礼, 补辑. 北京: 中华书局, 1999: 39.

柳永从一天的早晨开始铺写，当时天色忽阴忽晴，下过一阵雨之后，空气更加清新。清明时节，柳絮漫天飘舞，飘到大街小巷，烟雾笼罩池塘里的芳草。杏花绽放，如同刚匀上脂粉的美丽新娘，柳条如春困美人的细腰般低垂而下。游乐的人群很多，到处是青春丽质的少女，她们巧笑嬉嬉，正簇拥在秋千旁；移动视点，我们又看到有人在玩彩球，也有人在玩斗鸡的游戏；视线再转到少年们那里，他们正挥动马鞭，骑着骏马向郊外驰骋而去。寻常百姓占尽了贵族子弟经常游乐的地方，这里丝竹管弦声声，好不热闹。上片描写的是词人"看"百姓们无拘无束的游乐，下片词人则身置其中，向名园深处走去，这里停放着豪华画轮车、拴着数匹宝马。此时他随意地在绿荫红影下罗列杯酒，看着曼妙的舞姿，听着婉转的歌声，宛若"莺娇燕姹"。这露天宴饮让人兴致颇高，即便是"寸珠片玉"也不能比拟，因为此刻的欢快是无价的。不管他美酒是不是"十千一斗"，喝完后就用这头上的"金貂"去换。他恣意地在幕天席地里畅饮佳酿，在欢乐里享太平盛世，似乎回到了唐虞时代一样。最后他只觉尚未看足这艳阳天，但是此刻莺儿已飞、花朵已谢。对着美酒美人，他怎能忍心轻易离去呢？柳永笔下的汴京繁荣富庶、歌舞升平，民众自由自在。《抛球乐》的世界里有着与《凤栖梧》不同的气氛，它处处充满着欢乐。

宋代咏物词的题材与宋代花鸟画题材有很多重合之处，主要包括花卉、竹石、畜兽、翎毛、果蔬、虫鱼等，范围十分广阔。宋初的词人常描写色彩艳丽的花卉，将它们与美人比拟，突出描写对象的华贵、娇美，这十分契合事物的外部特征，如这一时期的荷花词、芙蓉花词、牡丹花词。自理学渐渐兴起后，宋人开始"欣赏透过事物外表之美而揭示出的生活态度和人格气象"①，故"词中常常凝聚着词人的人格精神"②，词人在创作花鸟词时，喜欢用花鸟来寄托他们的人格情操，将自身情趣、志气寄托于花鸟之中，借花鸟抒发胸臆。

宋人之词描写了宋代广阔的河山、细微的情感，从形形色色的题材中可窥见宋人生活的多姿多彩，看到他们生命世界的丰富。

第三节

境外心音明意趣

绘画与词在宋代重文的大背景下有着极为相似的发展轨迹，此时诸多词画并习的文人逐渐涌现。例如苏轼常有单独的词、画作品，他在文学、艺术上的创新理念与其作品的影响持续至今，在书法、绘画和词作等各种文艺创作上都取得了一定的成就，在词学和画学领域开辟了全新的道路，提供了新的见解与思考，为后世的文艺创作提供了更多可能。苏轼仕途多舛，人生履历极为丰富，这也给他的创作留下了很大的空间，他的词作因此变化多端，包含着天马行空的想象力和潇洒自由的精神。抛开形式的约束，词作者的气节往往是一首词想要表达的主题。在不同的创作方式上，创作者表达的都是自身的生命情态与人生理解，这样的情怀可以在词作中体现，亦可在绘画、书法中寻求。

---

① 许伯卿. 宋词题材研究[M]. 北京：中华书局，2007：145.
② 许伯卿. 宋词题材研究[M]. 北京：中华书局，2007：146.

一、境如琵琶半遮面，云烟缥缈意朦胧

宋代文人已不再满足于在词与绘画中对写实之景的描绘，转而开始描绘那些云烟隐匿的含蓄朦胧之景，进入创作超然雅致之境。以宋四家之一的米芾为例，宋人蔡肇言其："所至喜览山川，择其胜处，立字制名，后来莫之废也。过润州，爱其江山，遂定居焉，作庵城东，号'海岳'，日咏哦其间，为吾州佳绝之观。"[①] 米芾性爱山水，一生喜游历名山大川，在其宦海半生中，行至山水胜景，体会江南山水空蒙之态，对山水画创作有自己的独特见解。明人顾起元言："昔人谓山水之变，始于吴，成于二李。树石之状，妙于韦偃，穷于张通，厥后荆、关顿造其微，范、李愈臻其妙。自米氏父子出，山水之格又一变矣。"[②] 米芾作为文人画的代表人物，丰富了中国山水画的表现力，与其子米友仁共创的"米氏云山"更为人所惊叹，可谓山水风格之又一大变。其书画创作观念不循院体画之理，在山水的表达上，常取"烟云掩映"之天趣，得"平淡天真"之意境，将山水的质感与重量弱化，画中山川轻柔细腻，山峦若隐若现。又常在画中绘制"雨点皴"，使得画面笼罩在一片烟雨之中。他的画常常像是一场梦境，尺幅间少皴擦与浓墨，多以淡墨尽显淋漓之景，表现江南山水朦胧之至的阴晴明晦，极富朦胧的美感。这样的表达方式显然是极为主观的，在技法上它体现的是文人的精神世界，在这样的画面中我们得以见得画家平淡洒脱的气韵，画中山石非真山石，而是墨戏的意趣，是画家借山水之名传递的一种天真淡雅的生命情怀。从词人对米芾画作所写题跋中，我们可大致窥见其笔墨间平淡自然的山水风貌，如宋人张元幹题《下蜀江山图》时言其画："发云烟杳霭之象于墨色浓淡之中，连峰修麓，浑然天开，有千里

---

① 孙祖白. 米芾[M]. 香港：中华书局，1975：54.
② 孙祖白. 米芾 米友仁[M]. 上海：上海人民美术出版社，1982：56.

远而不见落笔处……"① 明人吴宽亦评其《云山烟树图》为："云山烟树总模糊，此是南宫鹘突图，自笑顶门无慧眼，临窗墨迹澹如无。"② 可见，米芾之画，多作云烟杳霭之象，即使不画云雾，也有雨后山川的空蒙意境，表现江南山水空蒙、云烟缥缈的质感，有浑然天成之趣，极富平淡自然的清雅朦胧美感。

同样具有"清雅淡泊"之称的还有词人秦观。秦观的词风朦胧凄清、含蓄清丽，在词史上以婉约著称。秦观与苏轼关系极为密切，是"苏门四学士"之一，苏轼在《宋史·秦观传》中赞其"赋黄楼，轼以为有屈、宋才"。秦观词作风格清雅，流露出词人真挚自然的情感。方回曾说秦观诗"流丽之中有淡泊"③。王安石的《回苏子瞻简》亦言："得秦君诗，手不能舍，叶致远适见，亦以为清新妩丽，与鲍、谢似之。"④ 可见其在营造自然景色时，常常使用凄凉幽静之景，蕴含着一种对生活尚有期待的情怀。他的《南乡子》云："妙手写徽真。水剪双眸点绛唇。疑是昔年窥宋玉，东邻。只露墙头一半身。　　往事已酸辛。谁记当年翠黛颦。尽道有些堪恨处，无情。任是无情也动人。"⑤ 描述的是有人为崔徽画了一幅肖像，画中崔徽美艳动人，两眼清澈明亮如同秋水，嘴唇红润似以朱砂点染。词人略带玩笑地用典，言其犹如东邻女偷看宋玉般只露出一半身体。作者透过这纸面肖像，看到画中之人翠黛微颦，追寻原因——有酸辛之事。可酸辛之事既成往事，谁人可记？唯有这幅肖像留下，供人

---

① （宋）张元幹. 芦川归来集·卷九[M]. 上海：上海古籍出版社，1978：169.
② （宋）米芾. 画史：外十一种[M]. 上海：上海古籍出版社，1991：48.
③ （元）方回，选评. 瀛奎律髓汇评[M]. 李庆甲，集评校点. 上海：上海古籍出版社，2005：46.
④ （宋）王安石. 临川先生文集[M]. 北京：中华书局，1959：777.
⑤ 唐圭璋，编纂. 全宋词[M]. 王仲闻，参订；孔凡礼，补辑. 北京：中华书局，1999：593.

观看罢了，其间婉转感伤心绪可见一斑。最后词笔一转："尽道有些堪恨处，无情。任是无情也动人。"如此夺人的肖像作品却也有遗憾之处——画中之人虽极妍尽态，却教人"堪恨"。但词人又转念认为，这样美丽的女子，即使不能与她心意相通，却依然是动人的，这便是秦观感伤词中所蕴含的期待情怀。

秦观精通禅理，他有诗论"画意忘形形更奇"[①]，在将诗与禅融合的基础上，通过"即幻见真""即物即真"的观照，使"本真之我"得以开显，主张"画意忘形"。宋人周必大称秦词"借眼前之景，而含万里不尽之情"，其词婉约轻盈，常常处在游刃有余、举重若轻的状态中。他写情思或只点到为止，或干脆将其虚化为景物。其词作除清雅之气和感伤词中的期待情怀外，亦如米芾般善作亦真亦幻的朦胧之美，多虚实相织，以婉丽的词采诉难言情愫，造朦胧之境。词中多组合意象模糊之景或直接描绘幻象之景，以缥缈之景为载体，将难言之情婉转寄意其中。如其名作《鹊桥仙》："纤云弄巧，飞星传恨，银汉迢迢暗度。金风玉露一相逢，便胜却、人间无数。　　柔情似水，佳期如梦，忍顾鹊桥归路。两情若是久长时，又岂在、朝朝暮暮。"[②] 全词结构严谨，构思精妙，词人以牛郎织女七夕相会的传说展开，描绘了一幅如梦似幻的七夕相会幻境。从首句的景物描写之中，我们可以联想到：天空中那纤薄而变化多端的云彩，和那传递着相思愁怨的幻灭流星以及遥远无垠的银河，都好似米芾山水中烟雾缥缈之景那般让人看不真切，如梦似幻。词人幻想自己就是那将要赴会之人，他在七夕悄悄渡过银河，于秋风白露

---

① （宋）秦观. 淮海集·卷二[M]. // 文渊阁四库全书. 台北：台湾商务印书馆影印本，1986.
② 唐圭璋，编纂. 全宋词[M]. 王仲闻，参订；孔凡礼，补辑. 北京：中华书局，1999：591.

中与意中人短暂相会，就胜过了尘世间那些虽朝暮相处却貌合神离的夫妻。二人共诉相思，柔情似水，短暂的相会疑真疑假、如梦如幻。刚刚借以相会的鹊桥，转瞬便成了他和爱人的分别之路，他不写别离而言怎忍看鹊桥归路，婉转语意中，蕴含无限惜别之情。词人更咏叹：只要两情至死不渝，又何必贪求卿卿我我的朝欢暮乐呢？他以此如梦似幻之景，诉人间离愁别绪之苦。

再如其名作《踏莎行》："雾失楼台，月迷津渡。桃源望断无寻处。可堪孤馆闭春寒，杜鹃声里斜阳暮。　　驿寄梅花，鱼传尺素。砌成此恨无重数。郴江幸自绕郴山，为谁流下潇湘去。"[①] 秦观作此词时正值人生失意之际，他因被贬谪于郴州，精神上倍感痛苦。词中描述雾霭之中楼台模糊难辨，月色朦胧中的渡口也隐匿身影。望尽天涯，他寻不到理想的桃花源，前路未知，春寒中的旅馆寒冷难耐，杜鹃凄切之声声声入耳。收到远方友人的殷勤致意，按理本该感到慰藉才是，可这穷途末路之时，身为被贬之人，他却别是一番滋味在心头，那些包含安慰的信件，一封封都触动着词人敏感的心弦，离恨堆砌如高墙。结尾词人更是凄叹，言书难达意，自己同郴水自绕郴山，不能下潇湘以向北流也。郴江北流而入耒水，至衡阳而东流入潇水湘江，这本来是自然现象，可是经词人一点化，山川也像是通了人情。"幸自"和"为谁"两个词语构成了诘问句，有着词人主观情感的投入，语意凄切，亦自蕴藉而玩味不尽，正如王国维先生所言："少游词境最为凄婉。至'可堪孤馆闭春寒，杜鹃声里斜阳暮'，则变而凄厉矣。"[②] 此词虚实相生，词境可谓凄婉朦胧。

宗白华在《中国意境之诞生》中说："艺术家以心灵映射万象，

---

① 唐圭璋，编纂. 全宋词[M]. 王仲闻，参订；孔凡礼，补辑. 北京：中华书局，1999：592.
②（清）王国维. 人间词话新注[M]. 滕咸惠，校注. 济南：齐鲁书社，1986：74.

代山川立言，他所表现的是主观的生命情调与客观的自然景象交融互渗，成就一个鸢飞鱼跃，活泼玲珑，渊然而深的灵境；这灵境就是构成艺术之所以为艺术的'意境'。"① 作为宋时文人代表，米芾与秦观以不同的艺术形式抒发其对"意境"的追求，其乐不在具体写实之处，而在缥缈朦胧之境。这种缥缈朦胧之境，既是画者词人本身的追求，亦是文艺发展的必然结果。比起具体写实之景，朦胧的景物往往更具含蓄之美，更合文人心意。画家米芾与词人秦观，两者皆是宋代以苏轼为友、志同道合的文人。前者弃宏丽写实的山水画风，转向江南烟雨下的细腻描绘。后者抛浮艳之态，独写清雅朦胧之景。两者作品皆与主流的表达风格不同，一画一词将自身对于生命真挚又内敛的情怀以更加贴合的手法呈现。在后世对于风格流派的研究下，众多学者仍能从中拾取出创作者清幽自然的含蓄心境。

二、野鹤闲云林中客，浮沉入世倦归林

历代文士常于山水烟霞间追慕自己的人生理想，表达自己愿去清净无人处吟赏朴野山水而不愿堪受尘世所扰的愿望。宋时文士亦是如此，他们之中不乏野鹤闲云者，对山水自然充满无限向往。于是，这一时期文人们热衷于描绘山水题材，以期"不下堂筵而坐穷泉壑"，在对山水题材的描绘中寄托自己独特的情感。画中山水者以范宽为例，其所作《溪山行旅图》被明代书画家董其昌称为"宋画第一"；今有现代画家徐悲鸿评之："中国所有之宝，故宫有其二：吾所最倾倒者，则为范中立《溪山行旅图》。大气磅礴，沉雄高古，诚辟易万人之作。此幅既系巨帧，而一山头，几占全幅面积三分之二，章法突兀，使人咋舌。"② 可见这幅画在一定程度上具有宋代绘

---

① 宗白华. 美学散步[M]. 上海：上海人民出版社，2005：70.
② 徐悲鸿. 徐悲鸿自述[M]. 合肥：安徽文艺出版社，2013：228.

范宽《溪山行旅图》

画的代表性。

范宽为北宋三大家之一，是当时极具影响力和代表性的山水画家。他早年师从李成，后自成一家，《宣和画谱》中记载了他提出的重要绘画论点："前人之法未尝不近取诸物，吾与其师于人，未若师诸物也。吾与其师诸物者，未若师诸心。"[1]可见范宽于山林间，将自身的生命情调与自然的精神相融合，感"外师造化，中得心源"之精妙。《图画见闻志》注释说刘道醇《圣朝名画评》称范宽的山水画"如面前真列，峰峦浑厚，气壮雄逸，笔力老健"[2]。《宋朝名画评》中云："真石老树，挺生笔下，求其气韵，出于物表，而又不资华饰。"[3]《宣和画谱》评："千岩万壑，恍然如行山阴道中，虽盛暑中，凛凛然使人急欲挟纩也。"[4]《溪山行旅图》气势恢宏，浑厚雄逸。画中一巨山约占据画面三分之二，山势平缓且山头多林，范宽笔力老辣，运用了大量的雨点皴，使山体显得雄厚壮阔。溪山的溪水从山头涌出，在山间化作高亮灵动的一条流星，呼吸吐纳间至山底溅起一片水雾，照应着大山下的近景，引出行旅之人。画面流畅富有节奏感，使人能在堂筵之上尽享山间妙事。作为宋朝隐逸画家之一，范宽的画中有其与山水交融的自然之道，有其自身温和宽厚的性情气韵，还有澄怀味象田园牧歌式的作画心境。

宋初词人潘阆也是一隐逸名士。潘阆字逍遥，号逍遥子，从字号来看，他性情中的恣意潇洒可见一斑。潘阆善交际，广游天地，有不少文人诗词载写了其轶事。魏野的《赠潘阆》中说："昔贤放志多狂怪，若比今来总不如。从此华山图籍上，又添潘阆倒骑驴。"关

---

[1]（宋）宣和画谱[M]．岳仁，译注．长沙：湖南美术出版社，1999：236．
[2]（宋）郭若虚．图画见闻志[M]．邓白，注．成都：四川美术出版社，1986：220．
[3]（宋）刘道醇．宋朝名画评[M]．//俞剑华，编著．中国古代画论类编．北京：人民美术出版社，1998：412．
[4]（宋）宣和画谱[M]．岳仁，译注．长沙：湖南美术出版社，1999：236．

于华山骑倒驴之事,潘阆写《过华山》有提及:"高爱三峰插太虚,昂头吟望倒骑驴。旁人大笑从他笑,终拟移家向此居。"①沈括的《梦溪笔谈》中也提到潘阆为人狂放不羁,曾写诗:"散拽禅师来蹴鞠,乱拖游女上秋千。"②除去趣谈,黄静之在《酒泉子》跋词处写到他对潘阆才华秉性的评价:"潘阆,谪仙人也,放怀湖山,随意吟咏。词翰飘洒,非俗子可仰望。"③和一般的隐士有所不同的是,潘阆可谓潇洒放浪为表,追名逐利为里,热爱功名利禄却仕途多舛,他多次卷入宫廷斗争而下狱。因其特殊的人生经历,潘阆或许代表了同时期和他一样仕途坎坷的文人心境,既有出尘之心,又难绝于世。于是,他将士大夫情怀融于山水风光之中,为词创造了新的审美境界,表现出鲜明的个性特征,其词作蕴含独特的对于人生的思考和感悟。潘阆于山水自然间找到了自我,他在写钱塘江的自然风光山水词时一举成名,后太子中舍李允为之作《潘阆咏潮图》,苏州吴县知县罗思纯作序,长洲知县王禹偁作赞,他咏潮的佳话风靡一时。以此观潮词起,潘阆的文学之路开启了全新的篇章,可见潘阆的才华在与山水的碰撞中得以有新的启示,这或许也与其逍遥好道、得法自然的主体情怀有着密切联系。

  作为宋初词人,潘阆的文学思想在推动宋词发展上起着关键性的作用。《逍遥词附记》中有记载潘阆写给茂秀的一段书信,其中便谈及了潘阆的文学理念:

    茂秀茂秀,颇有吟性,若或忘倦,必取大名,老夫之言,

---

① (清)厉鹗. 宋诗纪事[M]. 上海:上海古籍出版社,2013:128.
② (宋)沈括. 梦溪笔谈[M]. 长沙:岳麓书社,1998:210.
③ (宋)黄静. 逍遥词附记[M].//(清)王鹏运. 四印斋所刻词. 上海:上海古籍出版社,1989:708.

又非佞也。闻诵诗云:"入廊无人识,归山有鹤迎。"又云:"犬睡长廊静,僧归片石闲。"虽无妙用,亦可播于人口耶。然诗家之流,古自尤少,间代而出,或谓比肩。当其用意欲深,放情须远,变风雅之道,岂可容易而闻之哉?其所要《酒泉子》曲十一首,并写封在宅内也。若或水榭高歌、松轩静唱,盘泊之意,缥缈之情,亦尽见于兹矣。其间作用,理且一焉。即勿以札翰不谨而为笑耶。阆顿首。①

书信中谈到若师法古人,难以企及其高度,不如另辟蹊径的创新观点。唐朝是诗体文学的巅峰,而词被称为诗余,不受文人重视,也多以女子闺阁为题,多是婉转的言情小词。而潘阆将这诗余拾起,主张诗词一体,写出《酒泉子》十首词作,其中最为著名的是:"长忆西湖,尽日凭阑楼上望。三三两两钓鱼舟。岛屿正清秋。　笛声依约芦花里。白鸟成行忽惊起。别来闲整钓鱼竿。思入水云寒。"②此作将小岛、渔船、芦花、白鸟用寥寥数笔勾勒而出,遂成一片清幽之景,极富淡泊之意。上片写秋高气爽之时,凭栏远眺,西湖水如明镜,小岛景色清爽,几只渔船悠然自得;下片写隐隐笛声自芦花间传来,白鸟猝然惊起,空灵有趣;结尾"闲整钓鱼竿"表现出词人急不可耐想要归隐湖上垂钓之情,意境清朗开阔,寄托了词人的出尘之思。正如明代杨慎《词品》所云:"(潘阆)其人狂逸不检,而诗句往往有出尘之语。"③词人一抛以往婉约之态,以其逍遥恣意的心性,寄情于山水,写下洒脱豪迈的山水词。

---

① (宋)潘阆. 逍遥集[M]. 北京:中华书局,1991:12—13.
② 唐圭璋,编纂. 全宋词[M]. 王仲闻,参订;孔凡礼,补辑. 北京:中华书局,1999:7.
③ (明)杨慎. 词品[M].// 唐圭璋. 词话丛编. 北京:中华书局,1986:475.

寄情山水的文人大多有着相同或者相似的心境，范宽在山水间得到了启示，领略了人与自然的相融之道，从而在山水间找到了自我。范宽与山水因画结缘，他用以寄情和表达的形式借助画笔传递。范宽在山水间饱游饫看，做到了心有丘壑，磊磊落落，在他笔下的山水皆宏伟浑厚，这是他对山的认知，也是他心中之山。借此山我们可以感知到画家为人敦厚实诚，于自然之中认识自我、借绘画于山水间表达自我的情怀。与从始至终顺其自然的范宽相比，词人潘阆的生平显得有些跌宕，范宽一开始便从繁华的城镇入手，因画与自然结缘；潘阆却走了寻常文人之道，积极入世，并且仕途经历颇丰，这样多彩的生平最后也是以山水词流芳后世，可见在潘阆的人生中，最终还是在山水间得以看到真正的自我。写出潇洒恣意的观潮词作后，潘阆的词便多以自然为题，传以后人山川湖海之美，抒心中逸气，而后他的词又有添加言志成分，但始终不离山水自然之景。

范宽与潘阆作为宋代具有代表性的两位文人、野鹤闲云者，皆于山水间与自我相知相识，进而用自己较为熟悉的表达方式来创作心中理想的山水之态。范宽用画，潘阆赋词，虽是不同的抒情形式，但最终都将自我对于生命的理解寄予这山水之中。

三、人随境迁画意转，叶叶心心总关情

作为文人情感的出口，词与画往往寄托了他们最真切的夙愿，人之经历不同，画中所寄之情亦有所不同，同一文人在其人生所处的不同阶段，作品亦大不相同。所谓人随境迁，画意亦随之改变，叶叶心心总关情。

《宣和画谱》是记录宋代画史的重要著作，全书共计二十卷，收录画作六千余幅，画师二百余位。其中宫廷花鸟题材占据二分之一，可见北宋时期花鸟题材渐渐成为绘画的主流，这与宋徽宗赵佶的大力推崇有着很大关联。他创办"画学",将其列入科举考试之中,引诗词为题,加大对画师文化程度和画面意境方面的考核力度。

北宋时期理学盛行,理学中的"格物致知"理念也影响着绘画创作,宋徽宗不仅重写实、重观察,还对绘制之物从形、理两方面进行细致观察。邓椿《画继·杂说》中记载徽宗刚建成"龙德宫",便命待诏图画宫中屏壁。待诏们都拿出自己的看家本领来画,然而徽宗看了却并不十分满意,唯独在殿前柱廊拱眼的一幅斜枝月季花前矗立良久,于是问画者为谁,回答说是一个青年新进画家。赵佶听了尤为欣喜,对其"赐绯",褒锡甚宠。待诏们都疑惑不解,原来是因为"月季鲜有能画者,盖四时、朝暮、花、蕊、叶皆不同"[①]。徽宗能辨别出此作乃"春时日中者,无毫发差",表明宋徽宗对绘制对象的观察不止于形,还根据其生长特征作进一步了解,这样的作画风格使画面精巧理性,观赏性极高。除了对写实的极致追求以外,宋徽宗也格外注重画面意趣。张澂《画录广遗》中提及宋徽宗之花鸟"专徐熙、黄筌父子之美"。"黄家富贵,徐熙野逸"是史论家对黄、徐两派风格的总结之词。黄筌重色,其绘制的珍禽精致入微,纤毫毕现,画风工整富丽,是院体花鸟画极具代表性的画师。徐熙未入宫廷画师之列,因此笔间更见潇洒恣意,轻色而重笔法,画面意趣横生,气韵生动。宋徽宗集两者之长,笔下画作既工整华丽又见几分文人意趣。

《瑞鹤图》是史论界较为认可的宋徽宗御画之一,也是宋时期宫廷祥瑞画系列的代表作。画面设色华丽、气韵不凡,平整庄重的宫殿与灵动的瑞鹤相映成趣,画面中还流露出独特的现代构成感,让观者耳目一新。画后有御题诗文与题跋,其独创的瘦金体遒劲纤

[①] (宋)邓椿. 画继[M]. 北京:人民美术出版社, 1964:121.

妙，与画中笔法相应，书画一体。此作可分为上下两部分，下半部分为宣德门与祥云，绘制极为精细，祥云雾气袅袅犹如仙境，宣德门的琉璃瓦片片分明，华贵威严。其建筑的刻画乃国画中少有，山水题材中往往将建筑隐秘于山间，而花鸟多与山石树木为衬托，如此特写实属罕见，但这也与画家独一无二的身份息息相关。画中上半部分乃是瑞鹤，各类形态共二十只，瑞鹤承宋宫廷花鸟一贯的风格，被绘制得纤毫毕现，又有别于大多数绘制鸟类的伫立之态，其中十八只盘旋于宣德门之上，姿态各异，优美华丽。徽宗可谓史上最文艺的皇帝，在艺术史上有着不轻的分量，其万人之上的地位对其作画所寄情感有着极大的影响。这幅《瑞鹤图》所绘之景主要含有祈求祥瑞之意，他将象征祥瑞的仙鹤与现实中的宫殿相结合，以此表达天下太平的愿望，与历代皇帝建庙举行祭祀同理，徽宗将此情寄托于绢素之上，用祥瑞之物来表达天子爱民兼济天下的主体情

赵佶《瑞鹤图》

怀。在道教文化中，鹤是仙人坐骑，或是仙人之化身，仙鹤常以与道的"飞升"相联系的符号出现。而徽宗自称"教主道君皇帝"，在象征皇权的宫殿之上绘制众多仙鹤，加之祥云相衬，使图景宛若仙境。可见，他也借此图流露其愿化作仙鹤飞升、远离庙堂之争，做一逍遥画师的愿景。

宋词中的花鸟题材主要归为咏物一类，词人往往通过寄托事物来喻人喻己，以此抒情。《全宋词》中收录的咏物词占比近半，描写的花卉涉及几十种品类。宋词中出现大量花卉词的原因，主要在于宋文化环境异常宽容，文化活动也较为活跃，文人多举办风月雅集，观花赏月，其间吟诗赋词，花卉便成了文人们争先吟咏的对象。

李清照的词作中，大多是描绘花卉题材的内容。她常常将女性细腻的情感与花卉相结合，用其独特的视角将各种类别的花卉带入到情景中，借花的意象来作抒情表达。与男性多抒发仕途不顺，心中家国情怀不同，她的词没有天上黄河拍栏杆的壮阔气韵，而多含有闺中女儿般的细腻情愫，取景也常在庭院、房中或者溪间这样的方寸之地。

李清照年少时的词中多是无忧生活，所含的情感也是她对世间之美的感叹，心境在少女的浪漫中还带有几分童真：

>常记溪亭日暮。沉醉不知归路。兴尽晚回舟，误入藕花深处。争渡。争渡。惊起一滩鸥鹭。①

这首少年期间的《如梦令》，整首词灵动浪漫，具有少女的天真气息。在日暮时分，少女行船至莲花深处，天、水、莲，还有她

---

① 唐圭璋，编纂. 全宋词[M]. 王仲闻，参订；孔凡礼，补辑. 北京：中华书局，1999：1202.

微醺的脸，呈现一片柔和的粉红与橘红交织的景象。

李清照婚后的词作一改原来的浪漫天真，开始萦绕着深闺寂寥：

  薄雾浓云愁永昼。瑞脑消金兽。佳节又重阳，玉枕纱厨，半夜凉初透。　东篱把酒黄昏后。有暗香盈袖。莫道不消魂，帘卷西风，人似黄花瘦。①

这首《醉花阴》是词人婚后在重阳赏菊之时所作，当时李清照的丈夫赵明诚负笈远游，词人用"暗香"与"黄花"隐射重阳佳节孤身一人倍感寂寞的忧思，从而传达出其对丈夫的思念之情。暗香一般指代梅花，在这里与"黄花"同指菊花，梅兰竹菊属花中四君子，在此也用暗香来比喻菊的高洁之态。

孀居时期的李清照词作内敛深沉，她的《武陵春·春晚》看似叹惜暮春之象，实则抒词人心中积郁：

  风住尘香花已尽，日晚倦梳头。物是人非事事休。欲语泪先流。　闻说双溪春尚好，也拟泛轻舟。只恐双溪舴艋舟。载不动、许多愁。②

作此词时，逢国破家亡，李清照一路颠沛流离，在乱世无处安家。此中对花卉的描写一别少女时期的烂漫"荷花"和婚后有相思之意的"菊花"，而用"尘香"指代落入泥土的"残花"。这时花的

---

① 唐圭璋，编纂. 全宋词[M]. 王仲闻，参订；孔凡礼，补辑. 北京：中华书局，1999：1205—1206.
② 唐圭璋，编纂. 全宋词[M]. 王仲闻，参订；孔凡礼，补辑. 北京：中华书局，1999：1208.

品类已经变得不重要了,落花就算还有余香也已染尘,李清照惯将花这一意象加入自己的词作之中寄托情思,也是将自己与花这一意象相联系,以花喻己。

第四节

士人情思付此中

一、此情源流远

"士大夫"这一概念最早出自战国时期。《吕氏春秋·上农》中云:"是故天子亲率诸侯耕帝籍田,大夫士皆有功业。"①《荀子·礼论》中载:"大夫士有常宗。"② 这两处提及的皆是"大夫士","士大夫"与"大夫士"虽只是位置调换,但其中含义却大有不同。春秋时期"大夫"多是宗亲分封,世袭传承,社会地位在"士"之上,"士"的概念较为宽泛,主要指有才能的人,且多寒门出身。在世袭制度盛行的朝代,"士"多依贵族而生,"大夫士",强调的是等级。战国时期"大夫"世袭制开始瓦解,它变为在官僚系统中的一个官职,而这一官职多由"士"晋升为"大夫",此时实施选贤举能,出现了大量的布衣卿相。从这一现象开始,"士"的地位随官职而提升,至战国中叶"大夫士"开始转变为"士大夫",代表的意思也从"等级"转变为"阶级"。

---

① (战国) 吕不韦. 吕氏春秋[M]. 北京: 线装书局, 2007: 645.
② (战国) 荀况. 荀子[M]. 廖名春, 邹新明, 校点. 沈阳: 辽宁教育出版社, 1997: 90.

《周易》云:"观乎天文,以察时变。观乎人文,以化成天下。"[①]周人在治国理论中将"德治"放在第一位,上至天子下至平民皆有义务推动道德建设,实现天下大治。《大学》中载:"自天子以至于庶人,壹是皆以修身为本。"[②]此时修身、齐家、治国、平天下这样的思想理念开始成为有志之人的目标,其中修身位列第一,也就是从自我做起,这是士大夫精神的起源。而后战国时期世袭制度被摒弃,在此期间修身养性的士开始进入庙堂,积极参加政治活动。而士大夫精神也围绕着这群士大夫开始论起。《汉书·食货志上》云"学以居位曰士"[③],学识是作为士的一项重要要求,而有学识还包含了有悟性、刻苦勤勉等与学相关的优良品质,是需达到君问而答、学以待问的层次的。除德行与学识以外,他们还需清廉自守、淡泊名利。由此可见,士大夫阶级对自己在各方面要求极高,是为国家栋梁的典范,天下人的榜样。

影响宋代士大夫思想最大的还是理学的兴起。自汉董仲舒提出"罢黜百家,独尊儒术"以来,儒学一直是社会主流思想,而儒学君君臣臣、父父子子的纲要对于市民阶级来讲过于压抑天性,此时以老庄为代表的玄学之道开始兴起,道法自然的主张与儒学背道而驰,受到了当时人们的追捧。同时西域的佛学也流入中原,在两方思想的汇聚下,儒学独尊的地位开始倾斜。唐朝两位领导者,一称为老子后人,一称为弥勒佛转世,两位对道教文化与佛教文化的推崇,让士大夫阶级的思想开始向道佛转变,虽然此时儒学依旧是作为考学的主流文化,但道学与佛学也在士大夫间潜移默化影响开来,

---

① (上古)伏羲,(商)周文王. 周易[M]. 李择非,整理. 沈阳:万卷出版公司,2009:123.
② (春秋)孔丘等. 四书五经[M]. 北京:线装书局,2007:1.
③ (汉)班固. 汉书[M]. 赵一生,点校. 杭州:浙江古籍出版社,2002:428.

士大夫以儒学为学识，以道佛为礼法。道佛两学盛极一时，出现由国家奉养的寺庙、僧人，后起的儒家学子便以此为名，推崇规范礼法、复兴儒学，继而就有柳宗元、韩愈等人带头开始了儒学大改。宋时期重文轻武的文化大背景，给士大夫们极大的思想自由，他们摒弃了汉儒的糟粕，推崇儒学的义与理。宋代理学应运而生，在领导者的大力扶持与士大夫阶级的推崇下，成为社会主要思想流派，这次的思想浪潮也为其后的文学与艺术的巅峰成就打下了结实的文化基础。

宋代士大夫阶级的壮大、士大夫精神的重要影响力，也与统治者对士大夫的重视不无关系。自宋太祖始便重文轻武，出现了重文臣，不杀士大夫的条例，《续资治通鉴长编》第一百九十二卷中载宋仁宗曾言："朕乐与士大夫敦德明义，以先天下。"唐朝开始的科举制度也是宋朝主要的选举制度，唐朝科举制刚刚实行，对于长期世袭的贵族来说只是辅助，决定官职的还是出身，极少有寒门重臣；科举制发展至宋代已日渐完备，对于贵族的世袭也作打压处理，真正做到让有学识品德的寒门学子科考入仕，使大量人才进入朝廷，参与政治，形成了良好的文化建设循环。

大量的文人士大夫团体形成了积极向上、蓬勃发展的文化环境，也造就了宋时期独树一帜的时代风貌，而士大夫精神也成为这一朝代的领军思潮。士大夫精神不仅在政治方面有着卓越的榜样作用，在生活中也对文人有着极大的影响，宋时期文人间主要以举办诗会雅集作为交流交友的形式。重文的大背景下，宋人的闲余时光也过得格外雅致，作词与论画是其中的主要项目，诗会雅集也催生出许多优秀的文学、艺术作品，士大夫精神也流载进了宋词与宋画之中。

二、暗藏宋画里

刘道醇《宋朝名画评》曰："且观之之法：先观其气象，后定其去就，次根其意，终求其理。"①北宋画家李成在《山水诀》中提及："气象：春山明媚，夏木繁阴，秋林摇落萧疏，冬树槎枒妥帖。……不迷颠倒回还，自然游戏三昧。"②二者详细描绘了自然中的"理学"与绘画之间的关系，前者讲其方法，后者讲其具体实施，可见理学对于宋代绘画有着极深刻的影响。在前朝不断的积累下，写实的绘画风格在宋时期达到了巅峰，理学的发展让宋代画家在"真"的要求上还增加了自然之"理"的要求。《林泉高致》中说："见青烟白道而思行，见平川落照而思望，见幽人山客而思居，见岩扃泉石而思游。看此画令人起此心，如将真即其处，此画之意外妙也。"③在前人对于自然理法的推崇上，进一步提出了"画之意"的理念，逐渐迈上"写意"的道路，在追求自然之理、追求天地理法后回归本心，追求精神上的释放。

《图画见闻志》中载，"高尚其事，以画自娱者"④，向文人传达绘画不仅可以追求天地理法，同样也可借画自娱的理念。这一理念的提出，开拓了绘画的新篇章，画中意境可转变为意趣，"游戏"作画开始在文人间传播。这里的"游戏"除了趣味与嬉戏，更是主张画家自由的创作精神，心境的恣意潇洒，不拘泥于前朝古意和章法。进而"墨戏"再一次被提出，经由米芾、苏轼、文同等文人领军人物的带领，在宋代文人间被传播开来。元代倪瓒说："仆之所谓画者，不过逸笔草草，不求形似，聊以自娱耳。"不求形似带来的结果是工细向写意的转变，黄庭坚曾将文同的写意之竹与张旭的狂草相

---

① (宋)刘道醇. 宋朝名画评 [M]. // 俞剑华，编著. 中国古代画论类编. 北京：人民美术出版社，1998：408.
② (宋)李成. 山水诀 [M]. // 俞剑华，编著. 中国古代画论类编. 北京：人民美术出版社，1998：617—618.
③ (宋)郭熙. 林泉高致 [M]. 周远斌，点校、纂注. 济南：山东画报出版社，2010：27.
④ (宋)郭若虚. 图画见闻志 [M]. 邓白，注. 成都：四川美术出版社，1986：179.

较，这时绘画与书法的关系已经渐进。书写胸中意气与作画时求心意不求形似开始相较时，写意的大门便被开启。写意绘画的"写"，是注重笔法，以书入画，将书法的意气写进画中，而"意"是其中关键。早在唐代，张彦远在《历代名画记》中就提出了"本乎立意而归乎用笔"[①]，"意存笔先，画尽意在"[②]这样的观点，指出意需在用笔之前，是绘画的灵魂，且落笔有意，意到渠成便是一幅佳作。从追求形似到追求自然理法，再到自娱写意的转变过程，影响着后世文人的审美取向。

士大夫阶级在绘画方面的主要成就，后世将其称为"文人画"。明董其昌在《画旨》中论述道："文人之画，自王右丞始。其后董源、巨然、李成、范宽为嫡子，李龙眠、王晋卿、米南宫……吾朝文、沈，则又远接衣钵，若马、夏及李唐、刘松年，又是大李将军之派，非吾曹当学也。"[③]唐代王维为文人画开山之士，后董源规范其用笔用意等大方向，将山水在自然风光中重新定义，将画匠与画家区分开来，而后发展至宋，文人画的具体理念才被明确下来。士大夫阶级的创作自由与思想高度也使宋时期的文人画形成了独特的时代风貌。

明胡应麟的《诗薮·杂篇》中载："宋世人才之盛，亡出庆历、熙宁间，大都尽入欧、苏、王三氏门下。"[④]宋时期思想流派丰富，思潮众多，志同道合的文人自觉形成文人集团，其中较大的为欧、苏、王三门。苏轼一派有学者称之为"蜀学"和"元祐文人集团"。

---

① （唐）张彦远. 历代名画记[M]. 俞剑华，注释. 上海：上海人民美术出版社，1964：23.
② （唐）张彦远. 历代名画记[M]. 俞剑华，注释. 上海：上海人民美术出版社，1964：34.
③ （明）董其昌. 画旨[M]. 毛建波，校注. 杭州：西泠印社出版社，2008：41.
④ （明）胡应麟. 诗薮[M]. 北京：中华书局，1958：307.

苏轼虽无文人画论著作且传世画作也极少，却是文人画理论的奠基人，在苏轼的题跋与诗词中常有文人画理论。其《题文与可墨竹并叙》曰："斯人定何人，游戏得自在。诗鸣草圣余，兼入竹三昧。"[1]这里便提及了他对于"墨戏"的看法。其在《跋宋汉杰画山》中道："观士人画，如阅天下马，取其意气所到。乃若画工，往往只取鞭策皮毛槽枥刍秣，无一点俊发，看数尺许便倦。汉杰真士人画也。"[2]提出了文人画须有"意气"这一理念。苏轼提倡在意趣之中还需融入技法，做到书画一体。将笔墨技巧运用自如，可帮助画家随心所欲地创作，便于抒发主体情怀。

宋代文人多善填词作画，在文化自由的大背景下，他们可以用多样的表达形式去抒情，发展出诗、词、画一律的重要思想体系。苏轼主张淡泊名利、天真质朴的心境，其画作《潇湘竹石图》中，竹叶虽用重墨，却灵动轻盈，勾挑间绽放着稚嫩又蓬勃的生命力。画中淡墨绘石古朴静穆，与浓墨之竹坚韧秀丽形成鲜明对照，动静间展现出画家在自然中看到的生机与平和，记录着画家恬静淡雅的心境。另一幅《枯木怪石图》更是妙趣横生，墨戏韵味十足，以书入画，别具一格。苏轼在《书朱象先画后》中谈及朱象先"能文而不求举，善画而不求售。曰：文以达吾心，画以适吾意而已"[3]，作画不为售卖，只为抒发心中所感，先娱己后娱人。在苏轼看来，一幅佳作的诞生需要以书入画的技法、诗词意境的交融，还需文人修身养性的崇高品质，技法、意趣、心境缺一不可。

---

[1] 李德壎，编著. 历代题画诗类编[M]. 济南：山东教育出版社，1987：1012.
[2]（宋）苏轼. 东坡题跋[M]. 上海：上海远东出版社，1996：275.
[3]（宋）苏轼. 东坡题跋[M]. 上海：上海远东出版社，1996：266.

苏轼《潇湘竹石图》

三、明情宋词中

近代学者王国维首次提出"士大夫词"这一概念，《人间词话》曰："词至李后主而眼界始大，感慨遂深，遂变伶工之词而为士大夫之词。周介存置诸温、韦之下，可谓颠倒黑白矣。'自是人生长恨水长东'，'流水落花春去也，天上人间'，《金荃》《浣花》能有此气象耶？"[①]李煜变"伶工之词"为"士大夫之词"。随着朝野更替，士大夫阶级的思想潮流发生了演变，士大夫词也呈现出不同的风貌。北宋时期，在文人士大夫地位提升、政治文化背景的支持下，士大夫词得到发展，在文学中扮演着重要角色。

士大夫词与士大夫画相同，是指含有"士大夫精神"的作品。"意境"与"深度"对作词人有着一定要求，士大夫所代表的士大夫精神在词中有所体现，可以称作士大夫词。词的意境是词作中描写

---

① (清)王国维. 人间词话新注[M]. 滕咸惠, 校注. 济南：齐鲁书社, 1986：96.

的意象加上作词人的心境而来,例如"月"与"花"这样较为常见的意象,在诗词史上出场次数极高,不同的词人所写的心境不同,词与词间所呈现的意境便也不同。如前文所述李清照的词作爱写花,但不同的心境下她描绘的花却大不相同,《如梦令》(常记溪亭日暮)中的莲花,带有粉嫩的少女之态,此时的词人还未出阁,词中所言活泼天真;《醉花阴》(薄雾浓云愁永昼)写于婚后时期,是词人与丈夫两地分居时所作,她重阳赏菊,词境中是深闺寂寥与思念;而后孀居时所作《武陵春·春晚》深沉内敛,落花等意象体现词人暮春之态。在不同的时期与境遇下,李清照词作的意境与风格都不尽相同。词的"深度"是除心境感悟以外,作品中文人学识与品质的体现,是词人在作词叙事时融入的思考内容。苏轼、王安石,以及苏轼的门生秦观、黄庭坚等人,因其丰富的人生经历、渊博的学识、对生命的感悟,以及在士大夫精神引领的主体情怀下,创作出诸多词作精品。

王灼的《碧鸡漫志》中有载:"盖隋以来,今之所谓曲子者渐兴,至唐稍盛。今则繁声淫奏,殆不可数"①,"长短句虽至本朝盛,而前人自立,与真情衰矣。东坡先生非心醉于音律者,偶尔作歌,指出向上一路,新天下耳目,弄笔者始知自振"②。这里提及曲子词至唐朝开始便是"稍盛"的阶段,而后到了宋朝便是"盛",并认为苏轼的词是新天下耳目、让其他文人自振的代表。苏轼作画填词主张"自娱",以游戏的创作心态入手,可更为恣意地抒发主体情怀。《四库全书总目·词曲类序》曰:"词自晚唐、五代以来,以清切婉丽为宗,至柳永而一变,如诗家之有白居易;至轼而又一变,如诗家之有韩愈,遂开南宋辛弃疾等一派。寻源溯流,不能不谓之别格,然

---

① (宋)王灼. 碧鸡漫志校正[M]. 岳珍,校正. 成都:巴蜀书社,2000:3.
② (宋)王灼. 碧鸡漫志校正[M]. 岳珍,校正. 成都:巴蜀书社,2000:37.

谓之不工则不可，故至今日，尚与花间一派并行而不能偏废。"① 在苏轼之前，词人多受《花间集》影响，他们的词作形成了固定的审美取向与风貌特质。至苏轼开始，士大夫作词不再依花间一派严谨的"由诗为词"的体系，也不由词之源头的"曲乐"体系，而是秉承以"游戏"的态度，多写"余事"，这种"词由心生"的创作理念开启了士大夫词的重要新篇。

苏轼是书、画、词俱佳之代表，他主张创作形式可互通互助，即以书入画，画意作词，打破各艺术领域的壁垒，使其服务于创作者的主观情怀。他在《与二郎侄》中提及："凡文字，少小时须令气象峥嵘，彩色绚烂，渐老渐熟乃造平淡；其实不是平淡，绚烂之极也。汝只见爷伯而今平淡，一向只学此样，何不取旧日应举时文字看？高下抑扬，如龙蛇捉不住，当且学此。只书字亦然，善思吾言！"② 这里将自己与其弟苏辙的文章说成渐老渐熟的平淡之文，而望少侄习"气象峥嵘，彩色绚烂"之文。"气象"一词在王国维的《人间词话》中被解释为创作者的精神通过作品所呈现出的一种意象与风貌，可与绘画中的"气韵"相对。以苏轼为代表的士大夫带着新的创作思想进入词坛，将词从亭台楼阁、觥筹交错中拉出，进入湖光水色的广袤天地中；将感悟与抒发放在首位，让词服务于创作者本身，回归生命的本真与思考，脱离世俗，从"心"出发，意到则下笔。这样的士大夫词观念为宋词注入了新的血液，也为后世的词作创造开启了全新的风貌。

士大夫在创作时以神、韵、意为主，抛去前人对形、体的追求，这就是画之"气韵"、词之"气象"，它们皆为同一创作理念在不同艺术形式上的体现。将体现创作者品格学识的士大夫精神融入绘画、

---

① (清)永瑢等. 四库全书总目·词曲序[M]. 北京：中华书局，1965：1808.
② (宋)苏轼. 苏轼文集[M]. 顾之川，校点. 长沙：岳麓书社，2000：710.

词作中，便形成了"文人画""士大夫词"。文人画抛去写实造型而重视意境的营造和画面的气韵生动；士大夫词则一改《花间词》的传统词风，追求词境的传达。它们对创作者自身的学识、品格、道德等各方面有了更高的要求。如此，创作者才能从文艺作品中传达出他们对于生命的理解，这样的画才有意，这样的词方有境。

第三章 语图各相联 意蕴词画间

词意画是画家以词为据，或紧扣词意，或增添删减，取其精髓，融合个人看法、情感等主观意愿，择其中一句或者数句，根据词意构建画境，创作的富有文化意蕴的绘画作品，一般会有词句题于画幅之上。题画词有广义与狭义之分，狭义的题画词是指对画作进行描述、补充或借画抒怀、明志并题写在画作之上的词；广义的题画词则包括画内与画外的题词、吟咏画作词、与题画相关的唱和词，题画词不一定要题写在画作之上。词意画与题画词两者在创作内容与表现形式上相互融通，词传达"画外之意"，画表达"言外之意"，题画词吸收绘画的表现形式，丰富了词的表现能力，为营造词境增添活力，两者互为成就。最早有关词画相生的记录可上溯到晚唐张志和，张志和以颜真卿的《渔歌》为蓝本，"随句赋象……皆依其文，曲尽其妙"[1]，绘成词意画。此后词与画逐渐融合，到南唐时期，题画词开始出现，《图画见闻志》有记载："张文懿家有《春江钓叟图》，上有李后主书《渔父》词二首。"[2] 后主李煜据卫贤的《春江钓叟图》作了两首《渔父词》，题于画面之上。有了前朝的积淀，宋朝出现大量的题画词，包括苏轼、秦观、陆游、辛弃疾、吴文英等人在内的六十余名词作者，创作出一百四十多首题画词与题画组词。"宋

---

[1]（唐）朱景玄．唐朝名画录[M]．温肇桐，注．成都：四川美术出版社，1985：35—36．
[2]（宋）郭若虚．图画见闻志[M]．邓白，注．成都：四川美术出版社，1986：148．

初潘阆以咏钱塘江潮著称，有《酒泉子》十首，《花草粹编》卷五引杨湜《古今词画》云：石延年见此词，使画工彩绘之，作小景图。"①北宋词人孙浩然有词《离亭燕·一带江山如画》，王诜据其词意，创作出《江山秋意图》。上述词意画作已不可考，故在探讨题画词与词意画的融通与开拓时，我们例举的词意画多为后世画家根据宋人词作创作的作品，重点探讨"词意画"与"题画词"在创作内容与表现形式上的异同，并且分析视觉与听觉、嗅觉、触觉、味觉在题画词中的运用和它们之间的互动，从中加深和丰富我们对于宋代画与词乃至宋代文化的理解，进而探讨其给现代词、画创作带来的启示意义。

第一节

形构词意画

一、画图留观

宋词蓬勃发展，为后世无数词意画提供了依据。词与画各自成就彼此，使词画本身拥有更丰富的艺术内涵、更饱满的艺术形象，也使艺术接受者能够更好地对它们进行鉴赏、评价。历代画家多有借"词"意来表达胸臆或充实画作之内涵，促使读者对画卷中的意境产生感情联想与共鸣，不惜笔墨一题再题。此亦说明词与画彼此的密切关系。词题于画迹之中于画史最为风韵者，莫过于杨无咎（字补之）。刘克庄《后村题跋》中记"补之词画"一则，云："善

---

① 彭国忠.唐五代北宋绘画与词[J].学术研究，2008(11)：133—140.

画者不必妙词翰，有词翰者，类不工画。……过江后称杨补之，其墨梅擅天下，身后寸纸千金。所制梅词《柳梢青》十阕，不减《花间》《香奁》及小晏、秦郎得意之作。词、画既妙，而行书姿媚精绝……"词画史中最负有盛名者有米友仁题《白雪》，序云："余戏为潇湘写，千变万化不可名，神奇之趣，非古今画家者流也。惟是京口翟伯寿，余生平至交，昨豪夺余自秘着色袖卷……以《白雪》词寄之，世所谓《念奴娇》也。"(《全宋词》) 从唐代张志和的《渔父图》，到现代潘天寿的《江山多娇图》，词意画能引人细赏，与它本身所呈现的视觉美感不可分离。以宋词立意的词意画在视觉上的风格呈现，主要有以下几种类型。

　　第一类是古朴素雅型作品。宋代著名词人柳永，他的词也像其名字一样，婉约蕴藉。他的"衣带渐宽终不悔，为伊消得人憔悴"广为人知，常被人用来诉说相思意；他的《雨霖铃》"执手相看泪眼，竟无语凝噎"和"今宵酒醒何处？杨柳岸、晓风残月"[①]等词句更是感人至深。清代的罗聘，选取柳永这首词中的名句作了一幅画，名《晓风残月图》。这幅画中，水边沙岸，篷船一条，紧靠岸边。柳树一棵，枝叶并不茂盛，右上角题有"晓风残月"四字。从原词的"寒蝉凄切""更那堪、冷落清秋节"我们不难判断出，这是描绘清秋的景色。秋天，若以乐观的眼光去看待，秋高气爽，是丰收时节。但秋日萧瑟，于离人来说，又平添一分凄凉，更何况是"执手相看泪眼，竟无语凝噎"的临别之人。画的内容不多，更显旷远冷清。水广无波，岸边浓墨点苔，柳树枝干曲折，果然是秋天景象。停在岸边的船，想必就是在体现词中的"兰舟催发"。兰舟将发，牵动着离人的心绪。"念去去、千里烟波，暮霭沉沉楚天阔。"这幅画茶色

---

① 唐圭璋，编纂. 全宋词[M]. 王仲闻，参订；孔凡礼，补辑. 北京：中华书局，1999：26.

为底，本就古朴素雅，远汀沙岸，风烟朦胧，水面墨色深浅有度，未有强烈对比，确是将这千里烟波体现出来了。

和罗聘这幅《晓风残月图》外在风格相似的，有余集的《落花独立图》，它也是立轴形式，取的是宋代晏几道《临江仙》中的两句："落花人独立，微雨燕双飞。"[①] 从字面意思我们不难分析其中的哀婉情思：落花时节，人独立此处，细雨绵绵，燕儿双飞。不管是千里烟波，还是微雨蒙蒙，都展现了一种冷清之感。古人展现欣欣向荣，会说"好雨知时节"，会说"子规声里雨如烟"，会说"天街小雨润如酥"。当微雨和孤独之人写在一起的时候，容易生发的便是绵长的思虑："夜雨闻铃肠断声""巴山夜雨涨秋池"……画中一女子手持纨扇，立于檐下，抬头正看枝头残花和翩飞燕子，词句题于画幅右上。画上整体色彩淡雅，面积稍大一点的重色只在女子发髻之上、湖石之间。画家用笔疏朗，使得这场景真如在雨雾中。这样的手法，与色彩艳丽、线条致密的画风全然不同，更呼应了词意，与《晓风残月图》一样，意在不语中。

第二类是赋色清丽型作品。若说古朴素雅型作品的画面像是沉浸在雨雾中，那赋色清丽型的画作，就像烟雨洗濯之后浓雾散去的样子。这类作品色彩有一定的浓度，多为写意，其中所描绘的人物、事物形象清晰可见，底色浅，景物与纸张的色彩对比更为强烈，具有一定的生活性。董其昌的《秋兴八景图》的第五幅就是这一类型的代表作品，画面以赭石、茶色等为主要颜色，配合重色，一改前人喜欢用草木凋败、千山倦怠的手法描绘秋日的习惯，以红树适秋、虬枝翕郁的艺术形象展现了江南山水之美，满满秋意溢于纸上。董其昌自题此画作于吴门（苏州）舟中。画上除了他自己题的诗，还

---

① 唐圭璋，编纂. 全宋词[M]. 王仲闻，参订；孔凡礼，补辑. 北京：中华书局，1999：286．

余集《落花独立图》

溪雲過雨添山翠
花片粘沙作水香
有客停橈釣春渚
滿船清罷濕衣裳
　　玄宰

平波不盡蘆荻遠清霜半
蘆沙痕淺烟樹曉微茫孤
鴻下夕陽　玄宰
庚申中秋興門舟中畫

董其昌《秋興八景圖》（五）

有半首词，是宋代词人叶梦得《菩萨蛮·湖光亭晚集》的前阕："平波不尽蒹葭远。清霜半落沙痕浅。烟树晚微茫。孤鸿下夕阳。"[1] 湖广无波，湖水无边，芦苇生长在远远的汀岸。清霜不重，水边沙岸低平。傍晚湖面水汽氤氲，孤鸿飞远。薄薄的水雾，在画中远处山底有所体现。近处杂树丰茂，疏密有致。画中景致无浓雾相掩，也不似晴日明朗，但色彩清新活泼，有着第一眼的清晰度，也经得起细细领会。

第三类是苍劲有力的写意类型作品。这种作品纯用水墨，不施彩色，不拘细节，且淋漓自如。赵云壑的《梅石图》就是这样的画作。画中梅花几簇，湖石几块，花枝与湖石相迎，自成一体。画面墨色浓淡相间，布局稳定，构图饱满，展现了赵云壑杰出的绘画才能。右上角有题词，是南宋姜夔唱和曾三聘的《卜算子》："江左咏梅人，梦绕青青路。因向凌风台下看，心事还将与。　忆别庾郎时，又过林逋处。万古西湖寂寞春，惆怅谁能赋。"[2] 这里的咏梅人，指的是何逊，他深爱扬州的梅花，向凌风台下观看，离别后也常想旧梅。说起梅花，庾信（庾郎）、林逋都是爱梅之人，都赞美过此花。而今二人已逝，西湖孤山（林逋隐居处）的梅花还有何人吟咏？春色寂寞，惆怅无人赋。赵云壑此图，唯有梅石，无人物，无草虫，深刻地将这物是人非的孤寂愁思表现了出来。

第四类是将宋词用黑白分明的版画绘制出来的作品。这类作品主要收录在《诗馀画谱》中，此类词意画作线条清晰，颇有细节，十分注重事物本身的轮廓结构，体现了极高的造型性。如其中一幅词意

---

[1] 唐圭璋，编纂. 全宋词[M]. 王仲闻，参订；孔凡礼，补辑. 北京：中华书局，1999：1011.

[2] 唐圭璋，编纂. 全宋词[M]. 王仲闻，参订；孔凡礼，补辑. 北京：中华书局，1999：2813.

赵云壑《梅石图》

《诗馀画谱·秋思图》

佳作《秋思图》就是根据王安石的《千秋岁引》而绘制。"别馆寒砧，孤城画角。一派秋声入寥廓。东归燕从海上去，南来雁向沙头落。楚台风，庾楼月，宛如昨。　　无奈被些名利缚。无奈被他情担阁。可惜风流总闲却。当初谩留华表语，而今误我秦楼约。梦阑时，酒醒后，思量著。"[1]这首词给人一种无奈悲愁之感。客馆捣衣声阵阵，画角吹彻，却让秋更寥廓了。燕去雁归，楚台风，庾楼月，昔日度良辰赏美景，宛如昨日。无奈名利束缚，人情耽误，使人无法过上自在生活，与佳人相约却无法再见。梦碎酒醒，只余无尽思索。画中，山石陡峭，中有湖面广阔，小桥上行人踽踽独行，沿岸小径蜿蜒，一眼望不到头，意味着他归期未定，归途漫漫。屋舍小楼于草木岩石间，无人与他相伴，湖上却鸟雀成群，让人见之伤悲。空中月非满月而是新月，如同画中人的生活一样有缺憾。这幅作品细节丰富，树木山石线条苍劲有力，楼阁木瓦却又纤细流畅，精致美观，不曾与自然造物混为一体。版画无法像水墨等画作那样用色的浓淡表现远近虚实，这幅作品利用线条粗细、疏密的安排，展现出了一个有层次的、立体的空间。楼阁线条细密，近山、树木粗犷曲折，湖面宽阔平静，近处略有细波，远山线条寥寥。人物身对小楼，脸却转向不见尽头的小路，象征着向往的远方遥不可及，和现实的尘鞅难以脱去。人物手中执杖一根，或许是因为他年事已高，或许是因为他身体有恙。词中哀叹不尽，心中郁结难消。这幅作品，无论是在布局上，还是在刻画上，都为上乘，当是版画中的精品之作。

还有一种类型的词意画，是承国画之材而呈版画之貌的作品，比之工笔而不工细，比之写意又欠虚实。这样的作品，以《大雅楼画宝》所载词意画为代表。《大雅楼画宝》是近代周慕桥的作品集，

---

[1] 唐圭璋，编纂. 全宋词[M]. 王仲闻，参订；孔凡礼，补辑. 北京：中华书局，1999：268.

周慕桥《秦少游如梦令词意图》

为了便于印刷，此类作品以线条勾勒为主，几乎不用皴擦渲染之法，不求立体感，而求清晰分明。

周慕桥的《秦少游如梦令词意图》，顾名思义，是为秦少游的《如梦令》所作的词意画。词曰："门外鸦啼杨柳。春色著人如酒。睡起熨沉香，玉腕不胜金斗。消瘦。消瘦。还是褪花时候。"[①] 院墙

---

① 唐圭璋，编纂. 全宋词[M]. 王仲闻，参订；孔凡礼，补辑. 北京：中华书局，1999：595.

外,杨柳枝头树叶茂密,乌鸦啼鸣,春色醉人。睡醒的女子燃起沉香想熨烫衣服,却几乎拿不起熨斗。原来她十分消瘦。为何消瘦?或许是感怀春色终会离去,花也会凋谢,女子联想到自己的青春也会逝去,因而惆怅。画中绿树成荫,芭蕉茂盛,女子倚身床头,欲燃沉香。题词于右上角,填补了画面的空缺,右侧芭蕉叶后方又有深色枝叶,使得画面的黑白灰层次更为丰富。紧闭的院门,更暗示了女子心境的寂寥无趣。整幅作品细节精致,疏密有度,不失为一件词意画中的精品。

二、画意词心

词心,指词的真情实感。一首题画词、一幅词意画,其思想感情当是与所题之画、所据之词相似甚至相同的。在构思、创作词意画的时候,作者会对词句内容进行取舍,以达到更好的艺术效果,更好地反映词心、传达词意。

以画意明词心,最直接的方法是还原词句内容。"飞丝半湿惹归云,愁里又闻莺。淡月秋千,落花庭院,几度黄昏。 十年一梦扬州路,空有少年心。不分不晓,恹恹默默,一段伤春。"[1] 这是南宋周密的《眼儿媚》。这首词充满了愁思,词意较好理解。雨后,空中尚有湿气,归云片片。本来人就心情不悦,悲愁之中又听见黄莺啼叫,不免更烦躁了。夜幕降临,淡淡月光洒在秋千上,这庭院中,落花点点,不知黄昏过了几多。扬州,是繁华之地。词中人想起自己也曾于车水马龙中过着美好的生活,但这终究如梦一场,空有年少轻狂志,自己如今还是一事无成。现在他已经分不清自己有什么情绪,只是精神颓靡,不想说话,唯有一段伤春情。春日美好,所

---

[1] 唐圭璋,编纂. 全宋词[M]. 王仲闻,参订;孔凡礼,补辑. 北京:中华书局,1999:4142.

杨无咎《杂画册》(二)

以春之将逝也叫人难过，落花、黄昏都在表明春将尽、白昼将暮。从"十年一梦扬州路，空有少年心"也可以看出，人物的青春岁月也已经逝去。杨无咎选取这首词的词句所作的词意画中，近处院墙长长，右上屋舍一座，院里草木不多，尚有春意。左边写有词句："淡月秋千，落花庭院，几度黄昏。"院内秋千一架，上面是画中人垂着头的背影。全图色彩清新，并不艳丽，整体色调微黄，确是有黄昏迟暮之感；景物设置不多，更显萧条冷寂。除了主人公，画中再无他人，甚至连动物也没有一只。画中的孤寂落寞之感，与词心完全贴合。

除了直接还原词句，画家还可以利用艺术形象暗合词心，其中包括位置的经营、构图的设计、事物的向背安排等。就拿《诗馀画

《诗馀画谱·西江月》

谱》中的一幅咏梅图《西江月》来说，它的词心、画意在一定程度上是统一的。画中一人，正昂首仰望高处梅花，此人身披披风，表明此时天寒。梅树并不笔直，曲折地生长在巨大的湖石旁边，甚至有枝干穿过湖石。地下细草稀零，树上梅花点点。树枝上有细细的线条，截断枝干，似乎在表现梅枝于烟雾中隐现。除了这些，背景别无他物，一片茫茫，人与树、石的主体地位非常明确。画中人负手观梅，若有所思。画中将梅树描绘得如此之高、离地面如此之远，这样的距离，人物是很不容易将梅观赏清楚的，更何况这幅"观梅图"中花朵不多且小朵稀零。画家的用意是什么呢？理解了词意画所依据的词——苏轼作《西江月·梅花》，我们就能领会，他所想要传达的是梅的品质内涵："玉骨那愁瘴雾，冰姿自有仙风。海仙时遣探芳丛。倒挂绿毛么凤。　素面翻嫌粉涴，洗妆不褪唇红。高情已逐晓云空。不与梨花同梦。"[①] 这梅花，虽然生在人间，却冰姿玉骨，自有仙风，不畏瘴雾。她芳名远扬，吸引绿色羽毛、状如鸟雀的仙使前来，悬于枝上观看。梅花像天生丽质的美人，无须涂脂抹粉，上了妆反而会折损她的清丽之美。她口如含朱丹，即便是卸洗妆容，唇红也不会削减半分。这梅花向往晓云、晴空，不似凡尘花朵，不与世俗的花相同。这样看来，萦绕在梅间的东西，便是词中所说的"瘴雾"，画家将梅描画得如此之高，也是为了体现她的高洁品质，也正是这样高，才能体现她"已逐晓云空"，而非委地成泥，落入世俗，让人能随意捡去。值得注意的是，画家描绘了一枝垂下的梅，拉近了梅树与画中人的距离，点明了主题"观梅"，又含有别样的寓意：梅，也善解人意。这首词是苏轼被贬惠州之后所作，当时他的侍妾朝云不惧艰苦，随他来到这环境恶劣之地。朝云

---

① 唐圭璋，编纂. 全宋词[M]. 王仲闻，参订；孔凡礼，补辑. 北京：中华书局，1999：367.

倔强而高洁，如梅花的品性。图中梅枝垂落，似乎在暗合朝云的善解人意、体贴入微，只是她不幸早逝，如梅逐晴空而去。虽然这些故事都是画中没有表现的，但是理解了词意，我们便能知晓其中寓意，也更能理解画家经营此画的巧妙之处。画家选取了观梅场景，再将艺术形象作这般安排，使这幅词意画与词境高度统一，让人理解了词意之后再回过头来看画，当即能恍然大悟，豁然开朗。

中国画题材大致分为人物、山水和花鸟三大门类，因题画词由画而作，所以题画词大体也可分为题人物画词、题山水画词和题花鸟画词三大类。画家与词人同样通过描绘人物、山水和花鸟，将主观感受与客观物体相结合，注重体现自己的主观精神，寄托创作者的主观情感，以此抒发"画外意""言外意"。

绘画在宋代空前繁荣，特别是文人士大夫参与绘事之后，人物画在文人士大夫的影响下，注重表现人物的精神状态，刻画人物的个性特征，以此传达人物的风貌。宋代题人物画词，通过对画作的摹读，领会画作"画外意"，领略画中人物的心境。题词同样旨在表现画中人与词人的个性特点与心理活动，如陈深《虞美人·题玉环玩书图》：

> 玉搔斜压乌云堕。拄颊看书卧。开元天子惜娉婷。一笑嫣然何事、便倾城。　马嵬风雨归时路。艳骨销黄土。多情谁写画图中。江水江花千古、恨无穷。①

上阕写杨贵妃看书"拄颊看书卧"时巧笑嫣然的倾国之姿，下阕联想到马嵬事变，杨贵妃也成了一抔黄土，由看仕女画联想到当

---

① 唐圭璋，编纂. 全宋词[M]. 王仲闻，参订；孔凡礼，补辑. 北京：中华书局，1999：4466.

今南宋面临的现实，转而抒发家国兴亡之感。题人物画词还有秦观《南乡子》(妙手写徽真)、《蝶恋花·题二乔观书图》，仲殊《减字木兰花·李公麟山阴图》，李纲《水调歌头·李太白画像》，王质《泛兰舟·谯天授画像》，辛弃疾《西江月·题可卿影像》，韩淲《浣溪沙·题美人画卷》，高观国《思佳客·题太真出浴图》《洞仙歌·题真》，张炎《临江仙·太白挂巾手卷》，程武《念奴娇·题马嵬图》，等等。

山水词意画中，画家以宋词中描写的自然山川重构画境，将自己的遭遇、性情和抱负寄托于山水景物之上，经由绘画传达出来。如吴湖帆据王沂孙《南浦·春水》词意所画的《春江渔隐图》，词云：

> 柳下碧粼粼，认曲尘乍生，色嫩如染。清溜满银塘，东风细、参差縠纹初遍。别君南浦，翠眉曾照波痕浅。再来涨绿迷旧处，添却残红几片。　　蔌蔌过雨新痕，正拍拍轻鸥，翩翩小燕。帘影蘸楼阴，芳流去，应有泪珠千点。沧浪一舸，断魂重唱蘋花怨。采香幽径鸳鸯睡，谁道湔裙人远。①

吴湖帆将整个画面设为石青色，刻画了绿意盎然、春色无边的江南景色，右下角有一叶扁舟，点明了渔隐的主题。画家是江南水乡人士，画面中描写的都是他熟悉的景色，合乎词中思念的情感。宋代题山水画词多为上阕描摹画作之上的景物，或者是由画作而联想到的历史典故和现实生活；下阕抒发词人的情思。如陆游《桃源忆故人·题华山图》，词人由画中华山追忆往事，再联想到当今中原，山河不再，转而慨叹自己"青鬓"已成"霜"，在词中寄托着

---

① 唐圭璋，编纂. 全宋词[M]. 王仲闻，参订；孔凡礼，补辑. 北京：中华书局，1999：4242.

陆游抗金复国的胸襟抱负。除此之外，题山水画词还有俞紫芝《临江仙·题清溪图》，仲殊《减字木兰花》(凭谁妙笔)，陈克《虞美人》(越罗巧画春山叠)，周紫芝《浣溪沙·和陈相之题烟波图》，蔡伸《踏莎行·题团扇》，张元幹《念奴娇·题徐明叔海月吟笛图》，吕胜己《好事近·和人题渭川钓渔图韵》，张炎《甘州·题戚五云云山图》《湘月·题徐平野晋雪图》，等等。

　　在文人士大夫的影响下，画家创作词意画不仅写花鸟的形貌，而且更注重赋予花鸟某种人格，以花鸟寓词人的本性。如石涛根据宋祁《玉楼春·春景》[①]所画的《花卉图》，表现了由右上角斜轧下两枝杏花，各色花朵竞相绽放于枝头的场面。画家领会"红杏枝头春意闹"之词心，将"浮生长恨"滞于画笔之上，努力将春光留于画面之上，营造了春意盎然的意境。宋代的花鸟题画词，词人同样将寓意于花鸟中的人格理想再一次以词来寄托。如张炎的《浪淘沙·题陈汝朝百鹭画卷》将画境与词意完美结合，上阕描写白鹭玉立清波之上，既写白鹭的形貌，又刻画白鹭高洁的品格。下阕由白鹭转到词人，"孤影""却对秋塘"，白鹭凄凉，词人也凄凉，词人在官场找不到自己的位置，只有"对秋塘""看鱼忙"。宋代的题花鸟画词还有苏轼《定风波》(雨洗娟娟嫩叶光)，仲殊《惜双双·墨梅》，惠洪《浣溪沙·妙高墨梅》，张继先《临江仙》(莫怪精神都素淡)，李弥逊《一寸金》(仙李盘根)，杨无咎《柳梢青》四首，赵师侠《柳梢青·荼蘼屏》，王沂孙《一萼红·丙午春赤城山中题花光卷》，等等。

　　题画词与词意画的题材广泛，包含自然和社会的方方面面。画家与词人通过描摹物象，传达自己的胸襟抱负与内心情愫。他们都

[①] 唐圭璋，编纂. 全宋词[M]. 王仲闻，参订；孔凡礼，补辑. 北京：中华书局，1999：148.

石涛《花卉图》

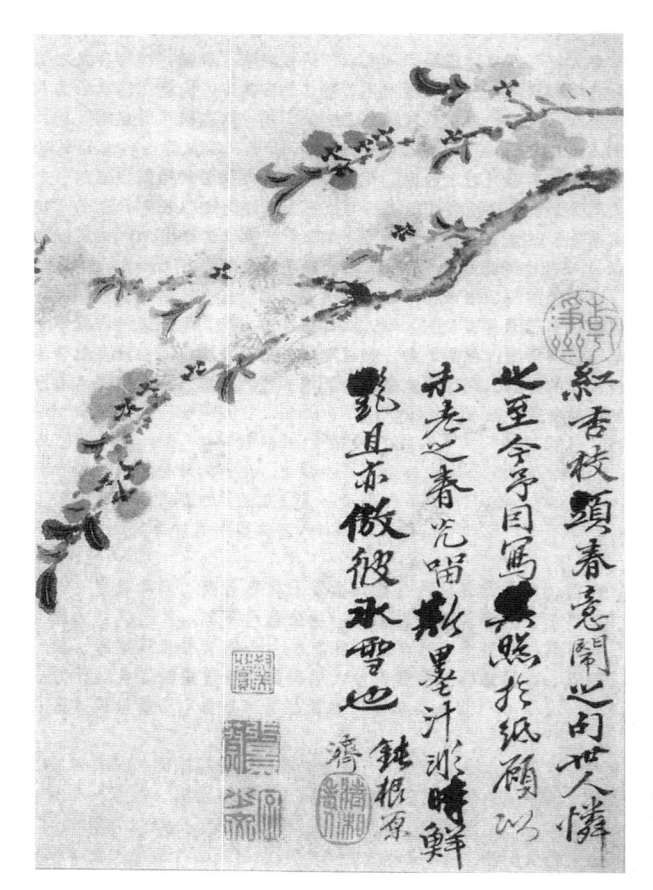

强调物象的传神,苏轼曾写道"论画以形似,见与儿童邻",绘画与词在描摹物象与寄托情思的要求上具有一致性,不求形似,但求神似,表达画外意与言外意,营造意境。

第二节

珠联题画词

一、语言之美

词作为文学艺术，首先要具有艺术的美感。词不同于诗，词的传唱范围比诗大得多，它有着特定的词牌名，以对应特定的曲调，这样的形式注定词的篇幅不会太长，其内容偏重也与诗有所不同。诗有长短，不仅有二十字、二十八字的短诗，也有数十乃至上百字的长诗。诗的主题丰富多样，有《登科后》《别董大》之类的抒情诗，也有《木兰诗》《孔雀东南飞》这样的长篇叙事诗。而词，以抒情明志居多，它难以用这有限的篇幅展现一件事情的头尾因果，将世间百态娓娓道来。但正是这样的特点，使得词拥有含蓄隽永的艺术魅力，予人无限的想象空间。

词作的语言之美，使人读之品之，觉意境深远，词中景象浮于脑海。字的推敲，结构的安排，都是作词不可不注意的。如宋代词人张炎的《浣溪沙·题李中斋舟中梅屏》："冰骨清寒瘦一枝。玉人初上木兰时。懒妆斜立澹春姿。　月落溪穷清影在，日长春去画帘垂。五湖水色掩西施。"[①]此词风格清雅，别出心裁。据词意来看，应为作者与友人泛舟之时见其舟中梅屏，乘兴而发。世人赞梅，常赞其凌寒独放，傲雪之姿，词人亦如此，开篇以"冰骨"二字写梅

---

① 唐圭璋，编纂．全宋词[M]．王仲闻，参订；孔凡礼，补辑．北京：中华书局，1999：3669．

花冰姿玉骨、容色清丽。"冰"与"清"相配,"骨"与"寒"平仄相对,再加上"瘦一枝"的先仄后平,这一句读来有跃动之感,抑扬的语调提高了词句的精神。词人以拟人之语赞那梅花如天生丽质的美人,虽懒于脂粉妆点,然淡然斜立,就能占尽春色。"懒妆"而不是"不妆",或者"忘妆",突出了美人的随性,她不屑修饰,亦不讨好他人。"澹",颇有"闭月羞花"之意,词人不说她与春色相伴,而说这春色都因她而消减,这梅花是何等美丽端庄,连春色都不能与她相比。行到水穷处,作者用词不拘一格,"月落溪穷",比之"月落溪边""月落溪头",少质朴风貌而多文雅气质。这里的溪与辛弃疾《清平乐·村居》"最喜小儿亡赖,溪头卧剥莲蓬"中的溪,一个见证了乡村风景,一个环抱了皎月明光。词人与朋友惬意泛舟,不觉时间渐渐流逝,月亮沉于清溪的尽头慢慢隐去了身影,而这屏上梅花影却仍能长留溪畔。即便日长天久,春日将尽,这梅花也依旧能在舟中停驻。"五湖"一句,再扣题意,点舟亦点梅,言李中斋舟中所载梅屏如水色掩映下西子畅游五湖般风姿怡人。此词语言优美,格调风雅,沉静而余味悠长。

二、异句换景

词画合美,深邃内涵,展卷犹思,使人能从中感到词人画者双修之心境,妙在词里画外。词能展现丰富内容,吴文英的《蝶恋花·题华山道女扇》:"北斗秋横云髻影。莺羽衣轻,腰减青丝剩。一曲游仙闻玉磬。月华深院人初定。 十二阑干和笑凭。风露生寒,人在莲花顶。睡重不知残酒醒。红帘几度啼鸦暝。"[①] 上阕描述画扇中道女容颜美丽,发簪斜横云髻,罗衣飘飘,青丝拂着柳腰,

---

① 唐圭璋,编纂. 全宋词[M]. 王仲闻,参订;孔凡礼,补辑. 北京:中华书局,1999:3669.

她在道观中用玉磬敲奏着悦耳的游仙曲聊以自娱。下阙则转述自身梦境，看到那画扇上的山峰，仿佛自己亦云游于华山峰顶，凭栏而望，秋风生起寒意，而后"睡重"两句更与梦境相照，词人饮酒题词不觉昏然而眠，醒后竟不知帐帘外的昏鸦啼叫了多少回。全词由实景入虚境，梦境现实的转换全在语词之间，词状景言情之用，可谓深广。

杨无咎的咏梅词作《柳梢青》中云：

　　渐近青春，试寻红璼，经年疏隔。小立风前，恍然初见，情如相识。　　为伊只欲颠狂，犹自把、芳心爱惜。传与东君，乞怜愁寂，不须要勒。

又：

　　嫩蕊商量。无穷幽思，如对新妆。粉面微红，檀唇羞启，忍笑含香。　　休将春色包藏。抵死地、教人断肠。莫待开残，却随明月，走上回廊。

又：

　　粉墙斜搭。被伊勾引，不忘时霎。一夜幽香，恼人无寐，可堪开匣。　　晓来起看芳丛，只怕里、危梢欲压。折向胆瓶。移归芸阁，休薰金鸭。

又：

　　目断南枝。几回吟绕，长怨开迟。雨浥风欺，雪侵霜妒，

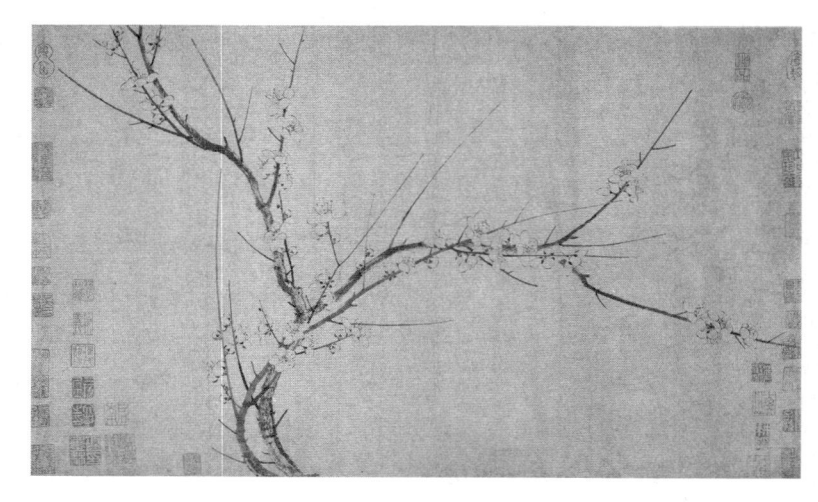

杨无咎《四梅图》（四）

却恨离披。　　欲调商鼎如期。可奈向、骚人自悲。赖有毫端，幻成冰彩，长似芳时。①

他的画作《四梅图》与原词相比，其间所展现的内容略有不同，如组画的第四幅"将残"图，表现的是梅花将谢的场景。若不说这画是将残模样，许有人误认作盛放之状。画中唯梅数枝，无霜雪貌，亦无枝折状。但题画词却将悲戚氛围展现出来了：长怨、风欺、雪侵、霜妒。词人不断去看梅花，不知绕着梅树吟咏了多少回，盼着这梅早日开放，总怨她开得太迟。即便是梅好不容易开放了，却又遭受风吹雨打，霜欺雪凌，日益颓败，教人长恨。词意继续转折，由可调羹的梅子想到了本可如期调鼎（本指烹调食物，喻任宰相辅

---

① 唐圭璋，编纂. 全宋词[M]. 王仲闻，参订；孔凡礼，补辑. 北京：中华书局，1999：1563—1564.

佐皇帝治理国家，也可指治理国家的才能）的屈原，他因谗言被放逐，只能徒然自悲。幸是梅花能凭借画笔，在纸、绢中留下冰清玉洁的形象，便是真花凋谢，人们也能从画上感受她的神韵。此词字数不过半百，却是异句换景，转折处处，表现了词人内心感受的变化。不仅写了事物，还描写了词人的内心。画可绘人，可描物，但在描述人的真情实感、回忆、思想方面，十分含蓄，不如文字表现的程度深远。

　　马远的《松院鸣琴图》，今已佚散。但见此名，我们可以推测，它描绘的当是松院之中，有人拨商弄羽的情景。这样的场景，恰如仇英的《停琴听阮图》，仿佛有乐音从画中流淌而出。该作品颇有宋宁宗杨皇后之妹杨妹子《诉衷情》之词意："闲中一弄七弦琴。此曲少知音。多因淡然无味，不比郑声淫。　　松院静，竹楼深。夜沉沉。清风拂轸，明月当轩，谁会幽心。"[①]这首词，不仅表现了景色、事件，也表现了作者的态度。画中人此刻闲暇，拨弄七弦琴，只是此曲少知音。何故少知音？原来是因为这曲子淡然无味，不像战国时期郑地的俗乐有淫靡之态。作者是真的不喜欢这样的曲子吗？非也，其实她是非常欣赏的。松院静谧，竹楼深深，夜色沉沉。清风拂琴轸，明月照小轩，谁能理解画中人幽幽的心声？杨妹子采用先抑后扬的方式，佯说此曲"淡然无味"，其实她十分欣赏它的高雅。高人雅士于院中鸣琴自娱，不为讨好别人、让世人听懂而作俗词艳曲，幽境自然配雅曲。人尝言，古琴悦心性，画中人的心意何尝不沉静？短短的一首小词，作者抑扬有度，描写其中内涵，使这首词不仅具有很高的审美价值，还有一定的文献价值，根据其描绘的内容，使我们读词如观画，不仅异句换景，还做到了情景交融、

---

① 唐圭璋，编纂. 全宋词[M]. 王仲闻，参订；孔凡礼，补辑. 北京：中华书局，1999：1841.

异句换情。

三、情意难分

词与画都有一个共同点，那就是与情和意密不可分。抒情、明情、寄情于乐，甚至凭借书画，聊以忘情，都是文学家们热衷的事情。中国画不求写实，而求传神，表现一种神韵，一种精气神，尤其在描写事物方面，画家力求体现它们的象征意义。"比德"是儒家所提出的观点：自然界的某些事物与人们所崇尚的品德相似，故而词人画家利用它们讴歌赞颂高尚品质。比如梅花，傲雪欺霜；比如兰花，气质绝尘；再如莲花，不染世俗尘埃。南宋时期，描绘植物的题画词大量涌现，梅兰水仙，各具其美，它们承载着深厚的情感，或有着鲜明的象征意义。这类题画词创作者的代表人物有吴文英、张炎等。

南宋时期，朝代将易，不少词人的作品中饱含山河日下的悲戚情感。周密作为一个由宋入元的人物，他的题画词《夷则商国香慢·赋子固凌波图》，不仅比德，以"雨带风襟零乱，步云冷、鹅管吹春"刻画了水仙花（凌波仙子）坚贞顽强的形象，还在词中融入了自己的长恨，这样的情怀，尤在后阕可见："国香流落恨，正冰铺翠薄，谁念遗簪。水天空远，应念矾弟梅兄。渺渺鱼波望极，五十弦、愁满湘云。凄凉耿无语，梦入东风，雪尽江清。"[①]"国香"指的是动乱之中被掳去北方的妃嫔，她们翠袖单薄，难以御寒，心中有恨。周密虽然看似在描写他人，但句句悲戚，是借嫔妃、妇人表达自己故国不堪回首、遗恨难消的情怀。北境水天遥远，国香应思念南方亲人。"山矾是弟，梅是兄"，宋代文学家常称梅花为水仙之兄，山矾

---

① 唐圭璋，编纂. 全宋词[M]. 王仲闻，参订；孔凡礼，补辑. 北京：中华书局，1999：4162—4163.

为水仙之弟。此处作者又将词意扣回画上凌波,不离主题。水波似鱼鳞,古瑟奏哀声。"愁满湘云",愁思满如湘江云,包栋的"一襟秋思如云密,如云密"与之有异曲同工之妙。凄凉无语,只将希望寄入梦,愿东风吹过,雪融尽,寒江清。

比德又融情,在王沂孙的《一萼红·丙午春赤城山中题花光卷》中也有所体现。"疏萼无香,柔条独秀,应恨流落人间。"画像无香,但梅花拥有高洁的品格,应是恨自己流落在这人间。"未须讶、东南倦客,掩铅泪、看了又重看。故国吴天树老,雨过风残。"①王沂孙说:梅树啊,你无需惊讶,我这东南倦客,掩着铅泪,将你看了又重看。铅泪,"忆君清泪如铅水",指为时代动乱而流下的伤心之泪。为何伤心?原来,王沂孙由此画中梅花,想到了自己的故乡吴地的梅树已经衰老,又遭受风吹雨打,凋零残败。他怜惜的何止是故乡梅树,分明是自己破碎的故国。

南宋的题画词方面,张炎提供了很多以词抒怀的优秀作品。比如《疏影·题宾月图》《清平乐·题画兰》《浪淘沙·墨水仙》……在《疏影·题宾月图》中,他这样写道:"影里分明,认得山河,一笑乱山横碧。乾坤许大须容我,浑忘了、醉乡犹客。"②这是该词后阕中的一部分,描写独立月下遐思的画中人的感叹:远处山河分明,乱山碧色,乾坤之大,应容得下我,我还客路他乡。看起来是写画中人,但其实是作者发出了感叹:山河破碎,朗朗乾坤,我竟无安身之处。张炎的《清平乐·题画兰》,借画上兰花歌颂了画家郑思肖于宋亡之后不仕元朝的气节。"贞芳只合深山。红尘了不相关。留得

---

① 唐圭璋,编纂. 全宋词[M]. 王仲闻,参订;孔凡礼,补辑. 北京:中华书局,1999:4248.
② 唐圭璋,编纂. 全宋词[M]. 王仲闻,参订;孔凡礼,补辑. 北京:中华书局,1999:4407.

许多清影,幽香不到人间。"① 兰生于深谷中,无人亦自芳。君子隐居深山,不改变自己的气节。郑思肖爱画兰,他的品质也如兰,张炎以他的兰入词,何尝不是因为乱世之中二人产生的惺惺相惜之意呢?词中情意,任由后人评说。

四、感官互动

题画词因画而作,创作者创作时调动视觉感官,同时视觉感官会调动其他感官,一齐呈现画中之境,使读者如身临词中画境。创作者以联想、想象的方式从多角度描摹画作,或以通感的方式连通各个感官,再现画境,提升了题画词的艺术感染力,以感官互动之趣传达创作者观画之感,并调动读者的感官,唤醒读者的身心。

人有眼耳鼻身口,分别对应视觉、听觉、嗅觉、触觉与味觉五种感官,题画词以文字刻画目所不能及之处,为读者在脑海中构建脚步未能丈量的画境。词家力求打造具有绘画视觉美感的题画词,在进行创作时势必会在脑海中唤醒视觉感官,增强读者的感受,联动听觉、触觉、嗅觉甚至是味觉,使得文字间充满生气,引领读者走入其中,读其词如观真画,眼见画中真境,在精神上获得满足、愉悦,并通过对"言外意"的解读,在情感上与词人产生共鸣。陈德武的《水调歌头》(日色隐花萼),描写宴会之上弹起的"梁州新曲",酒醒之后"忽听鼓鼙惊",听觉被调动。赵师侠的《柳梢青·荼蘼屏》,雪白荼蘼花散发的清香,有嗅觉的参与,让读者身在尘世,心在画境。

南朝画家宗炳提出山水画的"畅神"功能,在年老时"有疾还江陵,叹曰:'老疾俱至,名山恐难遍睹,唯当澄怀观道,卧以游

---

① 唐圭璋,编纂. 全宋词[M]. 王仲闻,参订;孔凡礼,补辑. 北京:中华书局,1999:4449.

之.'凡所游履，皆图之于室"①。他在其山水画理论著作《画山水序》中说道："竖划三寸，当千仞之高；横墨数尺，体百里之迥……则嵩华之秀，玄牝之灵，皆可得之于一图矣。"②他认为人能从山水画之中体味到"万趣"，以此"畅神"。北宋郭熙也说："今得妙手郁然出之，不下堂筵，坐穷泉壑，猿声鸟啼，依约在耳，山光水色，滉漾夺目，此岂不快人意，实获我心哉！"③在山水画中观者能看到"嵩华之秀"，听到"猿声鸟啼"，读者在题画词之中也能通过感官体验，达到心快神怡的效果。

南宋汪莘在《沁园春》中，通过视觉与听觉感受的描述，让读者领会到词人观满堂《黄山图》的真实之感，词云：

（挂黄山图十二轴，恰满一室，觉此身真在黄山中也，赋此词寄天都峰下王道者）

家在柳塘，榜挂方壶，图挂黄山。觉仙峰六六，满堂峭峻，仙溪六六，绕屋潺湲。行到水穷，坐看云起，只在吾庐寻丈间。非人世，但鹤飞深谷，猿啸高岩。　　如今老疾蹒跚。向画里嬉游卧里看。甚花开花落，悄无人见，山南山北，谁似余闲。住个庵儿，了些活计，月白风清人倚阑。山中友，类先秦气貌，后晋衣冠。④

这首题画词所题的《黄山图》，为游历黄山归来后词人亲笔所绘。上阕开篇由宏大至极微的方式描写词人的居所，以视点的移动

---

① （南朝梁）沈约. 宋书[M]. 北京：中华书局，1974：2279.
② （南朝宋）宗炳. 画山水序[M]. 陈传席，译解. 北京：人民美术出版社，1985：5.
③ （宋）郭熙. 林泉高致[M]. 周远斌，点校、纂注. 济南：山东画报出版社，2010：9.
④ 唐圭璋，编纂. 全宋词[M]. 王仲闻，参订；孔凡礼，补辑. 北京：中华书局，1999：2825—2826.

串联画面,"柳塘"为词人的家乡,"方壶"取自传说中的海上仙山名,词人将自己的居所取名为"方壶",并自号"方壶居士"。"方壶"居所内挂十二幅《黄山图》,词人在堂内观画,看到连绵不绝的峻峭山峦,潺潺的仙溪正环绕屋内。"行到"两句借用王维《终南别业》的诗句,"行到水穷处,坐看云起时",在这咫尺之间词人就能达到悠然自得的心境。所处虽非真正的人世间,但观画者仿佛能看到在深谷之中飞翔的鹤鸟,能听到巉岩之上猿猴正高声嚎叫。下阕主要描述词人晚年退居山林后的乐趣,词人已年老体衰,步履蹒跚,以"卧游"享受山水之乐。后词人又幻想自己居住在黄山之中,看那花开花落,在这山南山北过着逍遥的日子,每日在小屋里干完活就倚坐在风清月白之中。结尾三句化用陶渊明笔下桃花源的故事,此中往来之人都超脱尘世,自己就是那与世隔绝的山中隐士。全词在真世与画境之间穿梭,看溪水潺湲、悬崖峭壁,听猿啸鹤唳,视觉与听觉的调动突出了词人的个人感受,也言明了词人退居山林的安适心境。

吴文英在《暗香疏影·赋墨梅》中联系视觉、触觉、听觉、嗅觉与味觉,五感俱全,刻画出墨梅的性状及品格,身前如临真梅,词云:

占春压一。卷峭寒万里,平沙飞雪。数点酥钿,凌晓东风□吹裂。独曳横梢瘦影,入广平、裁冰词笔。记五湖、清夜推篷,临水一痕月。 何逊扬州旧事,五更梦半醒,胡调吹彻。若把南枝,图入凌烟,香满玉楼琼阙。相将初试红盐味,到烟雨、青黄时节。想雁空、北落冬深,澹墨晚天云阔。①

---

① 唐圭璋,编纂. 全宋词[M]. 王仲闻,参订;孔凡礼,补辑. 北京:中华书局,1999:3680.

这首题画词在构建画面时采用了"平远"构图，春寒之中，寒风猎猎，卷起平沙飞雪，这时寒梅独占春光，乃众花之中花信最先。感受到外界的温度属于触觉范围，开篇"占春"三句从视觉与触觉来描绘墨梅凌寒独放的气势，并夸赞这尺幅间就有万里飘雪的风光。"数点"四句刻画细节，写墨梅的形质，"酥钿"二字写出梅花润泽的质感，"横梢瘦影"化用林逋"疏影横斜水清浅"诗意描摹墨梅神韵，将这梅花写进词、赋之中。观看眼前的墨梅图，他回想起曾在太湖时推得一楫小舟，在月下临水处看水中月影与梅影。词的下阕用诸多典故，抒发由墨梅生发的感慨。"何逊扬州旧事"这几句，借用何逊的典故，描述其正在睡梦中追忆旧事，却被响起的胡调"梅花落"扰乱而惊醒，愁肠百转：扬州家宅前的梅花，想必都凋谢了吧？作者利用听觉，刻画出何逊对梅花的喜爱。"若把"三句又调动嗅觉感官，若此时将快凋谢的梅花画进凌烟阁里，必使这梅香遗留在这画满功臣的楼阁之内，与表彰的功臣共存。"相将"两句又调动味觉与视觉，随着时间流逝，镜头转到梅花凋谢之后结出的梅子之上，梅雨时节将青黄梅子与盐调拌成红盐梅子，"若作和羹，尔惟盐梅"，以此来品尝这新梅之味。结尾二句作者从想象之中回到墨梅图，画卷之上墨梅正处于深冬晚天之中，即使环境恶劣，也要傲霜斗雪，暗示着当时时局并以梅花激励自己，时刻不失抵御外族的信念。此词开篇寒风卷起平沙飞雪，结尾在晚天云阔之中，以平远之意贯穿全词，其中穿插触觉、听觉、嗅觉与味觉，开启读者所有的感官，神思在题画词中徜徉。

五、感官互通

题画词创作时运用五感，使得词中画境似幻似真。五感互动中存在一种特殊的感官互动，那就是通感。通感又名"移觉""联觉"，钱锺书在《通感》中说："在日常经验里，视觉、听觉、触觉、嗅觉等等往往可以彼此打通或交通，眼、耳、鼻、身等各个官能的领域可以不分界限。颜色似乎会有温度，声音似乎会有形象，冷暖似乎会有重量。诸如此类在普通语言里就流露不少。"[①]中国古代文学创作经常会用到这一修辞手法，宋代题画词也不例外。通感在题画词中的运用，能增强观画时的视觉感受，拓宽读者的审美想象空间，使其获得丰富而全面的审美体验。

视觉与嗅觉相通的题画词如苏轼的《定风波》："雨洗娟娟嫩叶光，风吹细细绿筠香。"[②]这首题画词为集句词，所题图画为醉后自画的墨竹图，写出了墨竹的形色味。雨后竹叶还留有水渍，显出润泽的光，这时微风拂过，带来阵阵竹香。"绿筠香"使用了通感手法，这墨竹本无香味，词人却形容墨竹色泽嫩绿，嫩竹让人闻到阵阵馨香，以嗅觉写视觉，色味相通，更增添新奇之感。

视觉与听觉互通的题画词有赵福元的《减字木兰花·赠草书颠》："吮煤弄笔。草圣寰中君第一。电脚摇光。骤雨旋风声满堂。"[③]"草书癫"为张旭，他擅长草书，喜在饮酒后挥笔，或以头濡墨书写，世称"张癫"。词的上阕再现了张旭作草书时的场景，将静态的画面转换为热闹的场景。张旭写草书时以口拭笔，写到情绪高涨时，仿佛电光闪烁，狂风骤雨，声音充斥整个堂内。电光骤雨本是视觉现象，赵福元以听觉写张旭作草书时的恣意飞扬，使得整个场面更加活灵活现。

联通视觉与触觉的如晏殊的《破阵子》，词曰："燕子欲归时

---

① 钱锺书. 通感[J]. 文学评论，1962（1）：13—17.
② 唐圭璋，编纂. 全宋词[M]. 王仲闻，参订；孔凡礼，补辑. 北京：中华书局，1999：372.
③ 唐圭璋，编纂. 全宋词[M]. 王仲闻，参订；孔凡礼，补辑. 北京：中华书局，1999：3379.

节,高楼昨夜西风。求得人间成小会,试把金尊傍菊丛。歌长粉面红。　　斜日更穿帘幕,微凉渐入梧桐。多少襟怀言不尽,写向蛮笺曲调中。此情千万重。"[1] 这首词充满了萧瑟的感觉,抒发了词人言不尽的情怀,视觉与触觉结合,更让人如身临其境。开头两句点明词的时间背景,从燕子欲归、昨夜西风,我们可知此词描写的是秋日景象。随着词人的视角,我们能够看到这样的景象:长空万里,燕子成群飞去,昨夜西风吹过高楼,携来满秋肃杀。有人偷得浮生半日闲,持酒樽,伴菊丛,酡颜对长歌。观此情景,我们仿佛看到了"满城尽带黄金甲",仿佛看到了"满园花菊郁金黄",花与醉酒的粉面相映,迷醉的情怀洋溢其间。西山斜阳穿透了帘幕,而秋日的微凉侵入了梧桐。微凉侵入的何止是梧桐,更是词中人物的身心。这首词从视觉上已经给人凄清之感,词人添入的一丝寒凉更强化了悲戚氛围。多少情怀说不尽,只得付与曲调中。人物的"情",词中并未说明,但这无疑是复杂而沉重的。词人巧妙地联通了视觉与触觉,营造别样的氛围,展现人物心境,使得这首词不仅有独特的艺术魅力,还耐人寻味,余韵悠长。

　　触觉指遍及全身皮肤的神经末梢,能感受到来自外界的温度、压力、湿度与疼痛等感觉。宋代题画词中多有描写寒冷触感与冷色调色彩相通的词句,如张元幹的《念奴娇·题徐明叔海月吟笛图》"秋风万里,湛银潢清影,冰轮寒色"[2]与王柏的《酹江月·题泽翁梅轴后》"今岁腊前,苦无多寒色、梅花先白"[3],此二词皆描写"寒

---

[1] 唐圭璋,编纂. 全宋词[M]. 王仲闻,参订;孔凡礼,补辑. 北京:中华书局,1999:111.
[2] 唐圭璋,编纂. 全宋词[M]. 王仲闻,参订;孔凡礼,补辑. 北京:中华书局,1999:1395.
[3] 唐圭璋,编纂. 全宋词[M]. 王仲闻,参订;孔凡礼,补辑. 北京:中华书局,1999:3528.

色",以触觉形容视觉,寒冷触感与视觉环境迅速在大脑中沟通关联,写出一片清幽寒冷的景色。再如高观国的《玉楼春·海棠题寅斋挂轴》"雨难揩泪玉环娇,烟不遮愁红袖冷"[①]与吴文英的《梦芙蓉·赵昌芙蓉图,梅津所藏》"自别霓裳,应红销翠冷,霜枕正慵起"[②],这两首词的触感并不单纯形容物象的颜色,更多的是描写词人内心的感受。词人在进行创作时,调动五大感官,是为再现画境时丰富语言表现能力,使人能获得更深层次的审美感受,从而表达"言外之意"。五感互动更能唤起读者的想象,让他们将全身心投入题画词之中,在脑海中调动感官,体验作品中的境与情。

第三节

纸上意象生

题画词与词意画作为文学和图像的艺术,二者分别经由"语象"和"图象"组成画面,题画词通过"语象"在脑海中勾勒出一幅幅想象的画面;词意画通过勾画"图象"呈现一幅幅绝美画境。题画词与词意画都以模仿自然为最终目的,所有表现自然之美的艺术都通过营造意境的方式来实现。词人与画家在不经意之间将绘画或填词的手法运用在各自的创作之中,以下我们将从构图、白描、点染与色彩等表现形式来探讨题画词与词意画的融通与开拓。

---

① 唐圭璋,编纂. 全宋词[M]. 王仲闻,参订;孔凡礼,补辑. 北京:中华书局,1999:3019.
② 唐圭璋,编纂. 全宋词[M]. 王仲闻,参订;孔凡礼,补辑. 北京:中华书局,1999:3678.

一、图上经营

中国画与词的"构图"都强调虚实相生，实即是虚，虚即是实，如词的"言不尽意"，中国画的"计白当黑"。题画词在写景时简洁洗练，多为写意，词中包含着深厚的主观情感，经过读者的想象力进行艺术再加工，从而填补并完成画面。留白是中国传统艺术中常见的表现手法之一，对构境有着延宕的作用。词意画多利用空白，由空白造成的不确定性给人以无穷的想象空间，实像与空白之处共同构造了气韵生动的画境。简而言之，留白在画面中不着笔墨色彩，却能够协调画面，使得留白与物象之间的关系更加和谐，营造出特有的空间感，从而获得"此处无声胜有声"的效果。在词意画中我们能通过视觉观察到留白的运用，如费丹旭《仕女图册》第九幅中的仕女独倚西楼，极目远眺，黯然深思之景。此画是费丹旭据北宋词人张耒《风流子》一词而作，词云：

> 木叶亭皋下，重阳近，又是捣衣秋。奈愁入庾肠，老侵潘鬓，谩簪黄菊，花也应羞。楚天晚，白蘋烟尽处，红蓼水边头。芳草有情，夕阳无语，雁横南浦，人倚西楼。　玉容，知安否，香笺共锦字，两处悠悠。空恨碧云离合，青鸟沉浮。向风前懊恼，芳心一点，寸眉两叶，禁甚闲愁。情到不堪言处，分付东流。①

词的上阕交代地点与时节，流露出人物的思乡之情，下阕开篇点明思念之人——妻子"玉容"，"香笺"四句更是表达了游子独处

---

① 唐圭璋，编纂. 全宋词[M]. 王仲闻，参订；孔凡礼，补辑. 北京：中华书局，1999：764.

费丹旭《仕女图册》(九)

异地、难与妻子互通书信的怅怨,从而显现出"知安否"中蕴含的深沉思念。"向风"四句转而设想妻子思念自己时的情状,最后两句"情到不堪言处,分付东流"则刻画出词人极尽相思、欲语还休之态。费丹旭选取"芳草有情,夕阳无语,雁横南浦,人倚西楼"来构建画境,将词人远游他乡所见,刻画成妻子独倚西楼,对看夕阳之景。画面左侧楼阁上,一佳人凭栏远眺,夕阳斜照凝思的佳人却无语告慰,右上角水中洲渚朦胧,芳草含情,延伸到天际,一行大雁从南浦横空而过,画家用虚笔表现,含有不尽相思之意。画面的江水与远处云天相接,水面留白,几乎未着笔墨色彩,天空着笔清淡,水天遥遥。画家领会词意,将这四句词绘成情景交融的词意画。整个画面清新淡雅,留白的运用使得画面更加和谐,更含有相思无限的情意,并让观赏者有更广阔的想象空间。

题画词在运用留白时,虽然读者不能直接看到画面的留白,却可以通过词人的语言描述,领会词意,经由想象,使得语象成图像,在大脑中形成特有的空白画面,从而把握题画词的景与情。如吴文英的《柳梢青·题钱得闲四时图画》:

> 翠嶂围屏。留连迅景,花外油亭。澹色烟昏,浓光清晓,一幅闲情。　辋川落日渔罾。写不尽、人间四并。亭上秋声,莺笼春语,难入丹青。①

上阕描述钱氏的图画,"翠嶂围屏"四字指出钱得闲所绘为四时山水屏幅,"留连"两句,指四时花卉争奇斗艳,以闪闪发光的油彩图绘亭台楼阁,这四季山水盛景皆在屏幅之上,使人流连忘返。"澹色"三句描述出黄昏之时的炊烟袅袅,浓重的朝晖使得清晨更加清朗,好一派清远闲淡的山水景色。接下来将钱氏之画与王维的"辋川图"作比较,虽然王维也图绘了落日余晖,山高水远的景象,但难将天下良辰美景、赏心乐事绘于纸上,难以包罗变换的人间四季。"亭上"三句转而评论钱氏所绘春秋两景,指出图画再美也绘不出亭上呼啸而过的秋风和笼中莺儿悠扬的歌声。这从侧面来形容图画再美,终归比不上大千世界的变幻多姿。词人没有正面告诉我们实在的山水有多美,而是留下了大片的空间让我们去想象、去回忆、去游历这人间四季。题画词不仅要描摹画中景象,更多的是要让读者去揣摩更深层次的含义与情感,领略画外之意。留白的运用使得读者拥有更多的思索空间。

---

① 唐圭璋,编纂.全宋词[M].王仲闻,参订;孔凡礼,补辑.北京:中华书局,1999:3713.

题画词为提升视觉上的空间感,常借鉴绘画中透视的表现方法,以由远及近的方式写景,如张翥的《行香子·山水便面》:

佛寺云边。茅舍山前,树阴中、酒旆低悬。峰峦空翠,溪水清涟,只欠梅花,欠沙鸟,欠渔船。 无限风烟,景趣天然,最宜他、隐者盘旋。何人村墅,若个林泉?恰似欹湖,似枋口,似斜川。①

此题画词上片由远及近描写画中风景,下片词人表达对画的见解并抒发自己对隐居的向往之情。我们的视线随着词句游走,从远景云天掩映的佛寺到近景山前的茅屋酒家,继续透过树荫瞧见低垂的酒旗,再望向远处山峦连绵青翠,又环顾四周溪水潺潺。后作者又道出此景少梅花、沙鸟与渔船,但天下无完美无缺之境,"只"一字又透出画面构图的巧妙,只因"欠"缺这些景致,才使得画面疏密有致、不加修饰。景致天然恰似"欹湖""枋口""斜川",词人用典故来联系画中之景,给读者创造了无限的想象空间,更是表达了词人对此"无限风烟,景趣天然"之境的无限向往。

题画词除了借鉴绘画由远及近的透视方法外,还借鉴散点透视法,将移动的视点描绘在同一画面之中,并将景物有机地组合。如陈德武的《水调歌头》:

(题杨妃夜宴醉归图。上写秦虢二夫人、贵妃抱婴于马上。)

日色隐花萼,清夜宴华清。梁州新曲初就,锦瑟按银筝。中坐太真妃子,列坐亲封秦虢,欢笑尽倾城。百斛金尊倒,一

---

① 唐圭璋. 全金元词[M]. 北京:中华书局,1979:1016.

醉玉山倾。　　扶上马，东小玉，右双成。绛纱笼烛高照，宫漏已三更。抱得禄儿归去，酒醒三郎何处，忽听鼓鼙惊。可惜马嵬恨，不得寄丹青。①

  由词序可知，词人观《杨妃夜宴醉归图》，词意勃发，写下这首题画词。词的上片写画中夜宴盛况，下片写画中人物宴后醉归之态，并以一种批判态度审视图画，意在告诫后人需铭记历史教训。在这首题画词里，词人借鉴绘画的散点透视法，将一个个游移的视点连成动态的画面，更好地表现了夜宴场景的盛大及热闹。题画词开篇两句介绍夜宴时间及地点，画面感极强，场外日色西沉，花萼楼隐没在暮霭之中。视点一转，华清宫内正举办一场夜宴。此时宴会上正弹奏着教坊新曲"梁州令"，再看席间主要人物，正坐杨贵妃，列坐杨贵妃的两位姐姐——秦国夫人与虢国夫人，宴上一片欢声笑语、歌舞升平的景象。随着时间流转，宴会上金樽百斛都被饮尽，众人皆醉。接下来镜头转换到醉归场景，贵妃由仕女扶上马，随行时灯火高照，此时已是三更天。"抱得禄儿归去"带有明显的批判意味，酒醒后，"三郎"（唐玄宗）不在身旁，却抱得"禄儿"（安禄山）归去。作者巧妙地将杨贵妃所抱婴孩暗指为安禄山，暗示了"安史之乱"的蓄势待发，也暗示了她将深陷战乱。最后词人表达出可惜马嵬之恨，在此丹青之上不能表现。全词以一个个游移的视点、切换的镜头，写出时间的流逝、场面的宏大，词人带领着读者经历这场宴会，并回顾历史，谨记教训。

  郭熙在《林泉高致》中提出绘画的"三远法"："高远之势突兀，深远之意重叠，平远之意冲融而缥缥缈缈。其人物之在三远也，高

---

① 唐圭璋，编纂. 全宋词[M]. 王仲闻，参订；孔凡礼，补辑. 北京：中华书局，1999：4373.

远者明了,深远者细碎,平远者冲澹。明了者不短,细碎者不长,冲澹者不大。此三远也。"① "高远""深远"与"平远"让画家与观者从不同的角度对山水有更全面的认识。画家通过不同的方位观察获得不同的视觉效果,将之诉诸笔墨,从而取得不同的艺术效果。词人在描摹还原画作时,为将图像转化为语象,需要尽量保持画面的空间感与层次效果,所以词人在创作题画词的过程中会有意识地汲取这种构图技巧。如张炎的《湘月》:

(余载书往来山阴道中,每以事夺,不能尽兴。戊子冬晚,与徐平野、王中仙曳舟溪上。天空水寒,古意萧飒。中仙有词雅丽;平野作《晋雪图》,亦清逸可观。余述此调,盖白石念奴娇鬲指声也。)

行行且止。把乾坤收入,篷窗深里。星散白鸥三四点,数笔横塘秋意。岸觜冲波,篱根受叶,野径通村市。疏风迎面,湿衣原是空翠。　　堪叹敲雪门荒,争棋墅冷,苦竹鸣山鬼。纵使如今犹有晋,无复清游如此。落日沙黄,远天云淡,弄影芦花外。几时归去,剪取一半烟水。②

词序交代了创作背景:作者时常往来于山阴道中,却因尘事烦身,总是不能尽兴,终得机会与徐平野、王沂孙(王中仙)泛舟溪上,尽情饱览山阴道中的景色。这山川美景使得三人雅兴大发,王沂孙作雅词,徐平野作《晋雪图》,词人据姜夔(号白石道人)的《湘月》曲调作此题画词来题咏徐平野的《晋雪图》,以此抒发对此次夜游的感慨。上阕主要写景,也句句入画。作者一行人泛舟畅游

---

① (宋)郭熙. 林泉高致[M]. 周远斌,点校、纂注. 济南:山东画报出版社,2010:51.
② 唐圭璋,编纂. 全宋词[M]. 王仲闻,参订;孔凡礼,补辑. 北京:中华书局,1999:4397.

于剡溪之上,走走停停,想把天地间的美景都收进这篷窗里。"星散"五句,由远及近,描述了真实与画境的山阴道中景色。远景三四点白鸥散落于江面之上,此景像是画家数笔绘出的横塘秋意图。近景处尖锐江岸冲打着水波,篱笆下堆积着落叶,有一条幽僻的小路通往村中的集市。届时,寒风迎面,带起了疏密的水汽,打湿船舱内三人的衣裳。下阕借用"敲雪门荒"与"争棋墅冷"两则晋人典故,加之窗外夜风呼啸,使得山中苦竹摇曳作响,如山鬼鸣叫,此场景词人不由"堪叹"。即使晋朝还在,但它经历了战乱,也不复往日这山阴道中的清游境况。"落日"五句从感慨中回归画面,落日余晖将沙滩映染成金黄色,透过摇曳的芦花缝隙,看到清淡的云影飘浮在渺远的天边。词人感叹不能将如此真实美景尽揽于画中,想着何时归家,将这一半烟水盛景剪回家。上阕作者在描绘真景与画境时,采用由远及近的方式,巧妙地将画面的空间感再现;下阕抒发因《晋雪图》而产生的怀古之情,借典故表达感慨;收篇对于画面背景的描绘更是犹如一幅烟水平远图,将读者的视野带入江天云影之中。

对于描摹山水景色,许多词人偏爱"平远"之景。如张炎的《清平乐》"月落沙平江似练。望尽芦花无雁"[1],蔡伸的《踏莎行·题团扇》"落日归云,寒空断雁。吴波浅淡山平远"[2],吴文英的《暗香疏影·赋墨梅》"占春压一。卷峭寒万里,平沙飞雪"和"想雁空、北落冬深,澹墨晚云天阔",《梦芙蓉·赵昌芙蓉图,梅津所藏》"记长

---

① 唐圭璋,编纂. 全宋词[M]. 王仲闻,参订;孔凡礼,补辑. 北京:中华书局,1999:4418.
② 唐圭璋,编纂. 全宋词[M]. 王仲闻,参订;孔凡礼,补辑. 北京:中华书局,1999:1323.

堤骤过，紫骝十里。断桥南岸，人在晚霞外"①，惠洪的《浣溪沙·妙高墨梅》"日暮江空船自流。谁家院落近沧洲。一枝闲暇出墙头"②……平远之意冲淡，正是这种精神体现了人的精神自由超脱时的状态。平远有着空阔的境界，在阅读题画词时，读者能够跟随语境，望向长空，渺茫的远方寄托着无限的神思。

二、只赋墨踪

白描是中国画技法之一，源出于"白画"，是指纯用墨色线条勾画出物象，不施色彩、不作渲染的绘画技法。白描虽只用简练的笔墨，不加烘托渲染，却能抓住事物的主要特征，传达出物象的神采。在词意画中，使用白描手法最多的莫过于徽派版画《诗馀画谱》。明代汪氏从《草堂诗余》中遴选出三十二位宋代词人的九十七首词作，经能工巧匠雕镂划刻成画，再请名家将词书写下来，以前文后图的形式将词、书、画融为一体。《诗馀画谱》以白描手法造型，取词之意境，雕刻词意画。例如，第十则黄庭坚《浣溪沙》：

新妇滩头眉黛愁。女儿浦口眼波秋。惊鱼错认月沉钩。
青箬笠前无限事，绿蓑衣底一时休，斜风吹雨转船头。③

词的上阕以"新妇滩"与"女儿浦"地名联想，同时将其拟人化，借用女性的容貌模山范水，寥寥数笔就将水光山色尽收词中，

---

① 唐圭璋，编纂. 全宋词[M]. 王仲闻，参订；孔凡礼，补辑. 北京：中华书局，1999：3678.
② 唐圭璋，编纂. 全宋词[M]. 王仲闻，参订；孔凡礼，补辑. 北京：中华书局，1999：919.
③ 唐圭璋，编纂. 全宋词[M]. 王仲闻，参订；孔凡礼，补辑. 北京：中华书局，1999：514.

第三句从侧面烘托出女子的姿容之美，她的柳眉使得鱼儿将其错认为水中弯钩，虚惊一场。下阕词笔来到渔父身上。"青箬笠"前到底有着哪些事，"绿蓑衣"下有着千言万语，欲说还休。心头始终隐蔽着千万事放不下，既然如此，那便作罢，渔父在斜风细雨中调转船头，潇洒归去。上阕绮丽，笔风有着异样的趣味，将山水的声色、情态用奇妙的方式表现出来。下阕畅快，别具风致，表现出别样的渔父情怀。

《诗馀画谱》中选取结句"斜风细雨转船头"，抓住渔父收竿起棹"转船头"这一瞬间动作入画。画面上，疏笔远山，烟波洲渚上闪现着朦胧楼阁。近景处斜风细雨使得垂柳飘荡，摇晃的芦苇后有一渔船，上坐一渔夫，头戴箬笠，身披蓑衣，正收起鱼竿，起桨准备掉转船头归去。在此画中，没有色彩晕染，仿佛"青箬笠，绿蓑衣"的渔人就在眼前，但又和张志和笔下渔父的"斜风细雨不须归"的形象相反，抓住词意，生动传神地体现了黄庭坚在词中所传达的别样渔父情怀。

白描手法在题画词中的运用就是以不多加修饰的词语将物象的特点、神意呈现出来，没有过多的渲染与堆砌。例如张元幹的《渔家傲·题玄真子图》：

> 钓笠披云青嶂绕。橛头细雨春江渺。白鸟飞来风满棹。收纶了。渔童拍手樵青笑。　　明月太虚同一照。浮家泛宅忘昏晓。醉眼冷看城市闹。烟波老。谁能惹得闲烦恼。[①]

全词以白描手法描绘了玄真子（张志和）垂钓的场景，没有多

---

① 唐圭璋，编纂．全宋词[M]．王仲闻，参订；孔凡礼，补辑．北京：中华书局，1999：1414．

《诗馀画谱·浣溪沙》)

余的形容。上阕开头"钓笠"两句描写玄真子在青山围绕间,沐溟蒙烟雨,于浩渺春江之上,头戴斗笠身披蓑衣悠然垂钓,勾勒出一幅渔夫独钓图。"白鸟"三句,化静为动,远处飞来白鹭,满船飘荡着斜风细雨,这时渔翁收竿,猛地提上一尾活蹦乱跳的大鱼,仅用"拍手""笑"两词就让那画中好像充满欢声笑语。作者生动地描绘了渔家生活的乐趣,让这幅垂钓图有了声色。"明月"两句再由动转静,反映出词人不愿与世俗相交的孤傲性格。结尾,词人表明自己只愿终老在这烟波江上,鄙弃尘世的繁华喧嚣,这样就挣脱了世俗烦恼。结句又与开篇相呼应,构成了情与景和谐统一的意境。

三、点染成韵

点染是中国画中画家用笔用墨的两种技法,点即用笔,属笔法,用于点缀景物;染即用墨用色,属墨法,用于烘托和渲染。在作画时二者相互配合,能产生更自然的明暗浓淡变化,达到气韵生动的效果。在词意画中画家经常使用此法。例如,吴湖帆根据张炎的词作《红情》而绘的《红荷图》,画的左上角有吴湖帆妻子潘静淑所书"剪剪红衣,学舞波心旧曾识"[1],吴湖帆选取此句入画,画出了荷花的风度神韵。画面上两支荷花,一支为花苞,亭亭玉立,另一支含苞待放,正舒展着一片花瓣,在柔风中摇晃,微微颔首,好似迎风起舞。正如词意,剪剪微风拂面,荷花就像身着红衣的少女在碧波荡漾中学习起舞,这眼前的景色好像吴湖帆曾见过。这幅荷花词意图,以没骨法画成,不靠线,靠烘托渲染,以胭脂或点或染,使得花瓣白色与粉色统一中有着变化,荷花的形象更加明丽淡雅。

而题画词,词人则直接将"点""染"写进词中。如周密的《柳

---

[1] 唐圭璋,编纂. 全宋词[M]. 王仲闻,参订;孔凡礼,补辑. 北京:中华书局,1999:4429.

吴湖帆《红荷图》

梢青》(其四)"香浮翠藓,玉点冰枝"①,暗香浮动,翠藓结寒,树枝上的冰衣就像点缀着的白玉,"点"字写出了冰衣凝结在枝条上的状态,有盈润朦胧之感。关于直接写"点"的还有赵师侠《柳梢青·荼蘼屏》"碧叶丛芳,檀心点素,香雪团英"②,刘将孙《南乡子·重阳效东坡作》"山色泛秋光。点点东篱菊又黄"③,等等。将"染"字直接写入词中的,如吴文英《蕙兰芳引·赋藏一家吴郡王画兰》"空翠染云"④,兰生长于深谷之中,山深林密,翠绿的兰草,映染着山岫的云朵,使得云朵也透着青绿色。再如吴文英《清平乐·书栀子扇》"金泥不染禅衣"⑤,高观国《洞仙歌·题真》"轻痕浅晕。偷染春风面"⑥,丘崈《江城梅花引·枕屏》"轻煤一曲染霜纨"⑦等。

　　清代刘熙载在其《艺概·词曲概》中论及点染手法时说:"词有点、有染。柳耆卿《雨霖铃》云:'多情自古伤离别,更那堪、冷落清秋节。今宵酒醒何处?杨柳岸、晓风残月。'上二句点出离别冷落,'今宵'二句乃就上二句意染之。点染之间,不得有他语相隔,隔则警句亦成死灰矣。"⑧分析了点染作为技法在词中的运用,"点"

---

① 唐圭璋,编纂. 全宋词[M]. 王仲闻,参订;孔凡礼,补辑. 北京:中华书局,1999:4154.
② 唐圭璋,编纂. 全宋词[M]. 王仲闻,参订;孔凡礼,补辑. 北京:中华书局,1999:2683.
③ 唐圭璋,编纂. 全宋词[M]. 王仲闻,参订;孔凡礼,补辑. 北京:中华书局,1999:4458.
④ 唐圭璋,编纂. 全宋词[M]. 王仲闻,参订;孔凡礼,补辑. 北京:中华书局,1999:3664.
⑤ 唐圭璋,编纂. 全宋词[M]. 王仲闻,参订;孔凡礼,补辑. 北京:中华书局,1999:3719.
⑥ 唐圭璋,编纂. 全宋词[M]. 王仲闻,参订;孔凡礼,补辑. 北京:中华书局,1999:3037.
⑦ 唐圭璋,编纂. 全宋词[M]. 王仲闻,参订;孔凡礼,补辑. 北京:中华书局,1999:2254.
⑧ (清)刘熙载. 艺概[M]. 上海:上海古籍出版社,1978:119.

即点明,"染"即为烘托渲染。词人需要以"点"来点明主旨,或抒发的情感,再以"染"多角度包抄、层层包围。刘熙载更言明二者间"不得有他语相隔",不然再好的名言警句也成一抔"死灰"。例如,晏殊《鹊踏枝》:"槛菊愁烟兰泣露,罗幕轻寒,燕子双飞去。明月不谙离恨苦。斜光到晓穿朱户。 昨夜西风凋碧树。独上高楼,望尽天涯路。欲寄彩笺兼尺素。山长水阔知何处?"[①]

作者直抒胸臆地表达了自己的离愁别恨,眼观万物皆含情。他先布词景,赋予菊兰愁情,又运用古词常见的以乐衬悲的手法,如"落花人独立,微雨燕双飞"一样,以描写燕子成双,反衬自己的孤寂之情。接下来一句,作者直接点明自己的情感:明月啊,她不知离恨之苦,自顾自地穿堂入室,扰乱了离人的心。接下来词人再作渲染,将惆怅的情感推到高点。碧树逢秋而凋敝,想是西风无情,将它们的生机掠去。词人独自登上高楼,心中人在远道,便是登上高处也不得见,他眼里有的只是漫漫无尽头的长路。自古逢秋悲寂寥,词人的悲与寂寥不言而喻。惆怅难解,他想要为心上人寄书信,奈何山长水阔,不知她在何方。这首词,写景与抒情、直抒与暗示相结合,点明离恨又渲染忧思,不失为一首含义隽永的词作。

四、色彩相映

绘画中对于色彩的运用即为设色,南齐谢赫提出"六法",其中"随类赋彩"就是关于设色用彩的问题,即色彩的运用要根据图绘对象的具体性状加以表现。郭熙在《林泉高致》中言:"春山澹冶而如笑,夏山苍翠而如滴,秋山明净而如妆,冬山惨淡而如睡。"[②]

---

① 唐圭璋,编纂. 全宋词 [M]. 王仲闻,参订; 孔凡礼,补辑. 北京: 中华书局, 1999: 115.

② (宋) 郭熙. 林泉高致 [M]. 周远斌, 点校、纂注. 济南: 山东画报出版社, 2010: 26.

自然山水之美是人的情感透入的产物，自然山川的色彩在不断地变换，如同人一样有情感。题画词在运用色彩时虽不能直接通过视觉传达，却可以通过一些色彩词汇对物象的形容，在脑海中呈现特有的画面，"有我之境，物皆著我之色彩"[①]，通过类似色与对比色传达词人的情绪、情感，多色运用使得多个语象和谐生动，达到"气韵生动"的效果。

类似色是指颜色相近的色彩，对比不强烈，不会互相冲突，类似色的运用可以营造出协调柔和的氛围，打造和谐的画面。题画词在运用类似色时，常采用冷色调描述春日、花卉、绿竹，营造清冷的环境，表达愁绪。如吴文英的《望江南·赋画灵照女》，经过类似色的运用，一步步地渲染灵照女的愁思，词云：

> 衣白苎，雪面堕愁鬟。不识朝云行雨处，空随春梦到人间。留向画图看。　慵临镜，流水洗花颜。自织苍烟湘泪冷，谁捞明月海波寒。天澹雾漫漫。[②]

灵照女即画中临镜对照之女。画像之上，她身穿白衣，面庞肌肤雪白，挽着蓬松的发式，满面愁容。"鬟"指女孩发式，空心状；"髻"为已婚发式。"不识"两句运用典故，相传楚襄王梦与巫山神女幽会，神女临别时称自己"旦为朝云，暮为行雨"，以此表明临照女（灵照女）尚不识情爱，就已经离开人间，岂不是"空随春梦"？"留向"一句紧扣画面，写临照女只剩一幅画像，我们只能通过画像识得她的芳容，由此表达词人的遗憾之情。"慵临镜"两句

---

① （清）王国维. 人间词话新注[M]. 滕咸惠，校注. 济南：齐鲁书社，1986：36.
② 唐圭璋，编纂. 全宋词[M]. 王仲闻，参订；孔凡礼，补辑. 北京：中华书局，1999：3674.

点临照女名之由来，她因未婚夫亡故，心情悲痛，无心梳洗打扮。"自织"两句联想到娥皇女英、李白捞月的典故，词人想象临照女的死因，她因未婚夫之死伤心不已，泪点湘竹，织成"苍烟"，她投水殉情而死，渴望至死不渝的爱情而不得。最后又转回画面，那天淡雾漫的景象，似在哀悼临照女，有着凄美的感情色彩。整首题画词对临照女的愁绪进行渲染，运用一系列的冷色："白苎""雪面""苍烟""湘泪""明月海波"……"天"与"雾"都笼罩在愁苦的"冷""寒""澹""漫"情绪之下，词人一步步地渲染临照女的悲剧形象，并带有凄婉之感，图像与语象完美结合，画面和脑海中的景象和谐交融。

在题画词中，还常用类似色来描述春日之景，如陈克《虞美人》：

（曹申甫以着色山水小景作短制，思极萧散，方倅袭明邀予为咏。）
越罗巧画春山叠。个里融香雪。满身空翠不胜寒。恰似那回偷印、小眉山。　　青骢油壁西陵下。仿佛当时话。而今眼底是高唐。拂拂淡云疏雨、断人肠。①

此着色山水描绘的是春景，"春山叠""融香雪""空翠""青骢"与"淡云疏雨"一齐笼罩在"萧散"色彩的情绪之下，词人观看此画，觉画中之景极美，可堪比"高唐"仙境，但是他回想起往事，此景又令他尤为"断人肠"。

吴文英《燕归梁·书水仙扇》，以一系列冷色描写水仙，抒发由水仙扇而起的思念之情，词云："白玉搔头坠髻松。怯冷翠裙重。当

---

① 唐圭璋，编纂. 全宋词[M]. 王仲闻，参订；孔凡礼，补辑. 北京：中华书局，1999：1077.

时离佩解丁东。澹云低、暮江空。　　青丝结带鸳鸯盏,岁华晚、又相逢。绿尘湘水避春风。步归来、月宫中。"①

词人将水仙比作美人,"白玉"一句形容水仙花如美人蓬松发髻上的一支白玉簪子,"怯冷"一句中,水仙叶就像美人怕冷时身穿的厚重翠裙。"当时"三句转而怀念美人,离别后由水仙扇开始联想,点出水仙生长在江边,画面上天低云淡,日暮江空。"青丝"三句又扣水仙,写出水仙的形态:如今又在岁末相逢,水仙似金盏银台,叶繁如青丝。"绿尘湘水"三句词人展开想象,将水仙喻作湘妃,她凌波而起"避春风",后在月宫重逢。词人用"白玉""翠裙""青丝"等将水仙花的洁白,叶翠绿且繁多的形象刻画出来,再运用"澹云低、暮江空"渲染水仙的生长环境,"绿尘湘水"与"月宫"也带有清幽之意。这些冷色的运用塑造了水仙形态、生长季节的特性,更是表达了词人心情,抒发他的怀人之感。

题画词中写竹之色彩时常用冷色调,如高登的《好事近·黄义卿画带霜竹》:"潇洒带霜枝,独向岁寒时节。触目千林憔悴,更幽姿清绝。　　多才应赋得天真,落笔惊风叶。从此绿窗深处,有一梢秋月。"②"岁寒时节",月光笼罩下,唯独竹林"幽姿清绝",词人刻画了带霜竹的清高脱俗的形象。

对比色是指两种有着明显差异的色彩。色彩的对比不仅包括补色对比,还包括明度对比和冷暖对比。对比色的运用有着强烈的色彩差异感,给视觉感官造成一种刺激,它们的合理运用,能让画面更加跳脱、生动。题画词最常运用的对比色为红色和绿色,在描写

---

① 唐圭璋,编纂. 全宋词[M]. 王仲闻,参订;孔凡礼,补辑. 北京:中华书局,1999:3719.
② 唐圭璋,编纂. 全宋词[M]. 王仲闻,参订;孔凡礼,补辑. 北京:中华书局,1999:1676.

景色时通常给人以生机盎然之感，在写人物之时有着娇俏之感。如王质的《西江月·和王道一韵促画屏》："蹙蹙红中烟润，梢梢翠尾风斜。"[1] 词人用红绿互补色描写轩外的石榴与芭蕉，词末原注："轩外有石榴芭蕉。壁间有所画江浦芦雁。"石榴花开，火红的颜色点缀枝头，一旁微风拂动翠绿的芭蕉叶。"蹙蹙"本形容紧蹙的皱纹，在这里描述石榴花像是起皱的红色丝绸，"烟润"表石榴花的润泽之态。"梢梢翠尾"形容芭蕉叶像是翠鸟的尾羽垂吊在枝头，词人以"翠尾"形容芭蕉叶的色彩及状貌。风吹芭蕉，红点枝头，唤起读者想象，映入脑海的是夏日生机勃勃的画卷，这里的对比色运用让画面视觉效果更加突出。

同样以红绿互补色为主色彩的题画词还有吴文英的《霜天晓角·题胭脂岭陶氏门》："烟林褪叶。红藉游人屧。十里秋声松路，岚云重、翠涛涉。"[2] 据《咸淳临安志》言："胭脂岭，在九里松曲院路之西，土色独红，因以名之。"[3] 该题画词从景入手，描绘了秋日胭脂岭之景。傍晚胭脂岭烟霞弥漫缭绕，漫山红叶飘零，游人木屧脚踩落叶，秋意浓浓。后以松木繁荫，反衬胭脂岭色彩之鲜艳。词人经九里松路到达胭脂岭，这一带岚云繁重，秋风怒号，翠涛澎湃，不仅红翠对比强烈，色彩冷暖对比也落差极大。

吴文英同样擅用红绿互补色写美人，如《醉落魄·题藕花洲尼扇》：

春温红玉。纤衣学剪娇鸦绿。夜香烧短银屏烛。偷掷金钱，

---

① 唐圭璋，编纂. 全宋词[M]. 王仲闻，参订；孔凡礼，补辑. 北京：中华书局，1999：2119.

② 唐圭璋，编纂. 全宋词[M]. 王仲闻，参订；孔凡礼，补辑. 北京：中华书局，1999：3721.

③ （宋）潜说友. 咸淳临安志[M]. 杭州：浙江古籍出版社，2012：1091.

重把寸心卜。　　翠深不碍鸳鸯宿。采菱谁记当时曲。青山南畔红云北。一叶波心,明灭澹妆束。①

上阕写女尼,词人以藕花描述女尼,以荷花之红比喻女尼之颜,以荷叶之绿比喻女尼之衣。春暖花开,女尼面色似红玉,正学着将一块青黑色纤布剪裁成僧袍。女尼正少女怀春,夜深焚香时不慎烧短了银烛,索性偷偷地掷钱占卜。下阕转写女尼扇中图画。扇面上绘荷叶深深,中有鸳鸯双双,谁还记得当时的采菱曲?这情景与上阕女尼夜晚独坐形成对比。青山之南,红霞之北,水中央一叶扁舟中,隐隐约约有一素淡女子。词人先以"红玉""鸦绿"形容女尼的娇美容颜,后又以"青山""红云"衬托"澹妆"女子,红绿互补色的运用使得题画词更具美感。

高观国的《思佳客·题太真出浴图》:"写出梨花雨后晴。凝脂洗尽见天真。春从翠髻堆边见,娇自红绡脱处生。"② 词人以文字再现图中杨贵妃于华清池沐浴起身之态,绝代佳人之风姿,让读者联想到太真的国色天香。蒋捷的《贺新郎·题后院画像》:"绿堕云垂领。背琵琶、盈盈袖手,粉闲红靓。"③ 画中佳人青丝垂领,身背琵琶,"盈盈袖手",皮肤娇粉。

写花卉的题画词还有韩淲《虞美人·姑苏画莲》:"西湖十里孤山路。犹记荷花处。翠茎红蕊最关情。"④ 词人以红翠强烈的对比,描

---

① 唐圭璋,编纂.全宋词[M].王仲闻,参订;孔凡礼,补辑.北京:中华书局,1999:3715.
② 唐圭璋,编纂.全宋词[M].王仲闻,参订;孔凡礼,补辑.北京:中华书局,1999:3033.
③ 唐圭璋,编纂.全宋词[M].王仲闻,参订;孔凡礼,补辑.北京:中华书局,1999:4361.
④ 唐圭璋,编纂.全宋词[M].王仲闻,参订;孔凡礼,补辑.北京:中华书局,1999:2912.

绘出荷花的鲜艳明丽。吴文英的《梦芙蓉·赵昌芙蓉图,梅津所藏》:"自别霓裳,应红销翠冷,霜枕正慵起。"词人以花草的衰败喻美人消瘦,用"销"和"冷"形容红花绿叶,不仅描写出秋色销蚀万物,更是写出了词人与美人离别之后美人的清减情状,表达出他对美人的思念之情。张炎的《踏莎行·卢仝啜茶手卷》:"头上乌巾,鬓边白发。数间破屋从芜没。山中有此玉川人,相思一夜梅花发。"① 画中卢仝白发上裹着黑头巾,黑与白有着强烈的对比,显示出卢仝已不再年少,但是他有着梅花一样的品格,敢于在风雪中凌寒独立、傲霜斗雪,从而引发词人的思古之情。

底色与主体物色彩的强烈对比,更能突出画中景物。陈人杰的《沁园春·赋月潭主人荷花障》:"素纨红障相鲜。更澹静一枝真叶仙。向风轩摇动,但无香耳,蓼丛掩映,自是天然。"② 词人描写画上之景,以"鲜"字概括画面给人的感受。细绢上绘有红色荷花,白底显得荷花尤为鲜艳。荷花似仙子恬淡而一枝独立,在"蓼丛掩映"下,一疏一密,相互衬托,自然天成。赵师侠的《柳梢青·荼蘼屏》,描写春日百花开尽,荼蘼展颜之景,词云:

  红紫凋零。化工特地,剪玉裁琼。碧叶丛芳,檀心点素,香雪团英。 柔风唤起婷婷。似无力、斜欹翠屏。细细吹香,盈盈泹露,花里倾城。③

---

① 唐圭璋,编纂. 全宋词[M]. 王仲闻,参订;孔凡礼,补辑. 北京:中华书局,1999:4430.
② 唐圭璋,编纂. 全宋词[M]. 王仲闻,参订;孔凡礼,补辑. 北京:中华书局,1999:3906.
③ 唐圭璋,编纂. 全宋词[M]. 王仲闻,参订;孔凡礼,补辑. 北京:中华书局,1999:2683.

荼蘼即酴醾，苏轼有诗言"酴醾不争春，寂寞开最晚"，任拙斋诗言"一年春事到荼蘼"，荼蘼花一开，春天五颜六色的花儿就须让路给骄阳似火的夏日了。词人开篇就用"红"与"紫"两个暖色的凋零叙述春日百花开尽的背景，后又用对比强烈的色彩写"不争春"的荼蘼。簇拥的碧色枝叶作底，荼蘼洁白如雪，散发阵阵清香，花心一点红作点缀。背景"红紫凋零"，再以点点碧色托白色，白色衬红色，层层推进，层次感非常强，题画词将屏上荼蘼花开场景完美诠释。

第四章

墨抒豪放意
言藏婉约情

语言与图像在内容与形式之上有着共通之处，两者相互独立又彼此联系，它们有着相似的艺术意蕴、审美追求及艺术手法，创作者都力图表现作品的"言外之意""画外之境"。在宋代，作为语言艺术的"词"突破了"诗"的结构，更注重展示一个完整的情感发展过程；作为图像艺术的"画"，由描绘客体事物到有意识地书写胸中逸气，开始突破单纯追求"形似"的藩篱，进而以抒发创作者的主体情感为出发点。以下我们将站在审美风格的角度，对宋代绘画与词之豪放美与婉约美作出分析，对其在不同时期的不同作品所表现出的美学风格进行阐述。

第一节

年岁更易词画变

一、笔下意气改

　　中国画发展到宋代，其中表现的叙事性内容大幅减少，抒情性内容大大增强。由于儒家政教观念的影响，宋代之前人物画的兴盛程度远高于山水林木、花鸟虫鱼，郭若虚《图画见闻志》中说："若论佛道、人物、士女、牛马，则近不及古；若论山水、林石、花竹、禽鱼，则古不及近。"① 曹植言："观画者，见三皇五帝，莫不仰戴；见三季暴主，莫不悲惋；见篡臣贼嗣，莫不切齿；见高节妙士，莫不忘食；见忠节死难，莫不抗首；见忠臣孝子，莫不叹息；见淫夫妒妇，莫不侧目；见令妃顺后，莫不嘉贵。是知存乎鉴戒者，图画也。"② 正是因为这种政教功能的束缚，绘画承担着惩恶扬善、歌功载德的责任，所以宋代之前的绘画多是描绘功臣贤士、列女孝子的故事。到了宋代，绘画的功能逐渐向抒情表意转变，对此，《宣和画谱》记载道："画之作也，善足以观时，恶足以戒其后，岂徒为是五色之章，以取玩于世也哉。"③ 五色之章的绘画除了有惩恶扬善的功能之外，还要使人的身心得到愉悦。山水画与花鸟画在宋代之所以兴盛，主要在于其很少担任类似人物画的政教职责，叙事性很弱，画者在创作中发挥其主体性的自由度较大。如李公麟所言："吾为画，如骚人赋诗，吟咏性情而已。"④ 可见，其作画主要是"吟咏性情"，抒发内心想法及情感。

北宋初期宫廷院体花鸟画继承的是唐、五代传统，承袭"黄筌富贵"风格，大力发展精工细腻、富丽堂皇的画风。据《画继》记载，蜀王让黄筌在八卦殿四周内壁上"画四时花竹兔雉鸟雀"⑤，后有官员进献白鹰，白鹰看见殿内墙壁之上的雉鸡，将它错认成活物，遂疾飞过去想要拉扯拖拽，蜀王见此画面，惊叹异常，可见黄筌写实能力之高。北宋开国，赵匡胤任命黄筌之子黄居寀为北宋的画院待诏，黄居寀承袭其父亲的风格，引领了北宋花鸟画的发展方向。

---

① (宋) 郭若虚. 图画见闻志 [M]. 邓白, 注. 成都：四川美术出版社, 1986：77—78.
② (魏) 曹植. 画赞序 [M]. // 俞剑华, 编著. 中国古代画论类编. 北京：人民美术出版社, 1998：12.
③ (宋) 宣和画谱 [M]. 岳仁, 译注. 长沙：湖南美术出版社, 1999：1.
④ (宋) 宣和画谱 [M]. 岳仁, 译注. 长沙：湖南美术出版社, 1999：157.
⑤ (宋) 黄休复. 益州名画录 [M]. 成都：四川人民出版社, 1982：50.

至宋徽宗时期，写实性可以说是到达了巅峰。据《宣和画谱》记载，宋徽宗常亲自考验教导画院画师及学生，一日他召集画师画宣和殿前荔枝树下的孔雀，画师们绘出的孔雀焕彩夺目，但是在画孔雀跃上藤墩这一动作时，画师皆画孔雀先抬右脚。宋徽宗不满意这个结果，令众画师不知何为，数日后徽宗方答："孔雀升高，必先举左。"①由此事足见宋徽宗的观察能力之强，能观察到如此细微之处，将孔雀的习性摸透，令众画师惊叹并敬服。北宋院体花鸟画不仅将花鸟之外形描绘得活灵活现，在观察花鸟的生长特性、生活习性方面亦达到了真实客观的还原程度。

宋代初期山水画承袭的是"五代四大家"荆、关、董、巨的绘画风格，他们根据其生活游览的山水实景，创造出了一系列皴法，其山水画真实地反映了当地的风貌。如范宽，为关中人士，学大家之法，《宣和画谱》载曰："'……吾与其师与人者，未若师诸物也。吾与其师于物者，未若师诸心。'于是舍其旧习，卜居于终南、太华岩隈林麓之间，而览其云烟惨淡，风月阴霁，难状之景，默与神遇，一寄于笔端之间……"②他认为向别人学习，不如向万物学习；向万物学习，不如向内心学习。他亲身体察自然万物，在终南山、太华山一带观察山水，并将外在物象与心联通、与神相会，将心神感知一齐绘于纸上。他的作品《溪山行旅图》在领会山水之神的基础上，如实地描绘出了关中地区风貌。

宋代绘画审美与品评标准的改变及演进也给宋画带来了极大的影响，唐朝朱景玄在《唐朝名画评》中增加了"逸"的品评标准，五代宋初的黄休复在《益州名画录》目录里对绘画品评标准重新做了排序，即以"逸格""神格""妙格""能格"将所收录的画家进行

---

① (宋)邓椿. 画继 [M]. 北京：人民美术出版社，1964：122.
② (宋)宣和画谱 [M]. 岳仁，译注. 长沙：湖南美术出版社，1999：236.

排名，并对其绘画水平做出划分。从"四格"的排列顺序我们可以看出，黄休复将"逸格"作为最高标准，并且他对此做出了明确的解释："画之逸格，最难其俦。拙规矩于方圆，鄙精研于彩绘。笔简形具，得之自然，莫可楷模，出于意表。故目之曰'逸格'尔。"[①]这个标准不将"规矩于方圆"与"精研于彩绘"看作是品评绘画的标准，笔简而形具，"得之自然"，不可成为供人临摹的样本，将画者之"意"表达出来，这就是"逸格"。"逸格"消除了绘画对形的束缚，简笔之下将意传达出来，不受形的限制抒发主体的情感，注重表达主体精神，黄休复的这一观点对后世的画作品评标准起到了重大的启示作用。"逸格"体现了笔墨写意的特殊韵味，追求神似而非形似，其中包含一种平淡天真的审美趣味。这与文人审美追求一致，欧阳修说，"萧条淡泊，此难画之意"[②]，这是追求形似、精工描摹的画工画所不能比拟的，肖似的物象外形不可能传达出"萧条淡泊"的意趣。苏轼在《书鄢陵王主簿所画折枝二首》中同样有关于绘画不应以形似为标准的观点："论画以形似，见于儿童邻。"强调绘画重要的是传达内在意趣。这种意趣与宋词那种含蓄地传达词人内心情感的方式有着异曲同工之妙，都是曲折、复杂、模糊地传达着创作者的观点，需要观者用心去体味"画外之意"。

宋代花鸟画在宋神宗主导下开始改革。崔白的出现令神宗欣喜。崔白性情疏阔豁达，为人很有个性，不愿受役使，他本不愿入画院，因神宗特意恩许"非御前有旨，勿召"[③]，才勉强同意。崔白的画风及影响力，给北宋院体花鸟画带来了生机，冲击了当时作为标准的

---

① (宋)黄休复. 益州名画录[M]. 成都：四川人民出版社，1982：6.
② (宋)欧阳修. 欧阳修全集[M]. 李逸安，点校. 北京：中华书局，1997：1976.
③ (宋)郭若虚. 图画见闻志[M]. 邓白，注. 成都：四川美术出版社，1986：248.

"黄筌"风格。"自白及吴元瑜出,其格遂变"①,白即崔白,吴元瑜是崔白的学生,二人的实践,影响了整个北宋院体花鸟画。崔白的整体画风是萧条荒寒的,他生长在江南地区,那是"徐熙野逸"画风传播的范围,崔白气骨内承袭了徐熙之风,有闲适疏放韵味,所画作品多是败荷凫燕、芦塘野鸭。同时他学习了黄筌的精致入微的造型方式,但不似黄筌般极尽晕淡之功,而将徐熙的野逸风格融入其中,在晕染之中融合松秀灵动之笔意。例如崔白画风成熟期时所作的《双喜图》:在荒凉的秋天,一只受惊的野兔和一只张翅挥动的喜鹊,它们都由精微细腻的写实画法绘成,显示出了兔毛那种真实的质感;而背景中的枯枝败草用写意的造型方式写成,可以看见枝干上皴擦点的笔法,崔白几笔就勾出疾风忽过败草倾侧的状态,土坡也是直接用淡墨粗粗勾画几笔。整幅画兼工带写,既有黄筌的精细,也有徐熙的野逸。崔白兼取徐熙与黄筌之长,成一家之体,一改前人之程式化,为北宋院体花鸟画注入了生机。崔白性情中的"疏阔",画风中的"萧条""闲适""淡泊"与文人倡导的"萧条淡泊"在意趣之上是一致的。由于苏轼、文同的倡导,文人士大夫在花鸟画之中融入了这种淡泊、闲适的意趣,兴起了以笔墨抒发性情的水墨形态的花鸟画,在笔墨情趣中乘兴而作,突破形似的束缚,寄情于此。这种写意水墨画的兴起,与当时的书画材质也有关联。宣纸不同于绢,尤其是生宣纸,它吸墨晕染后有丰富的变化,纸质粗糙抓笔,在笔势过后留下的飞白,有独特的肌理效果。相比于光滑的绢,纸质有更大的潜力,适合文人们在其中寻找变化,开发新的风格意趣。同时它更利于文人们自如挥洒笔墨,抒发自己的情绪。还有重要的一点,这种变化与文人的文化修养有很大联系,文人画

---

① (宋)宣和画谱[M]. 岳仁,译注. 长沙:湖南美术出版社,1999:372.

崔白《双喜图》

家们有很强的书写功力，他们在绘画时运笔潇洒，随性情而挥毫。苏轼、文同善画墨竹，墨竹之中蕴含着文人的意趣，苏轼在《跋文与可墨竹》中写道："意有所不适，而无所遣之，故一发于墨竹。"①他在题跋文同墨竹时述说其画竹之因由：心中之意无所抒发，因此将其表达于墨竹图中，在挥毫之间，将不适的意遣兴于水墨之中。在苏轼、文同的实践下，水墨形态的花鸟画对后世花鸟画坛产生了巨大的影响。

除花鸟画的写意外，山水画的写意也非常值得重视。宋代早期的绘画承袭的是五代风格，直到米氏父子出现，山水画出现了一个特别的画风——墨戏云山。这种特殊的风格与苏轼的水墨花鸟画类似，都是在画中表达自己的意趣。米芾在其《画史》中称自己的画："多烟云掩映树石，不取细，意似便已。"米芾生活在江南地区，江南烟雨掩映山川树石，所以他的画中都是烟云缥缈，他绘画不取细微之处，将自己的意趣表达出来就好。米芾作画，更多的是以一种"墨戏"的心态，求得天然之趣。因米芾画作已不存，后人只能参照其子米友仁的画作，探寻其中的奥妙。如《云山墨戏图》，这幅画是典型的"墨戏"之作，米友仁在画上自题创作意图："余生平熟潇湘奇观，每于登临佳处，辄复写其真趣成长卷以悦目，不俟驱使为之，此岂悦他人物者乎？"米友仁画这幅画时已年至半百，他作画并不为他人所驱使，不为取悦他人，而是求"真趣以悦目"。《潇湘奇观图》是米友仁根据自己所观察到的江南"晨晴晦雨间"的景色，再结合内心情趣而画成的，他写的是其中的"真趣"，注重的是个人感觉的审美情趣，作画任随自己的心意挥洒。米氏开拓出的这种重内心意趣抒发的新风格，让山水跳出外形的束缚，跳出形式

---

① （宋）苏轼. 苏轼文集[M]. 北京：中华书局，1996：2209.

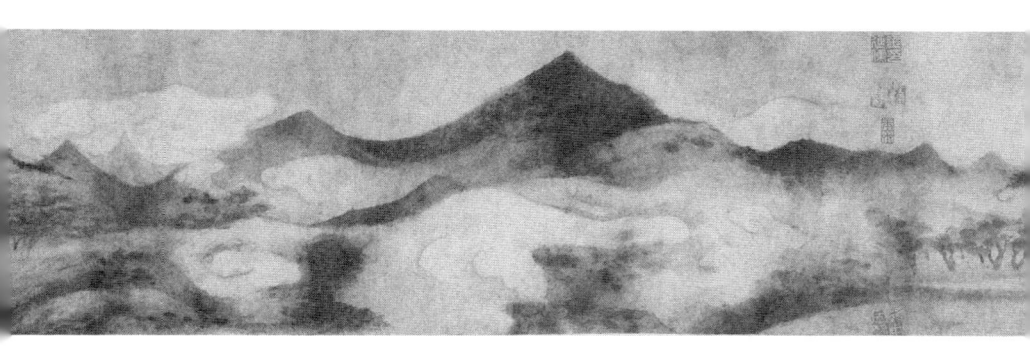

米友仁《潇湘奇观图》（局部）

的约束，让人能品味其蕴含的内在情感与文化意味。这种不拘陈法的审美情趣为文人画的发展提供了借鉴意义，并影响了后世的绘画观念。

宋代人物画的代表画家有具有文人修养的李公麟，绘出宋朝人民日常生活的张择端、李嵩，以历史故事鉴戒当朝的李唐，减笔草草就能写出人物之神的梁楷。神宗时期的李公麟，有很高的文人素养，他的画多采用白描画法，人物既有形象的外形，又有着生动的神韵。他多以线条造型，或加以淡墨烘托，其作品精炼含蓄，脱离了前朝那种富丽工谨的世俗之气，而使艺术创作的目的只为"吟咏性情"。同时宋代人物画的题材宽泛了许多，相较从前多有描绘货郎、杂戏、渔夫、婴戏、村牧以及文人骚客等。尤其是人物风俗画，从侧面描画出了宋代繁荣且平实的生活，拉近了观者与民间的距离，在反映现实生活方面有了巨大的进步，产生了如北宋张择端、苏汉臣、南宋李嵩等大家。人物历史画则多借历史上的昏庸君主、暴虐权臣、卖国求荣的卖国贼等故事来以古讽今，表达宋人对祖国统一、社会安定的渴望，或借历史上贤臣明君来表达对清明政治环境的渴求。北宋末的李唐，本以卖画为生，后入画院，北宋覆灭之时他颠沛流离，宋室南渡之后经人推荐再度进入画院。他的人物画之中多饱含对山河破碎的感慨，他最著名的历史人物画《采薇图》，描绘的是商代遗民伯夷、叔齐不食周粟的历史故事，其中蕴含他对统治者投降的谴责、对誓死保持气节之人的赞颂。南宋梁楷为画院待诏，但是他为人放荡不羁，人称"梁疯子"，他突破了早前精工细描、重彩赋色的人物画风格，创新了写意人物画。梁楷的画，用笔刚劲有力、迅疾洒脱，其间气势涌动，他以极简的笔墨，表现了人物的内在精神，抒写了胸中之意。宋代人物画虽不及前朝繁荣，也不及同时代的山水花鸟画有名气，但它对题材的拓展、画者情感的渗透、创作手法的创新等，都给后世带来了极大的影响。

要之，宋词与宋画都注重抒发主体的情感，二者的艺术表现手法、审美追求有共同之处。宋词艺术表现手法多为借景抒情，借外物抒发内心情感，宋画亦然。宋画突出之处在于其表现内容，即表现主观精神，注重表现"画外之意"。正如司空图所言，"象外之象，景外之景"[①]，与宋词旨在表现"言外之意"的方向一致，画者与词人一样也是在通过一种含蓄的方式传达内心感受。"画外之意"给观者留有更广阔的想象空间，同时也赋予画作更深远的意境。

二、词间风骨新

词，又称曲子词、长短句、诗余等。一般先有曲调，词人根据曲调去填词，且需要依照韵律去填写，不得有误，所以词为适应曲调，产生了长短不一的句式，可歌可唱。"词者，诗之余"，词在唐代文人眼中是难登大雅之堂的小令，被视为"诗余"，这一称呼在相当长一段时间内是带有轻视意味的。词相较于文与诗，有其不同

---

① (唐)司空图. 司空图选集注[M]. 王济亨，高仲章，选注. 太原：山西人民出版社，1989：108.

之处，钱锺书在《中国画与中国诗》中说道："同一个作家可以'文载道'，以'诗言志'，以'诗余'的词来'言'诗里说不出口的志。"① 这里说不出口的"志"为"意"，"词之为词"是因词作为一种独立的文本，它具有自身的内在特质。

东汉许慎《说文·司部》："词，意内而言外也。"② 词通过描写物象，旨在传达更深层次的"意"。刘毓盘《词史》的自序中讲到词人是如何抒发"意"的："美人香草，十九寓言，其旨隐，其辞微，言之不足故长言之，长言之不足故嗟叹之……盖忠臣义士，有郁于胸而不能宣者，则托为劳人思妇之言，隐喻以抒其情，繁称以晦其旨。"③ "隐喻""繁称"这两个词点名了词的表达方式，暗含宋词的审美追求，"低回要眇，以喻其致"④，是为追求含蓄，词人时常用隐喻把自己的"言外之意"化为意象，意象的背后包含词人情感。词长于抒情，但是词人写情往往是将自身情感融入意象之中，所以意象是包含主观情感的意象，情感中蕴含词人的生命体验。这种方式有着婉转、曲折、复杂与模糊的特点，让情感描写更加细腻，正所谓凡事过满则溢，过刚则折，追求的是"含蓄中和"之美。词相比于诗而言，其中的叙事特征越来越少，如白居易的《琵琶行》一诗将琵琶女及自身故事娓娓道来，讲述故事发生的时间、地点、人物甚至琵琶女弹奏琵琶曲的指法，后叙述琵琶女的身世、情感经历，其后再写诗人回想其自身的经历，其中有对琵琶女的同情，也有自己的愤懑之情。而词却是多以"隐喻"的方式"繁称"，将其情寄托于意象之中，如李煜降宋之后所作的《虞美人》，每一个词句都饱含

---

① 钱锺书. 七缀集[M]. 北京：生活·读书·新知三联书店，2019：4.
② (汉)许慎. 说文解字[M]. 北京：中华书局，1963：186.
③ 刘毓盘. 词史[M]. 北京：商务印书馆，2015：3.
④ (清)张惠言. 词选[M]. 北京：中华书局，1957：7.

着对故国的深切思念，反复地表达自己的哀痛，体现了"低回要眇，以喻其致"的特征。

　　"词以境界为最上。有境界则自成高格"①，因有意境而使得词由平面走向立体。词境有"有我之境"和"无我之境"②，"有我之境"是"以我观物"，"故物皆着我色彩"，即是说，以我去观看体察万物，所以万物都带有我的情感色彩；"无我之境"是"以物观物"，分不清楚什么是我、什么是物。词人在填词之时，会将自己的情意写进词中，这是出于人的本能。"有我之境"表情达意更为鲜明，主观色彩更为浓重，写"有我之境"的词人占多数，词境之中情感丰厚，能够以情动人，撼动读者，达到共鸣的效果；"无我之境"境中心物契合或物中有我、我中有物，它将词人的情绪隔在境外，实则词人的情感悄无声息而又自然地流淌在其中，这更需要读者细细品读其中的深意，才能回味悠长，所谓"言有尽而意无穷"③。"境非独谓景物也，感情亦人心中之一境界"④，不论是"有我之境"还是"无我之境"，境中都蕴含了词人的情感。宋词的抒写方式在文人士大夫的参与下出现了多个大变化：它在李煜的影响下"变伶工之词而为士大夫之词"，文人士大夫参与填词创作；柳永变"小令"为铺叙较长的"慢词"，词的结构发生变化；苏轼"以诗为词"，拓宽了词的内容、题材，提高了词格；周邦彦开"赋化之词"⑤，写词似作赋，铺陈展开、反复勾勒描摹，其背后包含时局政治内涵。

---

① （清）王国维. 人间词话新注[M]. 滕咸惠，校注. 济南：齐鲁书社，1986：33.
② 有关王国维论述的"有我之境"与"无我之境"观点，参看（清）王国维. 人间词话新注[M]. 滕咸惠，校注. 济南：齐鲁书社，1986：33—39.
③ （宋）严羽. 沧浪诗话[M]. 北京：中华书局，1985：7.
④ （清）王国维. 人间词话新注[M]. 滕咸惠，校注. 济南：齐鲁书社，1986：38.
⑤ 叶嘉莹先生将词分为歌辞之词、诗化之词与赋化之词，其代表分别为：花间派和北宋初期词，苏轼、辛弃疾词，以及周邦彦、吴文英与王沂孙词。参看叶嘉莹. 词之美感特质的形成与演进[M]. 北京：北京大学出版社，2007.

宋代早期词坛延续的是五代花间词的审美风尚，那时的词人常转换身份以闺阁女儿的视角来写一些纤柔、绮艳的内容。李煜工书画、善诗词、晓音律，是五代南唐最后一位君主。虽然是一位亡国之君，但他是文学艺术上的胜利者，他的词作征服了北宋汴京城。他身为君主，文学造诣极高，在填词上的贡献影响了词这一文体的地位，由他始，文人士大夫填词开始流行起来，因他的词作"眼界始大，感慨遂深"，所以"伶工之词"变为"士大夫之词"。李煜整个填词的生涯可分为两个部分：前半生他作为帝王享受人生乐趣，高歌宫廷逸乐生活，词风绮丽；南唐灭亡为他词风的分界线，李煜降宋，沦为阶下囚，此后他的词主题多为追忆往昔，伤怀自己的王国。他将填词作为抒发自己内心伤痛的一种方式，扩大了词境，发生了由供伶人吟唱到抒发士大夫之情感的转变。以前词只写男女情爱、离别相思等传统题材，后来填词竟可以疏解情怀，这一改变自李煜起。

以下分别例举李煜前后半生的代表词作，分析其填词风格的巨大变化，实乃"以血书者也"[1]。先看写在南唐极尽繁荣时的《玉楼春》一词：

晚妆初了明肌雪，春殿嫔娥鱼贯列。笙箫吹断水云开，重按霓裳歌遍彻。　　临风谁更飘香屑，醉拍阑干情味切。归时休放烛花红，待踏马蹄清夜月。[2]

此词作于南唐全盛时期，算是李煜前半生的写照，词作描绘了排演《霓裳羽衣曲》的场面，极尽奢华之状。词中描述鱼贯而出的

---

[1] （清）王国维. 人间词话新注[M]. 滕咸惠，校注. 济南：齐鲁书社，1986：98.
[2] （南唐）李煜. 李煜词集[M]. 王兆鹏，导读. 上海：上海古籍出版社，2013：54.

宫娥即使到了晚间也要再次上妆，使肌肤明亮胜雪；伶倌们重新演奏舞曲，响彻云霄；香屑飘来，为歌舞增添风味；词人微醺，轻拍阑干欣赏这视听盛宴；宴罢归时词人也吩咐侍从不能熄灭红烛，他要骑马踏着月光欣赏这夜色。从这一一铺开描摹的景象我们能看到李煜享乐的程度，明杨慎《草堂诗余》评论其"何等富丽侈纵"，在李煜前半生的词中几乎看不到忧伤情绪的存在。

在经历了国破家亡之后，李煜将内心真挚的情感抒发了出来，其中包含了最真实的生命体验，《破阵子》一词是其北上后的追赋之作："四十年来家国，三千里地山河。凤阁龙楼连霄汉，玉树琼枝作烟萝。几曾识干戈？　一旦归为臣虏，沈腰潘鬓消磨。最是仓皇辞庙日，教坊犹奏别离歌。垂泪对宫娥。"①

词的上阕追思南唐盛世，下阕写他沦为"臣虏"之后的处境。词人回忆起自己的国家，在经历了从祖父到父亲再到自己的四十年里，山河绵延数千里，他从未想过这个国家会灭亡。南唐处于富庶的江南地区，"凤阁龙楼连霄汉，玉树琼枝作烟萝"，宫宇众多，装饰奢华，如此奢华的宫殿何曾见过兵戈？哪里又能抵抗得了兵戈？这又透露出李煜一生只知享乐，到兵临城下之时是何等束手无策，他根本不知何为战争。他运用两个典故形容自己沦为俘虏时的情状："沈"指沈约，"潘"指潘岳，两人都是著名的美男子，可沈约老病而瘦，潘岳华发多生，李煜以这两人来形容自己遭受如此大的打击之后日渐消瘦、两鬓斑白的样子。"最是仓皇辞庙日，教坊犹奏别离歌"两句是李煜一生之中最为惨痛的场景，他辞别宗庙那天很是"仓皇"，敌军等他一拜完宗庙就把他抓走了，这时教坊奏起了离别之歌，空中弥漫着悲凉的气味，后来他只能"垂泪对宫娥"。李煜

---

① （南唐）李煜. 李煜词集[M]. 王兆鹏, 导读. 上海：上海古籍出版社, 2013: 64.

这首词里今夕对比强烈，其中蕴含的情感真挚动人，他以自己真实的人生经历，以血泪书写隽永的篇章，他的实践扩大了词的创作题材，也提升了词的地位，"遂变伶工之词而为士大夫之词"，为文人士大夫参与填词奠定了基础。

北宋初期词人填词多为小令，自柳永始"慢词"兴盛起来。清宋翔凤《乐府余论》云："慢词盖起于宋仁宗朝，中原息兵，汴京繁庶，歌台舞席，竞赌新声。耆卿失意无俚，流连坊曲，遂尽收俚俗语言，编入词中，以便伎人传习，一时动听，散播四方。其后东坡、少游、山谷辈相继有作，慢词遂盛。"

宋朝经过休养生息，到宋仁宗时候汴京城已经发展到富庶的状态，此时舞榭歌台竞相写"新声"，道出了慢词兴盛的时代背景。柳永写有一首《鹤冲天》词，抒发了自己落榜时的心情，但是那时宋仁宗"深斥浮艳虚华之文"[①]，非常不快，此后柳永便流连于坊曲之间，将民间的"俚俗语言"编进词中，教给伎人，他变旧声为新声，方便了传唱，此后"凡有井水处，皆能歌柳词"，传唱度颇高。后苏轼、秦观、黄庭坚都有作慢词，经过发展，慢词渐渐流行起来。

柳永开创的慢词歌声绵长、曲调缓慢，曲的结构随之改变，词的篇幅变长，他的词不仅拓宽了表现题材，也拉近了与民间的距离，雅俗共赏。我们可以通过分析《鹤冲天》一词，看柳永是如何用慢词层层铺叙，并抒发落魄才子仕途坎坷的悲愤之情的。词云：

> 黄金榜上。偶失龙头望。明代暂遗贤，如何向。未遂风云便，争不恣狂荡。何须论得丧。才子词人，自是白衣卿相。　　烟花巷陌，依约丹青屏障。幸有意中人，堪寻访。且

---

① (宋)吴曾. 能改斋漫录[M]. 北京：中华书局，1985：418.

恁偎红翠,风流事、平生畅。青春都一饷。忍把浮名,换了浅斟低唱。①

  这首词包含的情感既有怨怼,也有自我安慰,同时又充满愤懑。开篇点明词人落榜的事实,本以为自己能夺得魁首,但落第了,"偶"一字却透露出自己并未失去信心。在这政治开明的时代也有贤才遗落,他自问"如何向",不知接下来该何去何从。既然如此,那就走一条恣意狂荡的路吧!词人说即便是落榜也不需要论得失,走一条不一样的路,不做官也有自己的价值,"才子词人"和王侯将相又有什么分别?他也还是"白衣卿相"。词的上片我们能读到柳永的失意愤懑,也能看到他的自信,这是另一种价值观,他明白考取功名也不是实现人生价值的唯一途径。下片写柳永之后流连花间柳巷,与烟花伴侣一同享乐,以此寻求人生畅快,贪一晌欢,看淡浮名,"换了浅斟低唱"。在经历"偶失龙头"后,柳永又去参加了科举考试,本已考中,结果宋仁宗把他黜名了。因宋仁宗读《鹤冲天》一词认为柳永既写"忍把浮名,换了浅斟低唱",那就"且去浅斟低唱,何要浮名"②,就让他填词去,此后柳永便戏称自己为"奉旨填词柳三变"。柳永在词中抒发了他的愤慨之情,同时又寄托了他对未来的无限向往。经由柳永的实践,慢词由此兴盛,此后,写慢词的文人队伍一步步壮大,词的抒情功能也进一步提升。

  "士心襟抱在词中得以全面呈现的是苏轼词"③,宋词发展到苏轼又是一大变,他"以诗为词",提升了词的文学地位,使之突破作

---

① 唐圭璋,编纂. 全宋词[M]. 王仲闻,参订;孔凡礼,补辑. 北京:中华书局,1999:64—65.
② (宋)吴曾. 能改斋漫录[M]. 北京:中华书局,1985:418.
③ 杨柏岭. 唐宋词审美文化阐释[M]. 合肥:黄山书社,2007:91.

为"艳科"的传统格局。这不仅表现在豪放风格之上，在婉约风格上也有所体现，苏轼词中送别、怀古、言志、闲适、风景等题材可以说是无可不入，诗能写的题材，苏轼词都在表现。苏轼完全是以士大夫的胸襟去填词，抒发自我真实性情和他的特殊人生经历感受以及他旷达的人生观，将词的豪放一格提升到与婉约一格并驾齐驱的地位，提出了"自是一家"的创作主张。苏轼的一生充满荆棘与坎坷，但他始终保持着激情，而激情中又不失平淡真实。他的《江城子·密州出猎》中满怀雄心壮志；《念奴娇·赤壁怀古》里是他对历史的沉思；《江城子·乙卯正月二十日夜记梦》中饱含他对亡妻的悼念；《临江仙》是他醉梦中的顿悟；《蝶恋花》是春末里的一场邂逅。苏轼的词里包含山川大河的壮阔，又有杨花飘零的细小情思。

周邦彦是宋词史上承上启下的重要人物，"词至美成，乃有大宗，前收苏、秦之终，后开姜、史之始。自有词人以来，不得不推为巨擘。后之为词者，亦难出其范围"[1]，他生活在北宋末期，其词风继续影响着整个南宋。他继承了苏轼、秦观等前人的成就，但走了一条不同的道路。徽宗时他作为掌管音乐的"大晟府"的官员，从音乐下手，精心研究音乐与用字，其词句呈现的就是"赋化之词"，填词如作赋，字词精心勾勒，"越勾勒越浑厚"[2]。周邦彦很擅长铺叙，他的铺叙与柳永又有不同，他从多角度、多层次铺开，再运用勾勒、点染等与绘画相通的艺术手法去加深、渲染艺术形象。可从《兰陵王·柳》一词来看周邦彦词的铺叙及情感脉络，词云：

柳阴直。烟里丝丝弄碧。隋堤上、曾见几番，拂水飘绵送行色。登临望故国。谁识。京华倦客。长亭路，年去岁来，应

---

[1] （清）陈廷焯. 白雨斋词话[M]. 彭玉平, 导读. 上海：上海古籍出版社, 2009: 18.
[2] 叶嘉莹. 词之美感特质的形成与演进[M]. 北京：北京大学出版社, 2007: 143.

折柔条过千尺。　　闲寻旧踪迹。又酒趁哀弦,灯照离席。梨花榆火催寒食。愁一箭风快,半篙波暖,回头迢递便数驿。望人在天北。　　凄恻。恨堆积。渐别浦萦回,津堠岑寂。斜阳冉冉春无极。念月榭携手,露桥闻笛。沉思前事,似梦里,泪暗滴。①

据罗忼烈考证,这首词的创作背景应该是周邦彦第三次也就是最后一次离京时所作,叙写的是离开京城时的心情。题目是"柳",却是借柳起兴抒留别之情。隋堤之上,柳枝垂髫,新生柳枝似烟雾般朦胧,一"弄"字似含有柳枝挽留之意。此时柳条拨动着河水,柳絮飞扬似在送别行人,"曾见几番"表明此场景他曾见过,这不是词人第一次离京了,宦海浮沉,几次起落,颇含深意。登临高处遥望故国,又有谁能够理解客居京城并且早已倦怠这官场的词人呢?年年岁岁,这十里长亭送别之地,折断的柳枝恐早已超过千尺了,此句也暗示这浮沉的官场折了多少人,新旧政权交替之中又有多少次离别际会,都被这隋堤之上的柳树一一见证。"闲寻"表示启程后他静下来回忆往昔,"又"字呼应"曾见几番""年去岁来",回想这又是一个离别场景:在寒食节前夜,在离别的酒席之上,演奏着哀伤的离别乐曲,又有人要走了。回过神来,船外场景已过数个驿站,词人所回望的人早已看不见了,可见他心底的"愁",词人用多个数词来形容这个场景的变化,"一箭""半篙"反衬"数驿"。下片已经走远了,越远心中堆积的别恨越多,这时夕阳西沉,已经来到了"别浦","津堠"冷冷清清,但是此时此地春色无边,更显得自己形单影只。词人又陷入了回忆:曾经我在月下携手爱人,在露

---

① 唐圭璋,编纂. 全宋词[M]. 王仲闻,参订;孔凡礼,补辑. 北京:中华书局,1999:787.

桥上共听笛音，度过了那样美好的夜晚。思及此，词人不禁落下泪水，前尘往事如梦一场，他只能一人暗暗悲伤。周邦彦的词婉转动人，通过回旋往复的描写勾勒，叙述出了离愁别恨和暗含其中的淹留之感。周邦彦审美趣味雅正，他另辟蹊径，开格律词的先河，对南宋乃至后世的词人产生了极大的影响。

第二节

豪放婉约入词间

"婉约美"与"豪放美"是某些艺术精神的特质之一，也是构成以抒情为主线的中国艺术灵魂的恰当表达词汇。在宋画里，是青绿山水的金碧辉煌、全景构图的磅礴气势和文人画"文之极"与"墨戏"的行云流水；在宋词中，是"杨柳岸、晓风残月""楚天千里清秋，水随天去秋无际"的景致情思。明朝张綖在《诗馀图谱·凡例》附识中论述"词体大约有二：一体婉约，一体豪放"，这一观点是词史上第一次以"豪放"与"婉约"论及词体风格。"婉约"与"豪放"是根据词体的风格趋向来区分的，在宋初就已然呈现这两种趋势。"'豪放美'可以是豪迈劲健的、崇高悲壮的、慷慨激昂的、苍遒清旷的、顿挫飘逸的；'婉约美'可以是清切婉丽的、温柔敦厚的、简淡清幽的、优美委婉的。"[1]《吹剑续录》中有一段苏轼试问自己的词与柳永的词相比较的故事，当时有善唱歌的人给出了这样一个回答："柳郎中词，只好十七八女儿，执红牙拍板，唱'杨柳岸晓风残

---

[1] 参看王万发，冯云轩. 宋代山水画与词的美学特征[J]. 重庆社会科学，2013(07).

月'；学士词，须关西大汉，执铁板，唱'大江东去'。"[1]这一回答形象地道出了婉约词体与豪放词体的特征，前者婉转柔美，而后者气势磅礴。

宋初沿袭的五代花间词与南唐词的词风，有着艳美绮丽的"婉约美"特点，这为"婉约"一格奠定了基调；其后晏殊与欧阳修对花间词进行了传承与雅化；后柳永开创慢词，格律上变旧声为新声，风格上多体现出凄婉闲愁，开拓了婉约一格的整体空间，同时为豪放词格的真正诞生埋下了伏笔；苏轼"以诗为词"，其词多标举"壮"，以全新的形式将词发展到另一境界，功能、语言至词境都有全新的面貌，开创了豪放一格，突破作为"艳科"的传统格局，体现出"一泻千里、气壮声宏"的美学特征，从此婉约与豪放并驾齐驱。但并不是所有词家的词风都能被简单归为婉约或是豪放，苏轼既有"大江东去"也有"十年生死两茫茫"，辛弃疾既有"八百里分麾下炙"也有"那人却在灯火阑珊处"。词人作词，是"词为情发"，见景致、经事物而触动内心情感，发而为词，故而同一词人的词作亦可呈现不一样的风格。

"词是视觉性非常高的文学形式"[2]，它每一句都有很高的独立性，一句可以构成一个画面，如苏轼的"乱石穿空，惊涛拍岸，卷起千堆雪"，让读者眼前浮现出江水激流、浪花奔腾的动荡开阔的如画之景。即使将它们拆开，读者也能根据每一句联想到一个独特的意象或者画面。宋初词风在《花间集》和南唐词影响下，依然有着艳美绮丽之风。欧阳炯在《花间集·序》中所言，"则有绮筵公子，绣幌佳人，递叶叶之花笺，文抽丽锦；举纤纤之玉指，拍按香檀。不

---

[1] (宋)俞文豹. 吹剑录全编[M]. 上海：古典文学出版社，1958：38.
[2] 蒋勋. 蒋勋说宋词[M]. 北京：中信出版社，2014：35.

无清绝之辞，用助娇妖之态"①，反映了花间词人的创作情况。《花间集》作为最早的文人词结集，对宋代词坛的影响从未间断。宋初词的创作相比于南唐，虽仍然有咏男女情事之作，但其风靡程度已经大大减弱，其表现内容更加广泛。这一时期的风格仍然沿袭五代词风，柔靡婉丽、哀婉凄丽是其主要风格，散发着"婉约美"，此一时期的寇准、钱惟演、林逋、陈亚、夏竦、范仲淹等人的词都有这一特点。如林逋的《相思令》：

吴山青。越山青。两岸青山相对迎。争忍有离情。　君泪盈。妾泪盈。罗带同心结未成。江边潮已平。②

词人以女子的口吻写出了离别的伤感，全词清切婉丽。吴山与越山分别指钱塘江北岸与南岸的群山，钱塘江边的群山见了多少次离别却依然长青，写出了江南的青山美景，它们看尽人生的悲欢离合，却依然不懂人在离别时的悲伤情绪。两岸的山不懂，可是离别的人却懂，此时他们正热泪盈眶，两个相爱的人不能终成眷属。同心结未结成，可是两岸潮已平，船该起航了，终究是无结果。词人刻画了一个两岸青山、无限风光的画面，将无穷的离愁别恨融入青山绿水之中。

柳永"奉旨填词"，流连花间，只能将满腔的热情用在填词之上，但是他所采用的题材更贴近市井，其词传唱度高。他开创慢词，语言上变前期的靡丽而求朴实本色，风格上多体现为凄婉闲愁。《雨霖铃》(寒蝉凄切)一词被苏轼称为"柳七风味"，柔婉中弥漫着

---

① (后蜀)赵崇祚,编. 花间集[M]. 刘崇德,点校. 保定：河北大学出版社,2006：3.
② 唐圭璋,编纂. 全宋词[M]. 王仲闻,参订；孔凡礼,补辑. 北京：中华书局,1999：9.

一种淡淡的忧伤。柳永慢词不仅扩大了词所表现的生活内容，也将词人的主体性情表现出来。如《笛家弄》，或表现民众"水嬉舟动，禊饮筵开，银塘似染，金堤如绣。是处王孙，几多游妓，往往携纤手"①，或叙写自身"兰堂夜烛，百万呼卢，画阁春风，十千沽酒。未省、宴处能忘管弦，醉里不寻花柳"①。这一时期，宋词在一大批词家的革新、拓展中，获得了更加广阔的空间，渐次有了由俗到雅的转变，早期以柳永、晏殊等人为代表，之后最负盛名的要算李清照。李清照词风清新婉丽，以宋室南渡为界限，前期生活优渥，多写闺思、离情，后期则因国破家亡，丈夫病故，而多写身世之感，表达对家国的思念，心绪更加沉郁。这里以前期的《如梦令》来分析李清照词的"婉约美"，词云：

昨夜雨疏风骤。浓睡不消残酒。试问卷帘人，却道海棠依旧。知否。知否。应是绿肥红瘦。②

如此短的一首小令，简淡清幽，包含了一场对话，交代了来龙去脉，让人像是随着电影镜头看见了一幅幅清丽的场景。事情的背景是昨天夜里，窗外风雨交加，接着镜头转向室内，本是芳菲竞放的时候，词人心里放不下满院的海棠，这一场风雨来得不是时候，她却也只能借酒入睡，借此排遣心中的忧虑。镜头来到第二天早上，词人醒来问正在卷帘的侍女，院子里的海棠是否还好？侍女答道如同昨日一般完好。镜头随着词人的视线来到园中，枝头已经是枝叶

---

① 唐圭璋，编纂. 全宋词[M]. 王仲闻，参订；孔凡礼，补辑. 北京：中华书局，1999：21.

② 唐圭璋，编纂. 全宋词[M]. 王仲闻，参订；孔凡礼，补辑. 北京：中华书局，1999：1202.

《诗馀画谱·如梦令》

多、花儿少了。词人表达惜花之情,婉转动人,每一个镜头都包含闺中词人的复杂情感。

以苏轼为代表,作词多标举"壮",有一泻千里、气壮声宏的气势,有着"豪放美"的慷慨激昂、豪迈劲健。苏轼"以诗为词",他的实践最终改变了词的地位。苏轼前期的词多体现出女性的柔情,但他在词中注入了男性的豪情壮志,充分地表现创作者的主体情感。除男女之情外,他的词更多地抒发其远大的理想,充满积极向上的情绪,苏轼将"豪放"一格发展到与"婉约"并驾齐驱的地位。宋词中的豪放派表现意境雄伟、壮怀激烈的阳刚美,如《江城子·密州出猎》"老夫聊发少年狂,左牵黄,右擎苍"[①],体现出了豪放的胸襟,非凡的气度,雄心壮志不言而喻。创作这一类词,词人的视野需要更开阔,站在历史、家国、壮志之上,不拘泥于男女情感,以振奋人心之调发出时代强音。在豪放词中经常出现的历史长河、旌旗飞舞、广阔原野、边塞号角、崇山峻岭、奔流长河都给人以崇高悲壮、慷慨激昂的豪迈之感。豪放词在宋代中后期有着很高的地位,家国破灭的怅恨、壮志难酬的无奈感伤等复杂情绪融于其中。如贺铸《六州歌头》(少年侠气)中浓浓的爱国情怀;范成大《水调歌头》(细数十年事)中的宦海沉浮、壮志难酬;岳飞《满江红》(怒发冲冠)中的满腔热血、慷慨激昂;辛弃疾《永遇乐·京口北固亭怀古》借古抒今,写心中的满腔愤慨……气象宏大,真情感人,以高昂的情感、壮美的意象,展现了豪放词的"崇高悲壮、慷慨激昂"。

第三节

宋画风貌各有态

宋朝是个包容性极强的时代,大到沧海云天,小到螽斯鸣蝉,

---

① 唐圭璋,编纂. 全宋词[M]. 王仲闻,参订;孔凡礼,补辑. 北京:中华书局,1999:385.

万物皆能入画，这从侧面反映出宋人多样化的审美风格。审美风格是一种内在特性，是指经由艺术品反映出的某个时代、民族或艺术家的思想、审美。宋词的审美风格主要表现为"豪放"和"婉约"两种类型，豪放风格体现在气势恢宏、震撼人心；婉约风格则表现为婉转含蓄、耐人寻味。宋代绘画审美风格的建构，受到多方面因素的影响，诸如笔墨、构图、题材、社会历史、统治阶级意识与画家个人意趣等。明代董其昌借禅宗思想，比较总结自唐以来的南北画风，把山水画分为"南宗"与"北宗"，将宋代赵伯驹、赵伯骕至马远、夏圭等人的作品奉为北宗，他们的风格方刚严谨；将巨然、米氏父子等人的画奉为南宗，他们的画作清淡柔和。南北分宗说在今人看来虽然不恰当，但从宏观来看，这些绘画作品内在的美学韵味与他的观点并非完全割离。

一、山高水远云霞渺

宋代山水画从画风与内在精神的表达来看，可以分为三种类型：北宋初期承唐、五代山水画遗风的作品，宋代中叶人文精神影响下的作品以及宋室南渡后美学内蕴发生变化的作品。

（一）前朝遗风

五代山水画在唐代的基础上出现了重大的转折，山水画从选材到技法已走向成熟，宋代画家继承前代画风，并以自然为师将之继续发展。《历代名画记》认为"山水之变始于吴，成于二李"[①]，吴道子的大写意和李思训、李昭道的青绿山水都对后世特别是五代、宋初山水画发展产生了至关重要的作用。五代"荆、关、董、巨"所画的内容与他们的生活环境有着不可分割的联系：荆浩、关仝所画

---

① （唐）张彦远. 历代名画记[M]. 俞剑华，注释. 上海：上海人民美术出版社，1964.

的是雄奇壮伟的北方山水，而董源、巨然所画的则是清润淡雅的南方山水。他们皆以真山真水入画，且热衷于全景式构图。这样的构图方式在视觉上来说无疑是"满"的，同时这些作品还具有"大"的特点，这得益于画家们将所见的"大山""大水"都包容地揽进画面之中。

北宋前期，山水画主要继承了五代以荆浩、关仝为代表的北方山水画派之遗风，其画家以李成、范宽为代表，他们采用大山大水的构图方式，善于经营全景式构图，以描绘雄伟壮丽的北方山川为主。郭若虚于《图画见闻志》谓李成之画"气象萧疏，烟林清旷"、范宽之作"峰峦浑厚，势状雄强"。① 二人多采用立轴，以竖构图的方式突出山之高险。李成的《晴峦萧寺图》中山势雄奇，枯木攀援于岩石之上，楼阁掩映于山间，瀑布飞泻而下；《读碑窠石图》里寒林萧疏，老树遒劲，姿态怪异，上有枯藤缠绕吊坠，石碑苍古硕大，一童子与一骑驴的老人正驻足观望，意境荒寒清旷。李成还有《寒林骑驴图》《茂林远岫图》《寒鸦图》等，其山水充满"豪放"之美。范宽笔下的山水更是"顶天立地"，尤其是《溪山行旅图》，画幅饱满，画上主峰巍峨，给人以压迫之感，《雪山萧寺图》《雪景寒林图》《群峰雪霁图》等山水画作都具有雄壮的气势。

南方山水画家以巨然、卫贤为代表，其作多为长卷或立轴，构图多平远，以描绘平淡秀美的南方山水为主。巨然所画之景，貌似柔弱，但有"天造地设出使可惊，嵌绝巇险出使可畏"② 的"可惊""可畏"之景，郭若虚《图画见闻志》将之评为"山川高旷之景"③，刘道

---

① （宋）郭若虚. 图画见闻志[M]. 邓白，注. 成都：四川美术出版社，1986：66.
② （宋）宣和画谱[M]. 岳仁，译注. 长沙：湖南美术出版社，1999：272.
③ （宋）郭若虚. 图画见闻志[M]. 邓白，注. 成都：四川美术出版社，1986：232.

李成《晴峦萧寺图》

醇《宋朝名画评》称其"好写景趣，殊为精绝"①，可见巨然虽画江南之清润山水，但其"风骨"透着一丝豪放。巨然的《秋山问道图》画面饱满，其间山势伟岸，有高旷之感，而他的《万壑松风图》笔墨秀润，烟岚丛生，群峰连绵，有苍茫的气象。卫贤生于北方，后来因为避乱入南唐，其山水画有南北融合之态。《宣和画谱》评其画风"高崖巨石，则浑厚可取，而皴法不老"②，其山高耸突兀、浑厚峻峭，又兼具南方的"秀润"之美。

北宋南北方山水画虽表现的对象和风格均有差异，但受画家之间的师承关系和唐风余韵的影响，都有描绘自然山水的时代特色。这一时期的画家整体上都采用全景式构图，加之许多画家在表现树与山石之时对笔与墨的使用有新的实践，宋初山水画得到了发展继而走向成熟，整体上呈现出以"苍遒清旷"为主的豪放美的特质，但南方山水已有"简淡清幽"这一婉约美的特点在其中。

（二）画见人文

在神宗朝，王安石变法开拓了思想与文化的新气象，这时出现的郭熙、王诜较为出色，二人虽宗法李成，但他们开始注重在山水画中渗入画家的情感。至北宋末期，在哲宗朝复古风兴起的大背景下，"皇宫的好恶，决定了画院画家们的风尚。画院画家就是宫廷御用画家，必须投合皇家权贵的情趣，按照皇宫的旨意创作，否则就必定要离去。于是，从四面八方源源而来的画家，复又离去者，也正是因为这一点，所画不合法度，而所谓'合法度'，就主要是一种皇家的法度。画院里的画家甚至创作时还要先呈稿，经皇帝审核后才能落笔，所以，哲宗朝权贵好古，也就决定了这一时期的审

---

① （宋）刘道醇. 宋朝名画评[M]. // 俞剑华，编著. 中国古代画论类编. 北京：人民美术出版社，1998：413.
② （宋）宣和画谱[M]. 岳仁，译注. 长沙：湖南美术出版社，1999：175.

巨然《万壑松风图》

美倾向"①，画院画家开始致力于青绿山水之创作。欣赏现存这一时期的复古山水画作，我们可以发现，这些山水画家的所谓"复古"，并不是一味地摹仿前朝，而是"复古"中自有"新意"，在画上可以看见青绿，也能看见墨色。经徽宗朝，山水画延续北宋初期山水画风，注重注入画家自己对山水的真切情感，出现了既符合宫廷审美又将青绿融入水墨之中的新面貌，如王希孟的《千里江山图》、赵伯驹的《江山秋色图》。

主要活动在神宗朝与哲宗朝的赵令穰，因其皇室贵族的身份，常绘京郊的山水，"陂湖林樾，烟云凫雁之趣，荒远闲暇，亦自有得意处，雅为流辈之所贵重"②，其风格与董源、巨然等人的南方山水有相似之处，很受当时文人士大夫的喜爱。其画作从长卷到册页，都有小景山水之特点。《湖庄清夏图》为长卷，描绘的是柳溪之边，烟雾弥漫树林，庄户掩映其中，河畔荷叶田田，一派悠然闲趣的景象。另一幅《橙黄橘绿图》为册页，景小却余味悠长，其情趣与意境有简约清淡之美。

宋代重文尚文的政治特色，使得文人士大夫的思想空前活跃并介入绘画，把绘画视为风雅生活与文化修养的重要部分。米芾画山水"逸笔草草""游戏翰墨"，将绘画视作一种游戏，不用常人所用之笔，而是用"纸筋""蔗渣"等进行绘画。他的山水不失天真，有天然之趣。传为米芾所作的《春山瑞松图》里，云海之中远山耸立，近景处松柏争上苍穹，草亭用线勾成，并未细致刻画。整幅画云海占大部分空间，景物皆"不取细，意似便已"。米芾"米氏山水"的笔墨情趣与米友仁的"墨戏"一样，体现了文人画的审美意趣和笔

---

① 陈传席，顾平，杭春晓. 中国画山文化[M]. 天津：天津人民美术出版社，2005：141.

② (宋)宣和画谱[M]. 岳仁，译注. 长沙：湖南美术出版社，1999：401.

墨随兴的创作思想，展现出一种洒脱精神。

由此我们可以看到这一时期占据主流的宫廷山水画，其构图与意境依然延续豪放美的特点，而"文人画"虽然反对院体山水的格法的森严，色彩的金碧辉煌，但其艺术表现手法更大地发挥了笔墨的优势，其意境追求"平淡天真""不装巧趣"，意在随心且自然地呈现山水的意趣。"文人画"的这些特点依然具有"豪放美"的特征，但其构图已经不再是"丰满"的，而是开始注意到留白，开始追求"萧疏简淡"的"婉约美"。

（三）南宋新风

宋室南渡后，整个民族沉浸在山河破碎、外部受敌的强烈民族危机感之中，南宋偏安一隅，心中那种无可奈何又想奋起反抗的情绪使得画家们的作画风格产生了很大的转变。在经济稍好转之后，高宗重建画院，当时画坛以及画院的画家们均从宋中期的复古风气中解脱出来，面对新的局面与形式，开始寻找表达内心情绪的新方式，使南宋山水画有了新的面貌。画家有意识地开拓了山水画的美学内蕴，他们画山水是为了通过山水来写胸中"逸气"。这种情感可能来源于真实的山水、内心对山河破碎的愤慨与伤痛，抑或是来自他们对生活的体验。如此，山水景物便具有了人格化、理念化的体现，人的心绪与社会百态能够从中被折射出来。"'人格化、理念化'正是'文人画'精神熏陶的结果，这种美学内蕴的开拓展现出中国的山水画不仅仅是在画山水，同时也是人以及人的性情的整体合一。"

李唐是南宋画院首屈一指的人物，南渡后他创造出"水墨苍劲"的山水画，代表了南宋画院山水画的整体风貌。他创造出的"大斧劈皴"，苍劲有力而又简约奔放，他仿佛想要以笔墨宣泄心中的苦闷与悲愤，这种线条笔墨的运用恰好符合"豪放美"的审美风格。同时李唐沿用北宋时期"上留天下留地"的构图方式，只截取山水中的部分风景来创作，为后面"马一角、夏半边"这种所谓"残山剩水"的构图方式奠定了基础。他的独创精神，极大地影响了之后的南宋山水画。此前，徽宗以诗句如"踏花归去马蹄香""野水无人渡，孤舟尽日横"等为画题令画院画家创作，从此画家们在创作过程中开始注重"意"的表达。这些画题景小而余味悠长，画家对于意境的构建极为重视，从而使这种风格成为整个画坛乃至文人士大夫的共同喜好，这与前文所说是"'文人画'的内在熏陶的结果"相符，画家创作山水画如何取景，在于他们脑中对画境的安排和对内心情感的传达，而非心灵受到创伤所以故作残山剩水。

总的来说，南宋山水画的代表画家皆出于画院，李、刘、马、夏的作品在题材选择、章法布局、笔墨风格等各个方面皆有强烈的个人风格，构图上多采用局部取景的方式，追求简洁。乡土、渔猎等隐逸题材与宦游等主题在山水画中大量出现，这与当时人们的生活方式是分不开的，在南宋的社会环境之下，一些人选择隐遁于山水之间，所以隐逸主题盛行；一些人在官场上不得志，故放浪形骸，于是宦游主题的山水画如同宦游词一样风行。在内容上，这些绘画侧重于自然风光与文人闲适生活的表现。李唐的《万壑松风图》《江山小景图》，刘松年的《四景山水图》《雪山行旅图》《溪亭客话图》，马远的《踏歌图》《寒岩积雪图》《古楼松阁图》《观瀑图》《松下闲吟图》《松泉高逸图》，以及夏圭的《冒雨寻庄图》《烟岫林居图》《溪山清远图》《西湖柳艇图》《梧竹溪堂图》等，他们的作品中豪迈劲健的线条笔墨、苍遒清旷的意境，都体现了"豪放美"的特质。小园、小景、小山水等小画幅的作品也大量出现在画家的笔下，且此时已经开始朝"清旷""幽远"的方向发展。但是，上述所列举作品中，还有很多的团扇、册页作品，这些作品无论从取景构图，还是境象上都有"婉约美"的特质，并把意趣的表达看作创作的重点。这说明豪放与婉约并不一定是割离的，它们能在一定程度上统一，相生且相配。

二、眉间颦展见喜悲

宋代人物画按题材可分为道释人物画、减笔人物画、历史故事画和社会风俗画，按表现方式则可分为工笔人物画与写意人物画。人物画按历史脉络可以分为北宋初期继承唐五代写实传统的作品、北宋中后期崇尚自然的写实性作品和南宋时期画家们追求浪漫而创作的作品。

宋初，随着禅宗思想的兴起和统治阶级对它的提倡，宗教人物壁画创作活跃起来。真宗朝京师大相国寺被累次重修，道教寺观也被大量地扩张和修缮。宗教人物多表现在壁画上，今天我们看到的多是以卷轴画形式保存下来的壁画稿本，武宗元的《朝元仙仗图》就是其中具有代表性的作品。《朝元仙仗图》全画以"莼菜条"勾出，体现出"天衣飞扬，满壁风动"的"吴家样"风格特色。壁画上的主人公虽是神仙，但画家着力塑造人物的个性，使他们的身份特征更明显，气质、姿态都有不同，宛如常人。因此画中的神仙世界，实际上是"尘世"的理想化的再现，此时的宗教人物渐渐呈现出世俗的特点。宗教题材的画作，另有高益所画的《搜山图》、高文进所画的《弥勒菩萨图》等，这些绘画作品都体现出了相似的时代风格。北宋初期，人物画造型艺术风格在晚唐、五代人物造型写实倾向的基础之上，同时注重个性和心理的刻画，继承了唐、五代人物画"富丽工整"的色彩观念，具有婉约美的特质。

北宋中后期，宫廷画院兴办。当时的人物画更趋精美，更侧重于客体形象的生动再现、细节的真实自然。传为宋徽宗赵佶所作的《听琴图》为立轴工笔重彩人物画，画面注重细节的表现，每一笔都仿佛经历了画家的反复推敲，工细而美观。当时，画家们试图寻找笔墨和色彩的新的结合点，他们主要以笔墨表现人物，色彩退为

李公麟《维摩诘演教图》

其次，这种方式能够发挥笔墨意趣，同时又保留了色彩的美感，如张择端的《清明上河图》，这幅画以水墨表现为主，其色彩也淡雅别致。随着文人写意画的兴起，李公麟独树一帜，他把"白描"样式发展成为正式的创作技法，这种纯用笔墨的方式极大地丰富了线条的表现力，使线条具有了独立的审美趣味，但由于受追求写真、精细之风的影响，其线条过于严谨而追求法度。在他的传世作品《维摩诘演教图》中，他用"白描"这一表现技法描绘维摩诘的形象，此时维摩诘已不似前朝出于政教目的而表现得高大贵气，他舒适地坐于榻上，显然是一位清雅绝尘的文人士大夫。李公麟趋向于表达人物的内心世界，这正与宋代文人所倡导的"萧条淡泊、清新自然、天真平淡"的审美相一致。北宋中后期人物画在前代的基础上得到了发展，人物画作品形制主要为长卷或立轴，以全景表现为多，具有整体的直观性。绘画题材扩大使得作品内容更为丰富，画面写实、朴实无华，依然具有婉约美的特征，但在笔墨、设色等方面画家们已开始追求"简淡空灵"的豪放美。

南宋时期商品经济发达，绘画也受其影响。此时画家创作作品的形制多以小品册页、团扇为主。之所以当时兴起的绘画类型由全景构图的巨幅壁画、长卷立轴转变为册页纨扇，是因为这种小尺幅卷轴画便于出售以及传播携带，更利于展示与欣赏，如马远的《王羲之玩鹅图》等。宋代郭若虚在《图画见闻志》中提出："今之画者，但贵其姱丽之容，是取悦于众目，不达画之理趣也。"[①] 宋代中后期遗留的大批人物画家，注重表达人物内心与人物的性格特点，不仅要对人物外貌进行细致的刻画，还要对人物所处的环境进行渲染，结合二者塑造人物，使其形象更加鲜明，也传达出人物深层次的个性、气质。当时绘画不满足于形的完全再现，画家挥洒笔墨，对人物形体进行简化、提炼，在追求形似的基础上更加注重对人物意趣的主观想法的传达。尔后，人物画在梁楷这里出现了很大的转变，《南宋画院录》论道："画从梁楷变，烟云犹喜墨如新，古来人物为高品，满眼云烟笔底春。"梁楷的《泼墨仙人图》，寥寥数笔就表现出了仙风道骨的人物形象，仙人的脸部作简略描绘，身躯则用大笔侧锋皴擦而出，墨色富于变化。人物背景不作渲染，仙人看似邋遢却潇洒脱俗。梁楷侧锋出笔的"折芦描"，创造了简约疏括、洗练率真的崭新画风，使得笔墨的表现能力大大加强，这种"减笔"人物画开启了写意人物画的新格法。

三、花蝶鸟雀各相生

宋代院体花鸟画达到了花鸟画发展的高峰时期，同时文人写意花鸟画也取得了巨大成就。宋代花鸟画按历史脉络可以分为三个类型：北宋初期继承五代"徐黄异体"的风格、北宋中后期文化变革

[①]（宋）郭若虚. 图画见闻志[M]. 邓白，注. 成都：四川美术出版社，1986：59.

思潮兴起而衍生的作品,以及以宋室南渡为分割,南宋开创的逸品花鸟新面貌。

(一)徐黄异体

北宋初期的花鸟画主要继承五代传统,统治者建立宫廷画院,吸收散落在各地的优秀画家。院体花鸟画最具有代表性的画家是黄筌父子,一方面他们在花鸟画科中享有较高声誉,另一方面统治阶级有着以富贵为美的审美趣味,从而黄体"钩勒填彩,旨趣浓艳"的花鸟画风格成为画坛之风尚。黄筌全面继承了唐朝的传统,作品中所描绘的对象以宫宛内的奇花异草、珍禽异兽为主。他的传世作品《写生珍禽图》为绢本设色,其中形象逼真传神,造型严谨,用笔工细;在画法上,用的是勾勒填彩的方式,墨线的描画与色彩的渲染浑然一体。黄筌幼子黄居寀在绘画气势情趣上追随其父,继承了黄筌的工细写生,传世的代表作品有《山鹧棘雀图》《竹石锦鸠图》《晚荷郭索图》《芦雁图》等。"黄家"的绘画风格表现出华丽的婉约美。北宋郭若虚的《图画见闻志》对此有记载:"谚云'黄家富贵,徐熙野逸',不惟各言其志,盖亦耳目所习,得之于心而应之于手也。"①

相较之下,"徐熙野逸"之貌在这一段时间内暂落下风。徐熙专攻花鸟虫鱼,竹木蔬果,注重"落墨"。他的绘画以墨为主,用笔不拘泥于精勾细描,略以色彩相辅,追求生动活泼的笔墨韵味和朴实淡雅的"野逸"之趣。他在描绘物象时只取几分形似,更加注重对象的神似,表现出一种清新的豪放美。这与宋代绘画审美与品评标准的转变有关,唐朝朱景玄在其《唐朝名画录》中新增的"逸",对后世产生了影响,再到五代宋初的黄休复对"逸格"做出诠释,

---

① (宋)郭若虚. 图画见闻志[M]. 邓白,注. 成都:四川美术出版社,1986:70.

赵昌《写生蛱蝶图》

他们都认为绘画更重要的是传达意,而不囿于形体的限制。徐熙花鸟画的面貌便是此种绘画审美与品评标准所呈现出的结果,此后"逸格"有了更大的影响力与地位。"徐黄异体"定下宋朝初年乃至绘画史上花鸟画的基本格局。

(二)花鸟写生

宋神宗时期社会变革兴起,花鸟画家开始思索革新,赵昌、易元吉等人探索花鸟形象的写生之法,推进了花鸟画的发展进程。赵昌自号"写生赵昌",代表作有《写生杏花图》《岁朝图》《写生蛱蝶图》等。《写生蛱蝶图》,谨严的造型写生,将自然界中的花卉虫草表现得惟妙惟肖。赵昌在写生方面取得的巨大成就直接影响了随后的崔白和吴元瑜。

元代夏文彦在《图绘宝鉴》中说:"宋画院较艺者必以黄筌父子笔法为程式,自白及吴元瑜出,其格遂变。"[1]崔白的花鸟画作品在继承黄徐二体基本绘画风格与技法的基础上,把理性的写实精神与画面的生动意趣完美地结合在一起,创作出清丽疏秀、逸情野趣的新

---

[1] (元)夏文彦. 图绘宝鉴[M]. 长沙:商务印书馆,1938:42.

画风，打破了北宋前期以富贵画风为标准的工笔花鸟画体制，开创了花鸟画科的新局面，其代表作有《寒雀图》《双喜图》《芦雁图》等。

宋徽宗赵佶即位后大力扩充画院，兴教办学。他的建制形成了宫廷绘画纤巧工致、典雅绮丽的新风貌，画史上称之为"宣和体"。"宣和体"实践了《宣和画谱》中提出的"诗画结合"的理论主张，而且这是画与诗从形式上到内容上进行的多方面的融合。赵佶花鸟画作品分为工笔设色和工笔水墨两大类，追求艳丽而淡雅、素静而高贵的画风。技法上，他的画作墨线和赋色相融，但不失双钩的笔情墨趣。这一时期，主流的宫廷画院改进了笔墨与色的使用，愈发理性、写实，从而使花鸟画达到了自然与真实的状态，具有婉约美的倾向。而以文同、苏轼为代表的文人花鸟画通常以水墨之戏绘枯木竹石、梅、兰、菊等，如文同的《墨竹图》、苏轼的《枯木怪石图》，画家使所绘之物人格化，赋予它们特定的含义，用来抒发胸臆，表现出一种超脱的豪放美。

（三）逸品新貌

南宋时期，院体花鸟画在延续"宣和体"的同时，统治者比较尊重创作者的主体意识，画院画家的创作相对比较自由，对艺术起到了积极的推动作用。南宋院体花鸟画的新特点首先表现为写实风格的极致化，其次是以小幅居多，最后则是其构图上的独特性。南宋的院体花鸟画家中成就最为突出的当数李安忠、李迪、林椿等名家。传为林椿所作的《十喜报春图》，画面主体喜鹊为精工细描、松树则以较为粗犷方式将勾勒皴擦并用。南宋宫廷写实花鸟进一步发扬了花鸟画兼工带写的技法。

南宋文人画家众多，其中最杰出的花鸟画家当数杨无咎和赵孟坚，墨梅、墨竹、墨水仙、墨葡萄类题材兴盛。赵孟坚的《墨兰图》中兰花、兰叶与杂草随风摆动，姿态飘逸灵动，这里不似前朝的精工细描，他完全以写意的方式绘出整幅画。这一时期的文人写意花

林椿《十喜报春图》

鸟画，明显不同于北宋中期以来类似"戏笔涂鸦"的作风，在布景、笔法、主题上讲究情趣、理趣，以达到传神写意的境界，画面中开始注重萧疏幽远的意境体现，花鸟画更加倾向于人格精神的表现。到南宋时期，豪放美、婉约美特征从宋初的泾渭分明发展到逐渐融合，一些画家既擅长工笔又擅长水墨，画中既有豪放因素也有婉约意味。

第五章 情志词画寄 境中引深思

"比兴"是创作者将情感寄托于意象的一种表现手法,它最初运用于《诗经》之中,后为中国诗人所常用。张惠言说:"兴与微言,以相感动。极命风谣里巷男女哀乐,以道贤人君子幽约怨悱不能自言之情。"① 胡寅在《致李叔易书》中引李仲蒙语:"索物以托情谓之比,情附物者也。触物以起情谓之兴,物动情者也。"② "比"乃比喻,作者将情托于物,从而情附于物,"兴"乃发端,是指借他物以引起所咏之物,"比"与"兴"两者都是文学创作常用的言情方法。绘画从重叙事转向重抒情后,画家们运用"比兴"的表现手法,故"寄托比兴文学手段的介入则使绘画形象转换成意象成为可能"③。绘画与词都用意象传达人的内在情感,而这种意象不必拘泥于物象的外形,正如苏轼在《宝绘堂记》所言,"君子可以寓意于物,而不可留意于物"④,它们是主观情感与客观物象的结合。接下来我们将以构成宋画与宋词的主要意象为基本着眼点,将宋画与宋词中的物象表达出的比兴喻意依类作出分析。

---

① (清)张惠言. 茗柯文编[M]. 黄立新,校点. 上海:上海古籍出版社,2015:60.
② (宋)胡寅. 斐然集·崇正辩[M]. 长沙:岳麓书社,2009:358.
③ 王晓骊. 三吴文人画题跋研究[M]. 上海:上海人民出版社,2012:17.
④ (宋)苏轼. 苏轼文集[M]. 顾之川,点校. 长沙:岳麓书社,2000:227.

第一节

山水境

　　自然山水是人们赖以生存的家园，人们的生存方式、思维方法都与之息息相关。"从精神层面而言，华夏民族对自然山水的亲近情感，不仅仅是出于生存的功利性需要，更出于以山水寄托人的情操品格的精神性需要……华夏先贤对自身的认识，往往是从壮观雄伟的高山、川流不息的河流、一望无际的大海中获得参照和启发，从而确定自身的山水，不仅是人类生命存在的源泉，而且是人的精神寄托的所在"[1]，山水之境不仅是物质的家园，也是心灵的家园，它具有双重意义。《论语》"知者乐水，仁者乐山。知者动，仁者静"[2]，对中国文化中的"山水"作出阐述，其本意是指每个人都有不同的爱好，山水可以与人的精神相联结。智慧之人头脑灵活，他可从流动的水中获得乐趣；仁者宽厚稳重，他就像巍峨的大山一样沉稳。智者与仁者和山水在本质及内在精神上有着契合之处，山水之境是人们修身养性的心灵栖园。从这里看，"山水"含有的精神意义远远大于物质意义，它化为一种精神意象，是人的精神外化的存在。同时它们寄托着人的人格理想、道德情操，又是人的情感外化。

　　中国文人以自然山水为精神寄托，并且自然山水涤荡着他们的性情，他们自然而然就会在作品中呈现出自然山水带给他们的感受。

---

[1] 王璜生，胡光华. 中国画艺术专史·山水卷[M]. 南昌：江西美术出版社，2008：30—31.
[2] 程昌明，译注. 论语[M]. 太原：山西古籍出版社，1999：220.

魏晋时期玄学兴起，老庄思想崇尚"清净无为"的处世原则，加之东汉末年统治阶级内部充满斗争，文人们生发了消极避世的想法，选择在自然山水之中过起超脱安逸的生活，这一时期他们创作了许多山水诗、山水画，他们在山水中体会自然，表现自然，并将自身情感寄托其中。以下我们将列举宋画代表作与宋词代表作，分析词画中山水的"喻意"，明晰文人于其中寄托的情感。

一、沉静淡泊的向往

在文人们的山水理论与绘画实践迅速发展下，宋代山水画走向顶峰，诸多惊世之作涌现，宋代画家们在山水画中寄托的精神内蕴，孕育和隐含着一种圆融丰满而多元的精神。郭熙《林泉高致》中有一段对山水画寄托情结的表述："《白驹》之诗，《紫芝》之咏，皆不得已而长往者也。然则林泉之志，烟霞之侣，梦寐在焉，耳目断绝，今得妙手郁然出之，不下堂筵，坐穷泉壑，猿声鸟啼，依约在耳，山光水色，滉漾夺目，此岂不快人意，实获我心哉！此世之所以贵夫画山水之本意也。"[①] 这段话是说《白驹》与《紫芝》中描述的世界令人向往，而不得为人所见，现如今有"妙手"能将这让人梦寐以求的世界绘于图画之中，令人"不下堂筵"就能"坐穷泉壑"，耳边能听到猿鸟的叫声，眼中能看到"滉漾夺目"的"山光水色"，让人快意舒怀。画山水是对"林泉之志"的追求，是对"不下堂筵，坐穷泉壑"的渴望，更是对"实获我心哉"的世界的向往。

现存宋代的知名山水画代表作，如：李成的《读碑窠石图》《寒林平野图》《晴峦萧寺图》《茂林远岫图》《寒鸦图》《小寒林图》《乔松平远图》《寒林骑驴图》；范宽的《溪山行旅图》《雪山萧寺图》《烟

---

① （宋）郭熙. 林泉高致[M]. 周远斌，点校、纂注. 济南：山东画报出版社，2010：9.

岚秋晓图》《群峰雪霁图》《行旅图》《临流独坐图》；郭熙的《早春图》《窠石平远图》《关山春雪图》《寒林图》《幽谷图》《雪山平远图》《溪山秋霁图》《秋山行旅图》；许道宁的《雪溪渔父图》《渔父图》《关山密雪图》《雪山楼观图》；王诜的《烟江叠嶂图》《渔村小雪图》《溪山秋霁图》《瀛山图》；燕文贵的《江山楼观图》《溪山楼观图》；赵令穰的《湖庄清夏图》《橙黄橘绿图》《陶潜赏菊图》《雪霁图》《山水人物图》；惠崇的《湖山春晓图》《沙汀丛树图》；王希孟的《千里江山图》；米友仁的《云山图》《远岫晴云图》《潇湘奇观图》《云山墨戏图》《潇湘白云图》《云山得意图》；李唐的《万壑松风图》《奇峰万木图》《江山小景图》《清溪渔隐图》《濠濮图》《濠梁秋水图》《长夏江寺图》《策杖探梅图》；刘松年的《四景山水图》《秋窗读易图》《秋林纵牧图》《雪山行旅图》；马远的《踏歌图》《春雨富士图》《晓雪山行图》《华灯侍宴图》《雪滩双鹭图》《高阁听秋图》《竹涧焚香图》《观瀑图》《倚松图》《雪屐观梅图》《柳溪钓艇图》《山径春行图》《溪桥策杖图》《松月图》《溪边论道图》；夏圭的《溪山清远图》《西湖柳艇图》《雪堂话客图》《烟岫林居图》《临溪抚琴图》《梧竹溪堂图》《坐看云起图》《山腰楼观图》《湖畔幽居图》《洞庭秋月图》《楼阁人物图》；赵伯驹的《江山秋色图》《莲舟新月图》；马麟的《长松山水图》《荷香清夏图》《松林亭子图》《夕阳秋色图》《静听松风图》；梁楷的《雪景山水图》《雪栈行骑图》《泽畔行吟图》；法常的《渔村夕照图》《远浦归帆图》……这些画作，光从画题我们就能感受到画家于其中抒发的情感和寄托的情怀，体现出比兴喻意的所在，如行旅、山行、行吟、待渡、渔隐、问道、寒林、渔父、渔村、抚琴、归帆、楼观、楼阁、湖庄、幽居等等。有许多词人也依据同样的词牌名填过主题类似的词作，只是其中的审美意境因不同的"寄托"需要而不同。

人若"游"于自然山水之中，于"游"之时与自然山水融于一体，能够忘却世俗生活中的烦恼，获得精神的愉悦，保持本性的真，这是一种净化心灵的方式。在"游"之中，人的心灵与山水之神相互融合。马远的《山径春行图》是一幅典型的小景山水图，遵从"马一角"构图法则，以大幅的空白营造出辽远空旷的意境，"虚中有实"。画上有一位身着白色长袍怡然自得的文士，手捋胡须，脸上洋溢着笑容，漫步在山径间。四周的春色醉人，杨柳新芽初发，随风摆动。一只鸟儿落在枝条上，望向展翅飞翔的另一只，似要追上去。柳树下有一童子，抱琴跟随着主人。远处湖水与春山的交界之处越来越淡，直至消失。柳树下鲜花绽放，右侧斜出一枝，似乎在画之外有更多的风景等待着文士去欣赏。同样，文士行进的方向、黄莺的朝向与柳条飘动所指的位置都预示着此行的目的地在何方，从文士满意的笑容我们也可想象出前方的美景是如何动人，有限的笔墨含有无限的韵味。

郭熙的《早春图》描绘的是春回大地、万物复苏、山间一片欣

马远《山径春行图》

欣向荣的景象。山顶清晰可见，山腰间迷雾缭绕，形态变幻不定。雾霭中，一涧溪流于低处汇聚成一池泉水。山石突兀，林木姿态各异，疏密有致，新芽暗示着料峭时节。山径楼观若隐若现，其中点景人物及其活动为山间更添生气：左侧高处有两僧人一路向上，左下角水岸边停泊着一艘渔船，岸上渔夫挑担，渔妇怀抱婴儿，她另一只手牵着一个童子，正喜笑颜开地朝着家的方向走去。山径之上，樵夫、旅客都被收入画中。郭熙提出山水画有"可行""可望""可游""可居"的四重境界，而"可行""可望"不如"可游""可居"之为得。这幅《早春图》上有楼阁，有居住在此的渔夫一家、樵夫，更有旅客，郭熙创造了一个"可游""可居"的画境。这幅画作于神宗熙宁五年（1072），当时北宋朝野内外一片和谐繁荣景象，如同画上春雪消融、溪水潺潺、草木复苏、人物欢愉一样，姜斐德称这幅画为"皇恩浩荡的春天景象"[①]。

"渔父、渔隐、幽居"等寄托隐逸情怀的主题，抒发了画家对隐居生活的向往，同时又含有自由、出世等理想。归隐是自春秋战国时期就有的思想，彼时战火纷飞，一些文人只能选择独善其身，隐居生活便由此兴起。同时这一思想与老庄"清静无为、返璞归真"的理念相契合，在道家的自然之"道"之上找到了理论依据。山水画常表现的村居小屋、渔船舟艇、亭台楼阁、农人、渔夫、雅士等艺术形象，都寄托着文人士大夫们对田园生活、隐居生活的向往。

王诜的《渔村小雪图》描绘了江南小雪初霁之时关山与渔村的景致。王诜是大宋的驸马都尉、左卫将军，前文所提到的《西园雅集图》中雅集举办的地点就是王诜的园子，从他的作品我们可以了解到当时他和友人的生活是多么地快意舒畅。这幅《渔村小雪图》

---

① （美）姜斐德. 宋代诗画中的政治隐情[M]. 北京：中华书局，2009：26.

樹繞芬莖溪
澗凍橋間仙
居家上屋不
藓砂枕簡珎
飯春山早見
氣如茶
己卯春月
滿題

郭熙《早春圖》

王诜《渔村小雪图》(局部)

是他被贬谪之时所作，与之前的繁华热闹相比，此时王诜难免会有失落之感，但从这幅画我们可看到其所描绘的冬季景象不像郭熙那种"冬山惨淡而如睡"[1]的模样，而是反映出王诜自己独特的生命体验，极具生活气息，仿佛包含了一丝重返自然的喜悦。画卷由中间的山体划分，可分为两大部分，左右的画意有很大不同，左半部分杳无人烟，水域占很大面积，给人一种空旷辽远之感。右半部分则有人物活动其间，富有生机。现在我们"读"一下右半部分的内容：远处群峰连绵，银砂万里，一棵棵松树倔强地挺立着；近处，水面上人物活动充满生活情调，有一人扳罾捕鱼，网里沉甸甸的，他身后有一人蹲在地上守着鱼篓，手拿网兜，似在等同伴起网；水面右侧最前方渔船上有两人在座谈饮酒；身后一人独自垂钓……一片生动景象。水岸边还有虬曲的古树，树叶凋落殆尽，寒冷萧索之感从

---

[1]（宋）郭熙. 林泉高致[M]. 周远斌，点校、纂注. 济南：山东画报出版社，2010：26.

细节中透露出来。视点再向左移,大山之中飞瀑流泉,烟岚缭绕,泉水之滨一名高士策杖而行,携侍从正向前方的古树进发。左侧荒寒萧索,右侧生机盎然,两部分呈现的画意是如此不同。此时的王诜不再拘束于驸马都尉的身份,他在山水之中体会平凡的生活,在山水画中寄托着对山林隐逸的向往之情。

再来看赵令穰的《陶潜赏菊图》。赵令穰乃赵匡胤五世孙,善画小景山水,常绘京郊风景,此幅画取材于陶渊明的隐居故事。画上岸边一小亭中,陶渊明与朋友盘腿而坐,正对饮赏菊,亭子四周群卉绽放,树木丛生。小桥流水边,红枫引人注目。然鲜艳的朱砂色并不突兀,遥对亭前的一树橙黄。这幅画设色艳丽与素雅兼具,古朴中跳跃着迷人的鲜活。江水开阔,远山低伏连绵,慵懒地躺在这湖光天色之中。赵令穰因身为皇族,不能远游,所绘山水多为皇城近郊景色,这样的小景山水也足以寄予自己几分隐逸思想。

赵令穰《陶潜赏菊图》

二、自然闲适的渴慕

胡云翼先生在《宋词研究》中将描写自然山水的词归为"写景"词类。然词人抒情，往往离不开对景物的摹画，所以其他类别的词也常含有对自然山水的描写。触景生情、景中寄情，是词人写词时最常见的创作动机和表述方式。宋代山水词寄托的情感较山水画更为复杂，这类词除"游玩山水，甚得适性"(《宋书·羊欣传》)，让人在"游"山水之时，能体会山水之乐，心情变得舒畅之外，更多的是为了抒发词人的情感，将词人心中的"愁怨恨"等无可奈何的情绪通过"登高""伤春""悲秋"等方式表达出来，这反映的是当时社会普遍的心声与困惑。所以"寄情"类词作更加贴近人们的生活，也更加贴近人的本心。

有许多宋词是词人在行旅途中对景感怀所作。词人于景色中暗藏对官场的厌倦，抒发惆怅苦闷、怀才不遇、壮志难酬之情。如柳永《看花回》中的"屈指劳生百岁期"[1]；《凤归云》中的"算浮生事，瞬息光阴，锱铢名宦"[2]；沈唐《霜叶飞》中的"霜林凋晚，危楼迥，登临无限秋思"[3]；方资《黄鹤引》中的"尘事塞翁心，浮世庄生梦"[4]；黄庭坚《采桑子》中的"投荒万里无归路"[5]；辛弃疾《水龙吟·登建

---

[1] 唐圭璋，编纂. 全宋词[M]. 王仲闻，参订；孔凡礼，补辑. 北京：中华书局，1999：23.
[2] 唐圭璋，编纂. 全宋词[M]. 王仲闻，参订；孔凡礼，补辑. 北京：中华书局，1999：39.
[3] 唐圭璋，编纂. 全宋词[M]. 王仲闻，参订；孔凡礼，补辑. 北京：中华书局，1999：219.
[4] 唐圭璋，编纂. 全宋词[M]. 王仲闻，参订；孔凡礼，补辑. 北京：中华书局，1999：278.
[5] 唐圭璋，编纂. 全宋词[M]. 王仲闻，参订；孔凡礼，补辑. 北京：中华书局，1999：527.

康赏心亭》中的"栏杆拍遍,无人会、登临意"①;《木兰花慢·席上呈张仲固帅兴元》中的"追亡事、今不见,但山川满目泪沾衣"②;赵鼎《贺圣朝·道中闻子规》中的"更堪月下子规啼,向深山深处"③;等等。

深秋时节,柳永心有所感,作《少年游》以寄心中悲慨。词里写尽了柳永悲苦的一生,词云:

> 长安古道马迟迟。高柳乱蝉栖。夕阳岛外,秋风原上,目断四天垂。　归云一去无踪迹,何处是前期。狎兴生疏,酒徒萧索,不似去年时。④

词人先从秋景写起。他骑着马慢悠悠地走在长安古道之上,一旁,秋蝉栖在高高的柳枝上嘶鸣,其声纷乱哀凄。再看,远岛之外夕阳西下,秋风之中原野茫茫,他放眼四顾,杳无人烟,只见天空低垂,似要坠下,广阔的天地竟无他栖身之所。下片,词人开始追忆往昔:往事就像归去的云,连踪迹也没留下,离去了就再也不会回来了,到底何时才能如往日一般?所有的欢乐与期望都不能复得。以前对于狎妓的兴致现在已消减,曾一起喝酒的朋友也寥寥无几,当年那种少年逸气渐渐消逝了。长安令人向往,词人却行道迟迟,已灰心于追名逐利。此词是柳永的晚期作品,他早年意气风发,

---

① 唐圭璋,编纂. 全宋词[M]. 王仲闻,参订;孔凡礼,补辑. 北京:中华书局,1999:2414.
② 唐圭璋,编纂. 全宋词[M]. 王仲闻,参订;孔凡礼,补辑. 北京:中华书局,1999:2429.
③ 唐圭璋,编纂. 全宋词[M]. 王仲闻,参订;孔凡礼,补辑. 北京:中华书局,1999:1228.
④ 唐圭璋,编纂. 全宋词[M]. 王仲闻,参订;孔凡礼,补辑. 北京:中华书局,1999:41.

却因触怒皇帝而"奉旨填词",多年之后,他的词风转向低沉萧索。在这首词里柳永抒发了自己对官场的心灰意冷之感,在山水景物中寄托了自己失志之悲与别恨离愁。

隐逸这一主题在宋词中经常被表现。前文提到宋画中有"渔父""幽居"等画题,宋词中更是有《渔歌子》《渔家傲》《渔父乐》《清平乐》等表达隐逸之思和对闲适生活的向往之情的词牌名。如王安石用"渔家傲"填有两首隐居词;张元幹作有题画词《渔家傲·题玄真子图》;徐积有作《渔父乐》(水曲山限四五家);连久道曾写《清平乐·渔父》。其他词牌名的隐居词也不胜枚举,如俞紫芝《阮郎归》(钓鱼船上谢三郎)、苏轼《浣溪沙》(画隼横江喜再游)、朱敦儒《好事近·渔父词》(短棹钓船轻)、陆游《长相思》(桥如虹)等。

王安石的一首《渔家傲》,词云:"灯火已收正月半。山南山北花撩乱。闻说浐亭新水漫。骑款段。穿云入坞寻游伴。　却拂僧床寒素幔。千岩万壑春风暖。一弄松声悲急管。吹梦断。西看窗日犹嫌短。"[①] 这首词描绘了他在晚年时期的退隐生活,表现了自己对隐居生活的喜爱。正月十五之后,民间灯火减少,漫山遍野已经有花迫不及待地绽放了。他听闻浐亭春水漫漫,便骑着小毛驴越过山山水水,去云深雾缭的山坞中赏景。游玩归来,他将床铺整理,于和煦春风之中入梦去。松涛声悲切,将词人吵醒,窗外已是日薄西山。词人喜爱这闲适自由的生活,故嫌白日短,希望这美好时光能慢一点、长一点。

词人在远游之时,他乡山水景观难免会引发他们对家乡的思念,所以也会在山水间寄托思乡情怀。这类词作多采取上片写景,下片写情的形式,如范仲淹的《苏幕遮·怀旧》(碧云天),柳永的《夜半

---

① 唐圭璋,编纂. 全宋词[M]. 王仲闻,参订;孔凡礼,补辑. 北京:中华书局,1999:264.

乐》(冻云黯淡天气)，李甲的《帝台春》(芳草碧色)，贺铸的《浪淘沙》(雨过碧云秋)，刘一止的《喜迁莺·晓行》，陆游的《南乡子》(归梦寄吴樯)，利登的《风入松》(断芜幽树际烟平)，蒋捷的《一剪梅·舟过吴江》等。

范仲淹《苏幕遮·怀旧》写的是深秋时节，游子独身在外，见秋景而起思乡之情，词云：

> 碧云天，黄叶地。秋色连波，波上寒烟翠。山映斜阳天接水。芳草无情，更在斜阳外。　　黯乡魂，追旅思。夜夜除非，好梦留人睡。明月楼高休独倚。酒入愁肠，化作相思泪。①

上片所描写的深秋景色绚丽多彩，词的起首就将"天""地""山""水"如此大的场面容纳进来，"碧云天"寥廓苍茫，"黄叶地"萧索荒凉，碧色与黄色一冷一暖，色彩对比强烈而不割裂。秋风吹起水波，寒烟笼罩水上，与天空、碧波相映，泛起翠色，远处水天相接之处夕阳斜照。芳草无情，延伸到斜阳之外。整个上片以绚丽的色彩描绘了一幅意境深远的图画，境中有情。下片笔锋一转，词人的思乡之情十分浓烈，黯然心伤，唯有好梦能让他忘却乡愁片刻。镜头一转，词人在月夜之下，于高楼上一人独自饮酒，好酒入肠，因此刻的词人心中愁绪万千，酒化作了滴滴相思之泪。这首词意境开阔又不失柔情，细腻动人，让人读之如身临其境。

在山水中寄托爱国情怀的宋词大多作于北宋末与整个南宋时期。当时北宋受到外来民族的侵扰，大好河山破碎，遂南渡偏安。词人们的一腔愤恨与悲苦无处安放，只能在词中抒发这些复杂的情

---

① 唐圭璋，编纂. 全宋词[M]. 王仲闻，参订；孔凡礼，补辑. 北京：中华书局，1999：14.

感。这样的词有张元幹的《贺新郎·寄李伯纪丞相》、《石州慢》(雨急云飞)，李纲的《苏武令》(塞上风高)，韩世忠的《满江红》(万里长江)，岳飞的《满江红·登黄鹤楼有感》，陆游的题画词《桃源忆故人·题华山图》，王质的《定风波·赠将》，张孝祥的《六州歌头》(长淮望断)、《浣溪沙》(霜日明宵水蘸空)，辛弃疾的《永遇乐·京口北固亭怀》，赵善括的《水调歌头·渡江》，李好古的《清平乐》(瓜洲渡口)，刘辰翁的《兰陵王·丙子送春》，陈德武的《水龙吟·西湖怀古》等。

李好古的《清平乐》句句都显露出对国家的关切，词云："瓜洲渡口。恰恰城如斗。乱絮飞钱迎马首。也学玉关榆柳。　　面前直控金山。极知形胜东南。更愿诸公著意，休教忘了中原。"[1] 词人经过长江北岸的瓜洲渡口时，远眺发现这座城池就像一个倒扣的北斗，一旁的大路上车马行色匆匆，飞扬的柳絮榆钱向着马首飘去，像极了玉门关。词人深觉此地地势险要，是金兵南下的重要关口，也是南北水陆交通的要地，所以告诫当朝的王侯将相需要严守此地，莫要忘记被金兵占领了的中原。山水之中寄托了词人的爱国之情，情景交融，并表达了他希望祖国统一的热切心情。

宋词中常以女性口吻描写两性之间的别情、思念。在离别之时周围的景物烘托，或是见山水景物而思念起恋人、妻子有感而发，都是词人填词的重要动机。这样的词有林逋的《长相思》(吴山青)，柳永的《凤栖梧》(伫倚危楼风细细)，张先的《相思令》(蘋满溪)，晏殊的《撼庭秋》(别来音信千里)，晏几道的《思远人》(红叶黄花秋意晚)、《鹧鸪天》(醉拍春衫惜旧香)，周紫芝的《江城子》(夕阳低尽柳如烟)，王灼的《长相思》(来匆匆)，许玠的《菩萨蛮》(西风

---

[1] 唐圭璋，编纂. 全宋词[M]. 王仲闻，参订；孔凡礼，补辑. 北京：中华书局，1999：3439.

又转芦花雪》,宋德广的《阮郎归》(好风吹月过楼西),江开的《菩萨蛮·商妇怨》,晁补之的《鹧鸪天》(绣幕低低拂地垂)等。同样也有女词人通过山水抒发怀人之思,如魏夫人的《菩萨蛮》(溪山掩映斜阳里)、李清照的《一剪梅》(红藕香残玉簟秋),刘彤的《临江仙》(千里长安名利客),孙道绚的《醉思仙·寓居妙湛悼亡作此》等。

张先《相思令》以女性视角描写送别之景,词云:"蘋满溪。柳绕堤。相送行人溪水西。回时陇月低。　烟霏霏。风凄凄。重倚朱门听马嘶。寒鸥相对飞。"① 上片描绘送别的情景,溪中长满蘋草,柳树环绕长堤,送了一程又一程,女主人公一路相送至溪水之西,终到了分别之际,她原路返回,一路上低垂的明月好像在安慰她,"蘋草""柳""低月"等意象都笼罩在离别之中。拂晓之后,烟雾弥漫,风也是凄冷的。这时女主人公回到家中,"倚朱门",听着门外马儿的嘶鸣声,举头望向天空,寒鸦对对,在空中飞来飞去。"一切景语皆情语",所有的景物都寄托了女主人公的恋恋不舍之情。

词人能在山水中寄托对家人、朋友的思念之情,如王观的《卜算子·送鲍浩然之浙东》"才始送春归,又送君归去"②,苏轼的《虞美人》"只载一船离恨、向西州"③,苏轼填《满江红·怀子由作》,王质作《八声甘州·怀张安国》,黄大临的《青玉案》"水村山馆,夜阑无寐,听尽空阶雨"④,赵令畤的《虞美人·光化道中寄家》等。

山水画中寄托的情感较山水词要更为隐秘、深沉;写山水的词

---

① 唐圭璋,编纂. 全宋词[M]. 王仲闻,参订;孔凡礼,补辑. 北京:中华书局,1999:81.
② 唐圭璋,编纂. 全宋词[M]. 王仲闻,参订;孔凡礼,补辑. 北京:中华书局,1999:337.
③ 唐圭璋,编纂. 全宋词[M]. 王仲闻,参订;孔凡礼,补辑. 北京:中华书局,1999:395.
④ 唐圭璋,编纂. 全宋词[M]. 王仲闻,参订;孔凡礼,补辑. 北京:中华书局,1999:497.

则更加婉转多样，符合"词之为体，要眇宜修"的特征。山水画中的"山水"是具象的，画家通过笔墨渲染的山水树石、人物活动等都是肉眼可观的；而宋词中的"山水"则需要靠文字语言串联渲染，创造的意境是灵活的，每一位读者都会在脑海中形成不同的画面。山水画中的"山水"与宋词中的"山水"都是意象，而词人寄托的思想、情感都需要经由这种意象传达。"山水"可陶冶性情，创作者在山水中清除俗世的杂尘，释放烦恼，他们在"山水"中寄托"弃人的无可奈何"，隐居在山光水色、田园渔乡之中。

三、隐逸闲雅的意趣

前文提到，无论是画还是词，宋朝文人们都非常乐于且擅于描绘山水题材。山水在这一时期成为画家和词人永恒的描绘主题。宋代文士往往在山水烟霞间追慕自己的人生理想，愿意去清净无人处吟赏朴野山水而不堪受尘世喧嚣所扰。他们"不下堂筵而坐穷泉壑"，在对山水画题材的描绘中寄托自己独特的情感，于山水之间追求纯粹的审美体验，向往精神自由，把这种追求体现在创作之中。

宋代描绘山水题材的词作与画作中，或有对自然真山水的描绘、渔夫归隐的向往，或含有幽探名山的乐趣。这些题材直接关系着此时文化人的生命抉择和精神生活。"渔父"境界虽各有异，但无不是围绕仕与隐、达与穷、入与出等生命走向展开的。宋时文人们开始有意识地远离尘嚣，将目光转向了罕有人至的山水，他们追寻理想中的山水，于朴野山水中寄寓自己的隐逸闲适之情。此一时期，绘画中出现了许多以山水为题材的作品，世人所熟悉的大家上至五代时期荆浩、关仝、董源、巨然下至"南宋四家"刘、李、马、夏皆为山水画巨擘，其存世之山水作品丰富而精妙。词亦如此，涌现出很多直接描绘自然山水景色的作品，比较典型的如北宋词人欧阳修的联章体词《采桑子》十首，它们描绘了西湖春季的美景。例如《采桑子》其一:"轻舟短棹西湖好,绿水逶迤。芳草长堤。隐隐笙歌处处随。　　无风水面琉璃滑,不觉船移。微动涟漪。惊起沙禽掠岸飞。"①这首词描绘了词人泛舟颍州西湖时所见的春日逶迤风光。舟移景换,词人眼见的是绿水蜿蜒曲折、长堤芳草青青、惊禽展翅振飞,耳边似还有隐隐笙歌,全然一幅西湖好光景。南宋词人王之道的《点绛唇·冬日江上》:"古屋衰杨,淡烟疏雨江南岸。几家村疃。酒旆还相唤。　　短棹扁舟,风横河频转。柔肠断。寒鸦噪晚。天共蒹葭远。"②此词选取了古屋衰杨、淡烟疏雨等景致,描绘出一幅烟雨迷蒙的江南之景。

除直接描绘山水景致表达自己对山水自然的向往外,在宋时内倾型文化的影响下,文人选择了一种更为含蓄的方式描绘自然山水,寄寓人生理想,即描绘特定的有一定含义的题材,如渔隐、行役等。宋代山水画中有非常多的表现渔夫归隐、羁旅行役的作品,其中以渔隐为最,如李成的《寒江钓艇图》《寒林渔父图》,郭熙的《云烟揽胜图》《树色平远图》,王诜的《渔村小雪图》,李唐的《清溪渔隐图》,马远的《秋江渔隐图》《寒江独钓图》,夏圭的《溪山清远图》《归棹图》等,都是描绘渔隐羁旅题材的作品。李唐的《清溪渔隐图》,画面表现的是钱塘一带的山区雨后之景,它以平远构图为法,其中有汀花野草,绿树成荫,一处茅舍掩隐于青山绿水之间,一条清溪缓缓流过小村,岸边一叶扁舟浮在芦苇丛中,一位渔者正在悠闲地垂钓于溪上,全然一幅山野垂钓的恬静画卷,使观者不觉有一种出尘之感。此画作于宋室南渡的特定历史节点,我们可以看出画

---

① 唐圭璋,编纂. 全宋词[M]. 王仲闻,参订;孔凡礼,补辑. 北京:中华书局,1999:154.

② 唐圭璋,编纂. 全宋词[M]. 王仲闻,参订;孔凡礼,补辑. 北京:中华书局,1999:1505.

李唐《清溪渔隐图》

家在有限的画面中精心截取的这些意象不仅组成了一幅宁静淡然的村居渔隐图，同时也将一种无限的遐思付之其上，使自己的痛楚和惆怅在自然之中有所体现，而这自然，是具有超脱世俗藩篱的生命意识的自然。

　　"南宋四家"之一的马远在主体画面构成中选择了一种更为简单明了的方式，在他所描绘的渔隐题材画作如《寒江独钓图》《秋江渔隐图》中，繁复的背景已然减去，代之以一人一舟这样简单直接的画面元素组合。《寒江独钓图》画面构图极简，采用大面积留白，组成元素尤为简单。在下着大雪的江面上，一叶小舟微微倾斜，一个老渔翁独自在寒冷的江心垂钓。马远没有对江水进行刻意的描绘，仅用寥寥数笔勾勒出水波荡漾之感，却让人感觉得到江水之浩渺。画面中亦没有萧瑟的冬景，但渔翁蜷缩的躯体姿态使凛冽的寒意渗

马远《寒江独钓图》

透其中。画家寥寥几笔表现出"千山鸟飞绝,万径人踪灭。孤舟蓑笠翁,独钓寒江雪"①的诗意,为观者描绘了一个孤傲的、一尘不染的垂钓于山水之间的渔者形象,表现了自己的出尘之愿和归隐之心。

宋代的山水词中亦有诸多描绘渔隐题材之作。朱敦儒在其《好事近》中言:"摇首出红尘,醒醉更无时节。活计绿蓑青笠,惯披霜冲雪。 晚来风定钓丝闲,上下是新月。千里水天一色,看孤鸿明灭。"②词人描绘出自己摇首出红尘后绿蓑青笠、披霜戴雪闲钓的形象,晚来风定时,新月当空,钓丝不动、水天一色,而那明灭缥缈的孤鸿影,似也是如自己般自由出没于江上的幽人的写照,闲适自得之情溢然于词中。苏轼至黄州时曾写有一组《渔父》词:

渔父饮,谁家去。鱼蟹一时分付。酒无多少醉为期,彼此

---

① 张洲,导读、注译. 柳宗元集[M]. 长沙:岳麓书社,2018:20.
② 唐圭璋,编纂. 全宋词[M]. 王仲闻,参订;孔凡礼,补辑. 北京:中华书局,1999:1105.

不论钱数。

  渔父醉,蓑衣舞。醉里却寻归路。轻舟短棹任斜横,醒后不知何处。

  渔父醒,春江午。梦断落花飞絮。酒醒还醉醉还醒,一笑人间今古。

  渔父笑,轻鸥举。漠漠一江风雨。江边骑马是官人,借我孤舟南渡。①

  第一首词写渔父不计价钱以鱼蟹与酒家换酒喝;第二首写渔父醉寻归路,任棹斜横,任船随水漂荡,醒来不知到了何处;第三首写渔父于中午时分醒于落花飞絮之处,清醒复醉,醉后还醒;第四首则写渔父与江鸥相伴于风雨之中,逍遥自在,他想借一条小舟,南下寻欢。与江鸥为伴的质朴渔父跟风雨中追名逐利的官人构成鲜明的对照,四首词共同描绘出了一个悠然自得极具生活气息的渔父形象,词中寄寓着词人对渔钓隐逸生活的追慕和超然自适的江湖之趣。南宋词人陆游在其《鹊桥仙》中云:"一竿风月,一蓑烟雨,家在钓台西住。卖鱼生怕近城门,况肯到、红尘深处。 潮生理棹,潮平系缆,潮落浩歌归去。时人错把比严光,我自是、无名渔父。"②词的第一二句渔父自述其生活境况,锦衣玉食非也,钟鼓馔玉无有,只一竿风月、一蓑烟雨,清寒而自得。"家在钓台西住",作者借严光独自披羊裘钓于富春江而不应汉光武征召的典故,表达自身心情近于严光。上阕结句更言"卖鱼生怕近城门"——连卖鱼他都不愿

---

① 唐圭璋,编纂. 全宋词[M]. 王仲闻,参订;孔凡礼,补辑. 北京:中华书局,1999:425—426.
② 唐圭璋,编纂. 全宋词[M]. 王仲闻,参订;孔凡礼,补辑. 北京:中华书局,1999:2064.

意近城门、入尘世，自然就更不愿意到俗世之中追名逐利了。下阕他描绘自己在潮生时出海打鱼，潮落时停船靠岸的顺天时而为的渔隐生活，人们错把他比作严光，但其实，自己更愿作一名无名渔父罢了。

此外羁旅行役亦是山水画家和词人较多选择的题材，宋代山水画中描绘行旅题材之作有很多，比较著名的有《溪山行旅图》《秋山行旅图》《雪山行旅图》等。郭熙的《秋山行旅图》古朴素雅，笔墨不繁而意境不失。郭熙将山水之景与人物活动相结合，在写景中增添了故事性。画幅采用了竖构图的方式，险峻的山体竖立于画幅正中，层层叠叠，其形如云，有升腾之势。若不说山下平静的空白地带是河流，怕是有人会将它误作平地，见小桥横跨才恍然大悟。山体清晰险阻，与平静的水面形成鲜明对比。水边有人为建造的木台，是观景、垂钓的好去处，纤细的绳索似断而连，表现了画家大可作乾坤、小可描秋毫的高超技艺。除此，山间山下皆有建筑物，瓦柱栏杆皆细致入微，让人近看亦有收获。人物点点如蚁，或骑驴马，或背、挑物品前行。整幅画给人的感觉是一个"沉"字，但如薄纱般清透的远山、平缓的河流、虚隐的山脚、姿态各异的人物，让这幅画在沉稳之中包含了一丝灵动活泼。画中有人戴着斗笠，有人负重前行，体态佝偻，他们与其他山水画中一身轻松、昂首观山的身着宽袍大袖的文人雅士截然不同，这幅画又带有商旅气息。作者不仅刻画了山的雄奇高险，也描绘了平凡人物的艰辛生活。

柳永是描绘羁旅行役题材的宋代词人之代表，他一生居无定所，或供职外乡或旅途漂泊，时而登高临远，时而旅馆停驻，仆仆奔波于风尘之中，往往触景生情，故其词大多描述了他羁旅生活的忧思愁绪。他的词作多采用上阕写景下阕抒情的形式，如《满江红》一词："暮雨初收，长川静、征帆夜落。临岛屿、蓼烟疏淡，苇风萧索。几许渔人飞短艇，尽载灯火归村落。遣行客、当此念回程，伤漂

郭熙《秋山行旅图》(局部)

泊。桐江好，烟漠漠。波似染，山如削。绕严陵滩畔，鹭飞鱼跃。游宦区区成底事，平生况有云泉约。归去来、一曲仲宣吟，从军乐。"① 上阕描绘出暮雨初收后一片寂静的桐江之景，远征的航船在夜幕中停泊，对面的岛屿上水蓼稀疏雾霭寒凉，秋风吹拂芦苇萧索作响，渔人行船，船上的灯火渐渐隐入村落。词人由此景想到自己的归程，对漂泊生活产生了些许厌倦忧伤之情。下阕他进一步描绘桐江景色之美：雾霭漠漠密布，山峰如刀。严陵滩畔，鹭飞鱼跃，见此情景，词人思及自己游宦生涯，他曾跋涉辛苦而一事无成，况早有归隐云山泉石的心愿，不如就此回归。在词中，柳永由景生情，表达自己对游宦生涯的厌倦、对陶渊明躬耕田园的羡慕之情，将一片归隐之心蕴含于羁旅之词中。

宋代仕人于山水间潜含的隐逸闲适之趣自不可忽视，而由于宋时特殊的政治环境，文人们吟赏描绘山水时所夹杂的故国社稷之思亦值得探讨。宋代在山水画中表现爱国情怀的画家不得不提马远和夏圭，时人称其"马一角，夏半边"。他们一改前代大山大水式的构图方式，代之以边角之景，画面大幅留白。前人有评马、夏山水画之语云："中原殷富百不写，良工岂是无心者！恐将长物触君怀，恰宜剩水残山也。"② 这样的处理是艺术的高度提炼，是山水画发展的一大突破。同时题跋者亦从这边角之景中读到了画外之意，山水画中也寄寓着爱国之情。宋山水词中对于爱国之情、故国之思的描绘更为丰富。文天祥所作《酹江月·南康军和苏韵》词云："庐山依旧，凄凉处、无限江南风物。空翠晴岚浮汗漫，还障天东半壁。雁

---

① 唐圭璋，编纂. 全宋词[M]. 王仲闻，参订；孔凡礼，补辑. 北京：中华书局，1999：52.
② (明)郁逢庆. 郁氏书画题跋记[M]. 赵阳阳，点校. 上海：上海书画出版社，2000：694.

过孤峰,猿归危嶂,风急波翻雪。乾坤未老,地灵尚有人杰。 堪嗟漂泊孤舟,-河倾斗落,客梦催明发。南浦闲云连草树,回首旌旗明灭。三十年来,十年一过,空有星星发。夜深愁听,胡笳吹彻寒月。"[1] 上阕描写庐山风景依旧,山色翠碧,晴烟随处飘动,鸿雁掠峰,猿猴过岗,下阕词人则嗟叹回首自己在三十年间两过此地,到如今竟只剩斑斑白发,愁绪满怀,胡笳声听来亦嘹亮凄苦。这首词是文天祥被俘押送途经庐山时所作,江西是词人的故乡,十年前他尚以南宋官员的身份在赴任途中经过此地,未曾想十年后国破家亡,他沦为阶下囚,被迫北上。世事白云苍狗,变化之大令人猝不及防,况且此次北上,便是与故土永诀。沿途所见所闻,特别触动词人的满怀愁恨,情不能已,托之于词。他慨叹风景不殊,山河依旧,只是人事已换,故国倾覆,只留他孑然怀恋东南风物。回顾近年来的坎坷经历,词人不由得悲愤填膺,对故国的无限怀念熔铸在了对这山水的声声吟咏中。

刘勰有言:"山沓水匝,树杂云合。目既往还,心亦吐纳。春日迟迟,秋风飒飒。情往似赠,兴来如答。"[2] 自然风光中高山重叠起伏、流水迂回不息、树木繁荫错杂、云霞连绵成片,作者在反复观察这些景物的同时内心会产生某种感悟;春光舒畅柔和,秋风飒飒不断,将感情倾注于客观景物就像赠与一样,而客观景物所触发的意兴就像相对的酬答一般。可以看出,宋代文人在对自然山水的观照中深有所得,无论是山水画家还是山水词人,都会将自己的无限情思寄予自然山水,或隐逸闲适之趣,或故国社稷之思。

---

[1] 唐圭璋,编纂. 全宋词[M]. 王仲闻,参订;孔凡礼,补辑. 北京:中华书局,1999:4181.
[2] (南朝梁)刘勰. 文心雕龙选译[M]. 周振甫,译注. 北京:中华书局,1980:184.

第二节
花鸟意

诚如宋人自己所言:"若论佛道人物,仕女牛马,则近不及古;若论山林竹石,花竹禽鸟,则古不及近。"[①]在理学兴盛、格物致知被主张的文化氛围之下,宋人对事物的观察体会是极其严谨的,他们有着对细节的忠实和对诗意的追求,故而玲珑灵巧的花鸟成为他们喜爱描绘的对象,宋时文人们将对花鸟的描绘推向了一个高峰。花鸟作为大自然之中最为精细美丽之物,其"葩华秀茂"。创作者在创作花鸟画时不仅忠于其形象之美,亦在不由自主中将自己的情感寄托于"花鸟"意象之中。

吟咏花鸟的宋词中,词人常通过比兴、比喻或象征手法表达自己的思想情感。王国维在《人间词话》中阐述了词境的"有我之境"与"无我之境",这两者观察物体的方式存在不同,"有我之境"是"以我观物",所以"物"沾染了"我"的情感;"无我之境"是"以物观物","物我两忘"同时也是"物我一体","物"中悄然地流淌着"我"的情感。罗大经的《鹤林玉露》中有曾三异(字无疑,号云巢)善画草虫,做到"虫我为一"境界的记录:

> 曾云巢无疑工画草虫,年迈愈精。余尝问其有所传乎?无疑笑曰:"是岂有法可传哉?某自少时取草虫笼而观之,穷昼夜

---

① (宋)郭若虚. 图画见闻志[M]. 邓白,注. 成都:四川美术出版社,1986:77—78.

不厌。又恐其神之不完也，复就草地之间观之，于是始得其天。方其落笔之际，不知我之为草虫耶？草虫之为我耶？此与造化生万物之机缄，盖无以异，岂有可传之法乎？"[1]

曾三异善画草虫，年岁越长，其画工越精湛，罗大经便向他请教技法。曾三异却说他并无什么技法可传授，他的画工能达到如此境界是因他少时就喜欢拿着草虫笼观察，细看它们的体态动作，白日黑夜从不间断。后来他觉得此办法已经不够窥得草虫的真实状态，又在自然界的草地中观察，终于心存它们天然真实的形态，画得其神韵。这种"与造化生万物之机缄"的观察草虫的精神状态，使他在落笔之时，达到"不知我之为草虫耶？草虫之为我耶？"的境界，这与词"以物观物"的内在精神一致。不管是"有我之境"还是"无我之境"，"物"中都寄托了创作者的情感。

文学中以物"比德"的手法常被运用在花鸟词创作中，将人的精神品质与花鸟特征做对比，花鸟意象就凝聚了人的品德。创作者在创作时于花鸟中寄托自己的人格情操，使观者在作品中看到人的某种品德，比如荷花的"出淤泥而不染"的特质可与人的高洁品格联系在一起。正如刘熙载所言："昔人词咏古咏物，隐然只是咏怀，盖其中有我在也。"[2]

---

[1] 杨大年，编著．中国历代画论采英[M]．南京：江苏教育出版社，2005：32．
[2] （清）刘熙载．刘熙载文集[M]．薛正兴，点校．南京：江苏古籍出版社，2001：146．

黄居寀《花卉写生图册》(其二)

一、细致精丽之美感

以上我们提及，北宋初院体花鸟画继承的是唐、五代传统，承袭"黄筌富贵"之风。这类花鸟画是为皇家服务的，所表现的对象也多为宫中的奇花异珍，其画富丽而工巧，"花鸟"意象亦被赋予富贵、繁华、平安之意。宋太祖重用黄筌父子，在后蜀投降后不久，黄筌哀痛至死，其子黄居寀主导着北宋院体花鸟画的发展方向。黄居寀有一《花卉写生图册》，由十八幅小品画组成。他所绘的宫中名花色彩艳丽、用笔精细、形态逼真，寄托了富贵之意。

北宋院体花鸟画达到了高峰，这得益于宋徽宗赵佶的帝王身份。徽宗的绘画思想充满"粉饰大化，文明天下，亦所以观众目、协和气"[1]的政治意义，他在绘画中寄托美好寓意的同时还彰显了皇家的雍容华贵气度，体现了皇族的审美意志。传为其所作的《芙蓉锦鸡图》，带有明显的政治意义，上有赵佶御笔自题："秋劲拒霜盛，峨

---

[1]（宋）宣和画谱[M].岳仁，译注．长沙：湖南美术出版社，1999：310.

赵佶《芙蓉锦鸡图》

冠锦羽鸡，已知全五德，安逸胜凫鹥。"画作立轴形式，芙蓉与锦鸡寓有富贵、美好之意。鸡在中国素有德禽的美名，古人常以鸡的自然特性对应人的文化、英武、勇猛、仁慈与守信等品格。画上芙蓉花与锦鸡色彩艳丽而不俗，锦鸡姿态高贵优雅，整幅画工整细腻、富丽华贵，图像与诗句相得益彰。

北宋画家又常以水墨作梅兰竹菊等具有气节的花鸟题材，在其中寄托自身的胸襟、抱负，赞美人的高尚品格，凝意成象，以表其情。道家有"五色令人目盲"的审美观，再加上"佛禅空"的宗旨，一定程度上大家认同了淡泊名利、放逸自然的人生态度①，这也很符合文人士大夫的心境，水墨形态的花鸟画的兴起和发展与文人士大夫的实践是分不开的，且水墨花鸟没有什么彩色，笔墨具有极高的地位，后经米芾"墨戏"观的影响，其寄兴抒情意味愈发突出。此时的墨竹、墨梅、墨兰、墨水仙、墨葡萄最多，如苏轼的枯木怪石、文同的墨竹、杨无咎的墨梅、赵孟坚的墨兰与温日观的墨葡萄等。

苏轼的《枯木怪石图》中所绘枯木、石头形状怪异，与现实中常见木石有所差异。石头的形状奇特，质感粗糙，从外面看就好像一个侧放着的贝壳，并且在中间还有一个凹槽，以此凹槽为界，石头被分为两个大小不等的部分。石头旁边的枯木更加奇怪，枯木以遒劲弯曲之姿从石下生出，上面没有一片树叶，枝头上又有许多凌乱细小的枝杈。米芾在《画史》中说："子瞻作枯木，枝干虬屈无端，石皴硬，亦怪怪奇奇无端，如其胸中盘郁也。"② 这虬曲怪异的枯木怪石成为其情感的宣泄点，他将自己心中的郁闷宣泄于画中，借物抒情、以物寓志。质感坚硬的怪石暗喻当时的朝廷政治，它霸道地压于枯木之上。即便在重压之下，枯木无法生长得挺拔秀丽，它却

---

① 孔六庆. 中国花鸟画史[M]. 南昌：江西美术出版社，2017：205.
② （宋）米芾. 画史[M]. 文渊阁四库全书. 北京：商务印书馆，2005：12.

苏轼《枯木怪石图》

依然倔强地将枝桠伸向天空,画家赋予枯木的是自己永不屈服的人格精神。苏轼草草几笔,就于绘画中挥洒自己的胸中意气,故而水墨不在烦琐而在意义深刻。

可见,花鸟画这种自然微小之物,亦寄托着宋代文人的大智慧,文人们徘徊于汀花野草之中,在对花鸟的描绘中寄托自己的情感,使花鸟意象成为自己人格的象征。

二、婉转跃动之韵律

宋人于词中写花鸟,或赞其外在美,或以物象比人的品格,或以比喻、象征等手法表现花鸟,传达人的思想情感。苏轼在题画词《定风波》中写"雨洗娟娟嫩叶光",以墨竹比君子品格,表现了他超脱旷达的人生态度;朱敦儒在《卜算子》中以大雁自喻,感叹"旅雁向南飞,风雨群初失"[1],表达自己在战乱之中遭遇苦难的悲伤之

---

[1] 唐圭璋,编纂. 全宋词[M]. 王仲闻,参订;孔凡礼,补辑. 北京:中华书局,1999:1116.

情；王沂孙在《齐天乐·蝉》中写道"一襟余恨宫魂断，年年翠阴庭树"①，他托蝉寓意，在蝉中寄托了黍离之悲，表达了自己的爱国情怀；高观国写《生查子·咏芹》从芹"春吐芽"开始，最后以"野意重殷勤，持以君王献"②表达自己想要向朝廷进言的意愿；陆游在其《卜算子·咏梅》中盛赞梅零落成泥仍清香如故，歌颂其高洁的品格；姚述尧赞兰之笑傲东风，不与桃李争媚；苏轼写《水龙吟·次韵章质夫杨花词》，将咏杨花与绘人相结合，以杨花随风飘荡的模样刻画了一个魂牵梦萦的思妇形象；陈与义的《虞美人》（十年花底承朝露），他在写桃花时借女性含蓄委婉地抒发了自己的身世之感。

杨无咎善画松石梅竹，尤精于墨梅，其文学造诣也很高，著有《逃禅词》一卷。他应范伯端之请画四枝梅，作《四梅图》："一未开，一欲开，一盛开，一将残"，并在画完之后补题词《柳梢青》四首。其为《四梅图》中"欲开梅"所题写的《柳梢青》一词云："嫩蕊商量。无穷幽思，如对新妆。粉面微红，檀唇羞启，忍笑含香。　　休将春色包藏。抵死地、教人断肠。莫待开残，却随明月，走上回廊。"③

画家用圈花法以墨线勾出欲开梅的花瓣，树干的描画用了飞白法加皴法，新枝则以挺秀的直线条一笔写出，干净利落。杨无咎画的墨梅虽无彩色，但他在题词中用了一系列的类似色来描写梅花。他将嫩蕊欲开的梅花比作初上新妆的少女，给读者带来更新奇的感

---

① 唐圭璋，编纂. 全宋词[M]. 王仲闻，参订；孔凡礼，补辑. 北京：中华书局，1999：4247.

② 唐圭璋，编纂. 全宋词[M]. 王仲闻，参订；孔凡礼，补辑. 北京：中华书局，1999：3026.

③ 唐圭璋，编纂. 全宋词[M]. 王仲闻，参订；孔凡礼，补辑. 北京：中华书局，1999：1564.

杨无咎《四梅图》（二）

受：少女脸颊上微微泛着红晕，浅红色的嘴唇欲张羞启，忍着笑容，独自含香。画上墨梅纯用墨色，而题画词对梅花颜色的描写就有"粉""红"和"檀"色，那含苞欲放、微微漏出花蕊的梅花就犹如蕴含无限幽思情态的少女，词人写出了欲开梅的神韵，让人的脑海中不禁浮现出含春少女的形象与枝头含苞欲放的梅花的画面。下片词人转而写"我"对着梅花说：不要将自己的春色给藏起来，要"抵死地"教人销魂断肠。人应趁着这时节正好，随着月光，在回廊上好好欣赏这梅花，不要等到花凋零了才去看。杨无咎不仅以词描写了梅花的美丽，还将自己对它的喜爱之情深深融在了其中。花鸟画与花鸟词中的"花鸟"意象，都寄托了创作者的思想情感、胸襟抱负，但因艺术形式的不同，它们在表现方式上也会有所不同，绘画以艳丽富贵或清新淡雅的色彩或直接以水墨表现花鸟的形态，词则以文字去描摹花鸟的外在形象，但两者都意在传递其特征与品质，以花鸟比附人的品格，传递人的内在精神。

三、意象人化之绝妙

如前文所述，宋人将目光转向了花鸟这种自然玲珑之物，倾其心力描绘吟赏，将自己的一腔热情寄于此中。这种转变，离不开宋时文化环境的发展，李泽厚先生曾言："宋代是以'郁郁乎文哉'著称的，它大概是中国古代历史上文化最发达的时期，上自皇帝本人、官僚巨宦，下到各级官吏和地主士绅，构成一个比唐代远为庞大也更有文化教养的阶级或阶层。绘画艺术上，细节的真实和诗意的追求是基本符合这个阶级在'太平盛世'中发展起来的审美趣味的。"[①]对花鸟细节的写实追求和诗情画意的审美趣味在北宋时期已然形成，并在院体花鸟画中达到了高峰，宋人对细致精妙之趣的追求，在宋画尤其是花鸟画中可见一斑。一花一世界，中国文化有着见微知著的智慧，"在当时的许多画家看来，空间再小，物象再微，都是一个自在圆足的世界，他们期望在一枝枯叶、一拳顽石、一竿青筠中，去创造一个大境界，无边的世界就在一草一木之中"[②]。这种"以小见大"的审美趣尚在宋代花鸟画中发挥到极致，这一时期的花鸟画，多以小品见长，亦多有折枝之法，文人们在一角一枝的小景中留恋徘徊，描绘表现的方式也精细婉转。除前文所述如黄氏父子的花鸟画富贵精细以外，这一时期，许多花鸟画作品也都精细异常。

传世的北宋时期花鸟小品画大多幽淡简逸，画家们往往以微小的空间、简逸的画面来构建引人细看的艺术形象，如传为南宋吴炳所作的《出水芙蓉图》。这幅荷花一朵、荷叶数茎的小品，被誉为"宋人小品第一"。荷花在古人眼中，颇具君子之风，它不染淤泥，不妖不艳，这幅画中的荷花亦是如此，它洁净饱满，花瓣光滑美丽，仿佛水珠滴落其上都不得片刻停留。作者以没骨法作此图，荷花盛

---

① 李泽厚. 美的历程 [M]. 北京：生活·读书·新知三联书店，2014：180.
② 朱良志. 曲院风荷：中国艺术论十讲 [M]. 北京：中华书局，2014：102.

吴炳《出水芙蓉图》

放，形态不拘，花瓣交叠有致，疏密有度，其间有隙，气韵不塞。花朵向左背右，故而左边留下更多的空间，右边花瓣似超出又似刚触及画的边缘，形破而不锢于画幅，体现出"画外之景"与"画外之意"的审美追求。最值得赞美的是这幅画的细节：花蕊细密，围绕着莲蓬，一根根都被精细刻画；胭脂色的纹路遍布整个花瓣，于花心处渐隐，无一根断裂亦无任何两根重叠；荷叶叶脉纤细，有如阡陌，相分相集，叶上还有密集的墨绿色短曲线。这些都是近看才能看到的精致细节。《出水芙蓉图》的构图之美、细节之妙，引得千百年后的无数画者品味、临摹。它就像谦谦君子，不言不语地长立在历史长河中。

宋代的花鸟词亦是如此，李泽厚先生在介绍宋代的文化特征时说：“时代精神已不在马上，而在闺房；不在世间，而在心境。”① 诗的主体倾向是对外部世界的拷问，而词的主体倾向是对内心世界的关照。因此词是一种更精致化的艺术形式。不同于唐诗的气魄宏大，宋词以婉约为正宗，词之为词，最本质的特征就在于它的抒情写意性。诗歌传统的抒情方式主要是咏事达情和写意达情两种，而词则以写意为主要抒情方式。诗与词两种文体虽都写情，但"簸弄风月"之情几乎为词所专写，且词所写之情纯度更高，情感表达方式更加隐曲深约。词所最乐于抒写，也是最擅长描摹的，就是这一种近似于涟漪状态的心绪和心曲。词擅长抒写深微幽细的情感，所抒发的心绪多是惝恍难言、迷离细腻的，写花鸟时词人们也常常沿用这种抒情方式，因此宋代花鸟词的情感表达方式也是婉约深细、细腻精致的，展现出柔性的美感境界。如词人姜夔的咏物词《小重山令·赋潭州红梅》云："人绕湘皋月坠时。斜横花树小，浸愁漪。一春幽事有谁知。东风冷、香远茜裙归。　　鸥去昔游非。遥怜花可可，梦依依。九疑云杳断魂啼。相思血，都沁绿筠枝。"② 词的上阕由梅及人，写己之相思，下阕始则宕开，几经翻转，写对方之相思。词人将两地相思系于一树红梅，故其相思之情，愈翻愈浓，益转愈深。写梅写人，即梅即人，梅竹交映，含蕴空灵，呈现出一种似人非花、朦胧迷离的审美意境。清人陈廷焯在《白雨斋词话》卷一中说："所谓沉郁者，意在笔先，神余言外。……凡交情之冷淡，身世之飘零，皆可于一草一木发之。而发之又必若隐若现，欲露不露，反复缠绵，终不许一语道破。"③ 此词没有像一般的咏物词那样，执着于一枝一

---

① 李泽厚. 美的历程[M]. 北京：生活·读书·新知三联书店，2014：159.
② 唐圭璋，编纂. 全宋词[M]. 王仲闻，参订；孔凡礼，补辑. 北京：中华书局，1999：2793.
③ (清)陈廷焯. 白雨斋词话[M]. 杜维沫，校点. 北京：人民文学出版社，2005：4.

叶的刻画，而是着重于传神写意，从空处摄取其神理，点染其情韵，不染尘埃，不着色相，达到"野云孤飞，去留无迹"①的妙境。它通过"月坠""鸥去""东风""愁漪"以及"绿筠"的渲染烘托，通过"茜裙归""断魂啼""相思血"的比拟隐喻，塑造出独特的红梅形象，其所寄之情感细腻深长，有婉转之思。

刘勰在《文心雕龙·明诗》中说："人禀七情，应物斯感，感物吟志，莫非自然。"②面对外在的一切物象，我们应该有所感应。中国文化崇尚自然，强调天人合一，强调"以情观物""以我观物""寄意于物""心物交融"，即是说，人要把内心情感投入到外在的万事万物中，从而实现情景交融，达到个体心灵与自然造化的高度和谐，进而创造审美至境。中国人在一丘一壑、一花一鸟中发现了无限，花鸟这种自然之物往往成为文人更深的情感寄托之物，宋代文人花鸟画家多仕途坎坷，他们常借助花鸟画来抒发自身情感，将花鸟草虫人格化，从而达到移情于物、以物寓意的目的。在宋画中，文人热衷于描绘特定的花鸟题材，寄托自己的情感。宋末画家郑思肖喜画兰，其所作兰，皆无根漂泊，空若无依。其所作《墨兰图》中，勾画了一株疏花简叶的幽兰，几片兰叶挺拔舒展，互不相交，清丽而优雅。其间兰花两朵，幽芳轻吐，沁人心脾，花下无土，根亦似有若无。郑思肖作无根兰，既是表现自己对宋的怀念之情又是表达自己不愿归顺新朝的殷殷爱国之心，幽兰无根，家国破灭，人还浪迹，这无根之兰似乎成为自己的人格写照。元代画家倪瓒在《清闷阁集》卷八《题郑所南兰》中评说："秋风兰蕙化为茅，南国凄凉气已消。只有所南心不改，泪泉和墨写《离骚》。"利用兰花本身的傲骨特性，来寄托人的品德和气质。作为南宋遗民的郑思肖，将其人

---

① （宋）张炎. 词源[M].//唐圭璋，编. 词话丛编. 北京：中华书局，2012：259.
② （南朝梁）刘勰. 文心雕龙[M]. 王志彬，译注. 北京：中华书局，2012：58.

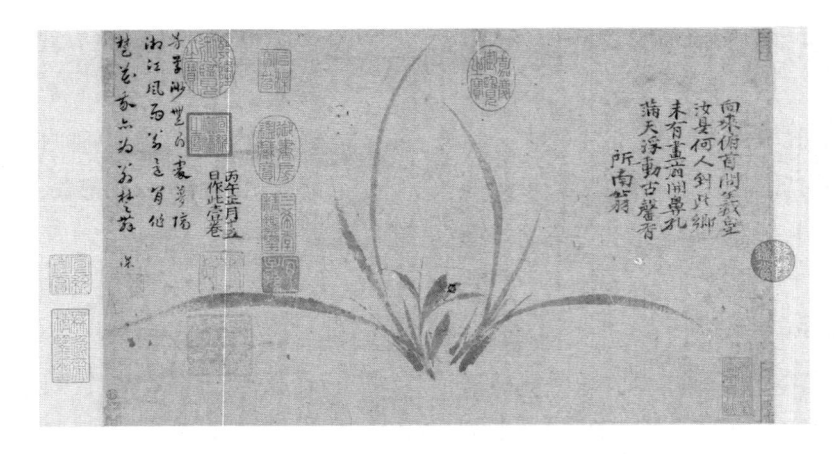

郑思肖《墨兰图》

格融入到作品中，达到了画我交融的境界。他画的无根兰，都寄托着故国之思，饱含爱国之情。

宋代画家文同注重托物寓兴，追求绘画神韵，以善画墨竹闻名于当时。他将中国古代文人普遍认同的人的思想、情感、品格、意志等渗透到墨竹中，使墨竹成为表情达意、抒发情感的重要载体。其《墨竹图》中，一枝弯曲生长的墨竹从左上生发至右下，竹叶笔笔有生意，逆顺往来，挥洒自如，或聚或散，疏密有致。墨叶处理上文同用了独特的表现方法，他浓墨写竹叶正面，淡墨写竹叶之背，使得画面层次分明，笔力尽得。世人赞竹，常赞其以直为上，修篁高劲，驾雪凌霜，而文同则独爱纡竹，在《纡竹记》中，他盛赞纡竹之刚劲挺拔，虽生于险要之地，却不畏风霜，遒劲有力地野蛮生长，可谓奇竹。文同通过弯曲的竹子来抒发自己的心志，扭曲的竹子有着愤然不羁的气节，或许正是如此自由而又顽强的竹子，才与自己的人格相符合。画竹必须爱竹，文同一生都与墨竹有着密切关系，据说他曾在居处遍植竹子，在生活中观竹赏竹。他主张"胸有成竹"，画竹不仅能显竹情，还能尽竹性。这正如他自己所说，"竹

文同《墨竹图》

如我，我如竹"。他画竹时把竹看作朋友，通过长期的深入观察，他能够把握竹子的生长规律，深谙竹的习性。如此，眼中之竹才可印入胸中，最终化作手中之竹。

宋词中亦多有比德于花鸟之词，李清照的《鹧鸪天》："暗淡轻黄体性柔，情疏迹远只香留。何须浅碧深红色，自是花中第一流。　梅定妒，菊应羞。画阑开处冠中秋。骚人可煞无情思，何事当年不见收。"①写出了桂花的形态、色泽与芬芳，更是歌颂了桂花"自是花中第一流"的雅洁淡泊，刻画了其高洁的品格。苏轼有词《卜算子》云："缺月挂疏桐，漏断人初静。时见幽人独往来，缥缈孤鸿影。　惊起却回头，有恨无人省。拣尽寒枝不肯栖，枫落吴江冷。"②词人写孤鸿遭遇不幸，惊恐不已，他与孤鸿惺惺相惜，赞孤鸿洁身自好，受命不迁，词中那"拣尽寒枝不肯栖"的孤鸿形象亦是词人自身写照。正如黄苏先生说此词："语语双关，格奇而语隽，斯为超诣神品。"③

对于宋人而言，花鸟这种自然之物已然成为文人雅士的比德之寄，他们在对花鸟的描绘中寄托自己的情感，使花鸟意象成为自己人格的象征。那词与画中缠绵的鸳鸯蝴蝶、湿冷的梧桐细雨、寂寞的独放寒梅、缥缈的孤鸿之影，都充盈着他们细腻丰富的情感和敏感幽柔的内心世界。视觉上的一点梅红、一簇野草汀花、几只芙蓉瑞鹤，听觉上的雨打芭蕉、燕啼鸟鸣、孤鸿呜咽都成为宋代文人的心弦音符，皆与他们心意相通。

---

① 唐圭璋，编纂. 全宋词[M]. 王仲闻，参订；孔凡礼，补辑. 北京：中华书局，1999：1207.
② 唐圭璋，编纂. 全宋词[M]. 王仲闻，参订；孔凡礼，补辑. 北京：中华书局，1999：381.
③（清）黄氏. 蓼园词评[M].//唐圭璋，编. 词话丛编. 北京：中华书局，1986：3032.

第三节

世人语

宋代，在理学繁荣的社会文化氛围之下，文人越来越重视克己省身，开始关注人们自身。于是，绘画和文学对人物的描绘到达一个新的高峰，人物亦成为宋代绘画与词最普遍的表现题材之一，涌现出诸多描绘人物的佳作。

历代人物题材作品皆重传神，人物画尤其如此。自东晋时期顾恺之以来就极为重视传神写照，提倡表现人物内在的精神气质，发展到宋代，画家们对人物传神的重视有增无减。南宋陈郁在其《藏一话腴·论写心》中提出了"写心论"："写照非画物比，盖写形不难，写心唯难，写之人尤其难也。"随即他列举了九对形貌相似而心性不相同的历史人物，指出只写形状，无法表达出这些人的贤愚忠奸，点明："盖写其形必传其神，传其神必写其心，否则君子小人，貌同心异，贵贱忠恶，奚自而别？形虽似何益？故曰写心唯难。"[①] 陈郁所说的"写心"就是指画出人物的精神状态、思想品质。写心的目的是把人物自然的精神状态惟妙惟肖地表现出来，在这样的人物创作观念影响之下，画家词人在描绘人物时往往倾力表现人物内在所传达的精神气质，这使得作品中除了表现出人物本来应有的状态外，还倾注了画家词人的自身情感。

---

① 陈郁. 藏一话腴·外编卷[M]. 台北：台湾商务印书馆，1986：570.

一、高尚品性的描绘

宋代人物绘画的表现题材广泛,有反映百姓面貌、市井生活、风土人情的风俗画,也有表现特殊身份的道释人物画、仕女图、历史人物画等。在反映社会现实方面具有重大突破,历史故事画、历史人物画充满了画家的反思、对民族矛盾的关注,寄托了他们的爱国情怀;文人高士题材画则更多反映的是画家对人格精神的追求、对主观意蕴的表达。历史故事画如同宋词中的咏史词,多抒发民族气节,表达家国统一的民族愿望,寄托了画家对国家、民族的热爱。如李唐的《采薇图》《晋文公复国图》,刘松年的《中兴四将图》,陈居中的《文姬归汉图》,李迪的《苏武牧羊图》等。陈居中的《文姬归汉图》,描绘的是蔡文姬被俘归来的历史故事。南宋常表现"文姬归汉"的题材,当时宋室南渡,徽宗、钦宗与一众后妃均被金人挟持,所以画中寄托了世人对皇帝归来的期盼之情。蔡文姬乃东汉文学家蔡邕之女,河东卫仲道与她成婚不到一年便去世了,因无子,所以蔡文姬回到母家居住。东汉末年,中原战火纷飞,蔡文姬被俘虏,被迫做了匈奴左贤王的妻子,并生下两个儿子。十二年后,曹操平定中原,因蔡文姬博学多才,且其父原与曹操交好,故将她重金赎回,后文姬嫁与董祀。这幅《文姬归汉图》描绘的是文姬与匈奴左贤王辞别时的情景,画面中的自然景观及匈奴部族具有西北少数民族的特点。漫漫黄沙、草木稀疏的背景之中,蔡文姬与左贤王话别,两个儿子紧紧抱住母亲,不希望她离开,画面的下方为中原使者带领着一众使团人员。此时文姬的心里应是十分痛苦的,她不舍孩子,却又饱受异族异俗生活之苦,十分思念故土,最终她选择了回归家园。画家选择这一题材,有借古喻今之意,结合当时的时局,此画寄托了画家渴望国家统一、收复河山之心情,这一强烈的民族情绪也是当时的民心所向。

文人高士这一题材的画作多以景造境、以景衬人,或以水墨写

陈居中《文姬归汉图》

马远《秋江渔隐图》

意的方式描写人物的情态与精神品格。这类题材的代表作有马远的《王羲之玩鹅图》《溪边论道图》《伴鹤高士图》《秋江渔隐图》，马麟的《静听松风图》，以及佚名的《春游晚归图》《柳溪闲憩图》《槐荫消夏图》《憩寂图》《松荫论道图》《虎溪三笑图》等，这些画作将景与人结合，更好地实现了情景交融的画面营造。以山水造境更能体现出人物的闲情逸致，画家们刻画了隐逸高士的形象，寄托了淡泊名利之心。马远的《秋江渔隐图》描绘了一老翁怀抱木桨蜷伏于船头酣睡的场景，画面背景简单，唯几株萧索的植物，小舟停泊于平静的江水之中。画家擅于用线条表现画面的质感，以寥寥几笔表现出轻盈的水、布衣的褶皱和船板的木质，渲染出一片静谧秋意。这幅画表现出渔翁的闲适之情及画家渴慕渔隐于江水之中的情怀。

以水墨写意所塑造的人物常表达出画家的萧散闲适、放逸自然，带有道家意味。老庄之道崇尚色彩朴实，对绚丽耀眼不甚推崇。故在画中，画家们仅仅通过黑白混色便可进行创作绘画。若黑白色能完美配合，其他颜色就会黯然失色，这也是他们清净质朴、虚淡玄无的思想体现。受思想文化熏陶，"水墨为上"的思想在玄学中也发展起来。唐代画家张彦远在《历代名画记》中记"（殷仲容）或用墨色，如兼五采"①，水墨无色，然抒情更为强烈。宋代人物画中以水墨形式表现的作品尤为众多，如石恪的《二祖调心图》，梁楷的《李白行吟图》《泼墨仙人图》《六祖斫竹图》，法常的《布袋和尚图》《老子图》等。梁楷为人放达，善作"减笔"画，他绘《李白行吟图》，寥寥数笔就

① （唐）张彦远．历代名画记[M]．俞剑华，注释．上海：上海人民美术出版社，1964．

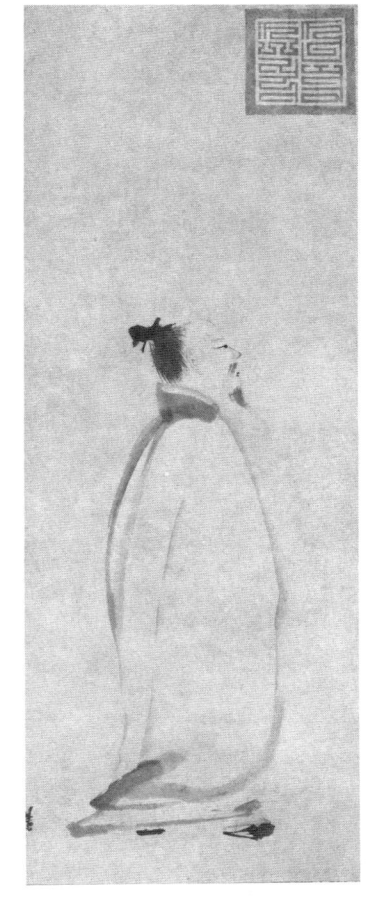

梁楷《李白行吟图》

表现出了李白的神气。画上李白侧身而立,其身体肢干用笔极为简略,画家以线条的粗细浓淡表现其形象,面部刻画简洁却传神,神态潇洒。背景不着一笔,余味幽远,"一股清气"扑面而来。梁楷好酒,李白嗜酒,他们都不拘礼法、不畏权贵,梁楷所画的李白,承托的是他自己的内在思想、人格理想。

总的说来,无论是风俗百态、历史故事、文人高士,画家们都不约而同地将自身情感倾注于其中,在一方绢纸中绘就自己的理想人格。

二、低回幽思的抒写

宋词中的人物,也各有故事。词人们或描绘人物风俗百态,或为闺怨女子达意、歌姬乐女诉情。和宋画中的《货郎图》《婴戏图》《清明上河图》等风俗画一样,宋词中亦有许多描绘市井生活、民风习俗之作,如晏殊的《少年游》:"谢家庭槛晓无尘。芳宴祝良辰。风流妙舞,樱桃清唱,依约驻行云。 榴花一盏浓香满,为寿百千春。岁岁年年,共欢同乐,嘉庆与时新。"[①]这首词表现了谢家宴会的场景。庭槛没有灰尘,想必是因为被仔细地打扫过,抑或是被宾客的裙裾拂拭得一尘不染,暗示了宾至沓来的场景。良辰吉日,宴会在谢家举行,清歌妙舞,仿佛引得行云都停下来倾听。这应该是一场寿宴,榴花也赶着开放,为寿宴的主人祝贺,映在酒杯中,让美酒都好像沾染了浓香。整首词充满了欢快的情感,就像一幅风俗画,让人有亲近而愉快的感觉。

柳永的词作《迎新春》:"嶰管变青律,帝里阳和新布。晴景回轻煦。庆嘉节、当三五。列华灯、千门万户。遍九陌、罗绮香风微

---

① 唐圭璋,编纂. 全宋词 [M]. 王仲闻,参订;孔凡礼,补辑. 北京:中华书局,1999:120.

度。十里然绛树。鳌山耸、喧天箫鼓。　　渐天如水，素月当午。香径里、绝缨掷果无数。更阑烛影花阴下，少年人、往往奇遇。太平时、朝野多欢民康阜。随分良聚。堪对此景，争忍独醒归去。"[①]反映都城开封元宵之夜的盛况，词之上阕以节令变换为始，点出帝都的新春和暖。接下来词人描绘其中着盛装欢度佳节的人群、如珊瑚般美丽的十里花灯和锣鼓喧天的乐声。下阕夜深渐至水天一色，月色中天的街道里，少男少女狂欢忘形，在竹阴花影下谈情说爱。天下太平，朝廷和民间都祥和安康，美好的聚会随处都可举行，百姓生活安乐而富足。全词呈现出一幅繁荣安乐的盛景，反映了宋朝市民在元宵之夜的活动情况，千百年后我们亦能从词中窥见当时的元宵风情习俗。

宋代词人常描绘闺中女子、思妇歌伎，设身处地地为其代言、模拟闺阃之语，抒发她们的绵绵情思，其中歌伎之词尤丰。宋时经济高度繁荣，世俗生活发展迅速，勾栏歌伎之辈充斥于市井之中，"歌妓作为一个特殊的阶层，其活动范围上至朝廷下至市井，她们的存在意义在于完整了社会礼乐、丰富了娱乐生活、渲染了宋世风情，是透视其时社会各方面内涵的一道窗口。歌妓在宋词的发展中所起到的作用，绝不仅仅只是表面上所看到的演唱词作这一点，她们在唐宋以来的歌妓制度下生活着，在与文人的交往中，展现出自身的才华，也透视出人性的复杂，为宋词的发展增添了许多精彩的内容"[②]。对于宋时文人来说，歌伎不仅有美貌，可作审美对象，同时她们又能文善舞，才情过人，有自己的精神世界，可与文人心意相通。所以，这一时期描绘歌伎人物之作亦尤其丰富，如词人晏几

---

① 唐圭璋，编纂. 全宋词[M]. 王仲闻，参订；孔凡礼，补辑. 北京：中华书局，1999：21.
② 刘睿. 城市空间视角下的宋词研究[D]. 浙江大学，2017：342—343.

道笔下的"梅蕊新妆桂叶眉。小莲风韵出瑶池"①(《鹧鸪天》);"赚得小鸿眉黛、也低颦"②(《虞美人》);"记得小蘋初见,两重心字罗衣"③(《临江仙》);"说与小云新恨、也低眉"④(《虞美人》)。词人于词中描绘四位歌伎各具特色之美,诉与其离别相思之意。再如柳永的《锦堂春》:"坠髻慵梳,愁蛾懒画,心绪是事阑珊。觉新来憔悴,金缕衣宽。认得这疏狂意下,向人诮譬如闲。把芳容整顿,恁地轻孤,争忍心安。"⑤白衣卿相柳永一生乐于与歌伎相伴,常为其发声,创作了许多与歌伎题材相关的词作,该词是其代表之一。词为俗词,柳永以细腻的笔法塑造了一位泼辣、傲气、不拘礼法的市井女性。"同是天涯沦落人",词人与歌伎往往都是失意之人,词人多仕途失意报国无门,歌伎又往往处于社会底层尝尽冷暖炎凉,两个失意者必然有心意相通之处。

  闺怨人物的描写在宋词中亦占据相当大的比重。前文谈到,宋时文人常为思妇、闺中女子代言,宋词中常常呈现出一种"男子作闺音"之态。为何会形成这样的状态,杨柏岭先生在解释宋词中的两性传统及其意义时谈道:"以现实生活为例,见到老鼠,女孩子一般会发出尖叫,这里不否认有害怕的因素,但从性别心理的要求上说,她们就应该如此,否则就不是女孩子。女子不仅可以哭泣、撒

---

① 唐圭璋,编纂. 全宋词[M]. 王仲闻,参订;孔凡礼,补辑. 北京:中华书局,1999:290.
② 唐圭璋,编纂. 全宋词[M]. 王仲闻,参订;孔凡礼,补辑. 北京:中华书局,1999:321.
③ 唐圭璋,编纂. 全宋词[M]. 王仲闻,参订;孔凡礼,补辑. 北京:中华书局,1999:286.
④ 唐圭璋,编纂. 全宋词[M]. 王仲闻,参订;孔凡礼,补辑. 北京:中华书局,1999:321.
⑤ 唐圭璋,编纂. 全宋词[M]. 王仲闻,参订;孔凡礼,补辑. 北京:中华书局,1999:37.

娇，而且她们自己也认为这是柔美的表现。相反，男子见到老鼠就不能如此，甚至'男儿有泪不轻弹'……在艺术创作中也有所不同，以女性心理创作，情感抒发往往大胆、细腻、真实，因为'妇女勇于承认自己的真实情感'；以男性心理创作，情感抒发往往收敛、粗放、概念化，因为'男子们羞于承认'自己的情感。"[1]创作者有时候假借女性形象或借女性之口，将自己的思想情感表达出来，再由读者去理解。如此看来，宋词的表现方式及接受方式较宋画更为复杂。"词以艳丽为本色，或以婉约为正宗，这是词史已经表明的事实"[2]，这不仅体现在词的词风之上，也体现在题材之上，宋词中写人物的题材除开"祝颂"之外，多为"艳情"与"闺情"，但"词，意内而言外也"，词人作词的主要目的还是传达"言外之意"，即表面写情爱，实则抒发其他情感。"缘情造端，兴于微言，以相感动。极命风谣，里巷男女哀乐，以道贤人君子幽约怨悱不能自言之情。低回要眇，以喻其致。"[3]男女情爱可以引发其他的联想，这里的"兴"与"比兴"的"兴"同义，乃借他物以引起所咏之物，"比"之于"男女哀乐"，当这种"男女哀乐"发展到极致，它便可以言"君子"之"情"，它幽深、婉约、哀怨、悱恻，这种"情"是"君子"不能"自言的"，故词人用这种婉转含蓄的方式"以喻其致"，将微妙的情感寄托在里面，传达给读者。

秦观的词作《画堂春》刻画了女主人公的幽怨，并在其中寄托了词人仕途失意之情，词云："落红铺径水平池。弄晴小雨霏霏。杏园憔悴杜鹃啼。无奈春归。　　柳外画楼独上，凭阑手捻花枝。放

---

[1] 杨柏岭. 唐宋词审美文化阐释[M]. 合肥：黄山书社，2007：77.
[2] 谢桃坊. 宋词辨[M]. 上海：上海古籍出版社，1999：47.
[3] (清)张惠言. 词选[M]. 北京：中华书局，1957：7.

花无语对斜晖。此恨谁知。"① 词的上阕写春景：落花飘落，铺满了园中的小路，池塘溢满一池春水，竟然不起一丝波澜，平静至极。天气阴晴不定，时而小雨霏霏，时而还晴。"杏园"里，暮春花朵将残，只剩一只杜鹃鸟在枝头哀声啼叫，可惜春色已不在。"杏园"是唐朝时的名园，为新科进士宴会之地，此词应当作于词人中进士之前，"杏园"两句实则暗喻词人应试落第。下阕女主人公登场，杨柳外的画楼之上，她独自凭栏，手捻一枝花，看着暮春之景，最终她放下花朵，默默地对着斜阳。她心中的心事、怨恨有谁明白，又能跟谁倾诉，此情此景令人伤心落寞。"此恨谁知"又暗喻此时词人因仕途失意所以咏"春归"的无奈，词人将心中的失意借词中的女主人公表达了出来。

颜奎的《菩萨蛮》："燕姬越女初相见。鬓云翻覆风转。日日转如云。朝朝白发新。　江南古佳丽。只绾年时髻，信手绾将成。从来懒学人。"② 这首词明面写南北女子的发式，实则借南方佳人寄托词人对故国的怀念，表现了他的民族意识。他写北方女子时常更换发髻样式，"燕姬"本指春秋时期北燕之地的女子，"越女"本指越国女子，这里指江南地区的女子，两者后来泛指美人。而南方姑娘只绾当时常见的发髻，信手能成。她们为人倔强，不愿绾时新的发髻样式，词人借此称赞南方女子的气节。彼时南宋已亡，但词人的心却始终在大宋之中，他在词中寄托自己对故国的思念之情。

以豪放著称的辛弃疾，亦能写出如此细腻委婉之词。他的《摸鱼儿》："更能消、几番风雨。匆匆春又归去。惜春长恨花开早，何

---

① 唐圭璋，编纂. 全宋词[M]. 王仲闻，参订；孔凡礼，补辑. 北京：中华书局，1999：592.
② 唐圭璋，编纂. 全宋词[M]. 王仲闻，参订；孔凡礼，补辑. 北京：中华书局，1999：4118.

况落红无数。春且住。见说道、天涯芳草迷归路。怨春不语。算只有殷勤，画檐蛛网，尽日惹飞絮。　　长门事，准拟佳期又误。蛾眉曾有人妒。千金纵买相如赋，脉脉此情谁诉。君莫舞。君不见、玉环飞燕皆尘土。闲愁最苦。休去倚危楼，斜阳正在，烟柳断肠处。"[1]以女子自况，描摹出一名怨女在春意阑珊之时看到落红无数的伤感模样。春意将归，词人劝人惜春爱春，感慨春之易逝。下阕词人用典，言美人迟暮。汉武帝陈皇后失宠，纵然用千金买得司马相如的名赋，脉脉深情却无处言说；玉环、飞燕一时风光无限，却都化作了一抔尘土。女主人公闲愁满腹，不敢登楼眺望，只因那令人断肠的烟柳迷蒙之处正有将沉的夕阳悬落。词人作此词时正值仕途失意，当时外敌来犯，朝廷委曲求全，武官不受重用。征战沙场的词人以委婉的女子口吻向世人倾诉烦恼，表面上言春之易逝、美人迟暮，实则借此抒发自己政治失意的一腔郁闷和愤慨，表达对南宋朝廷的不满。

可见，在描写人物的宋词中，词人往往"托闺怨以写放臣逐子之感"，借女性之口或女性形象，去言"不能自言之情"。他们在人物意象中寄托了最幽深、最婉约、最哀怨、最悱恻的情感。

三、理想人格的寄予

宋代表现人物题材的艺术作品中，或以高人雅士为寄托，或描绘理想中人物形象，实则为其理想人格之寄予。在宋画中，士人通过人物画描摹自己理想的人物形象。如李唐所作《采薇图》，以商末伯夷、叔齐不食周粟于山中采薇而食的故事而作。图中伯夷衣襟袒露，抱膝而坐，眼神坚定，目光注视着叔齐，叔齐则面向伯夷俯

---

[1] 唐圭璋，编纂. 全宋词[M]. 王仲闻，参订；孔凡礼，补辑. 北京：中华书局，1999：2413.

身向前,手掌悬立,似有问题要与之探讨。画面背景是苍翠的古松,最前面的一枫、一松相对而立,树干奇崛如铁,挺拔坚硬。古枫古松分别代表着耐寒与不凋,画家安排这两种极具特殊含义的树木于其中,既描摹出两人所处的环境,又使画中意味更为丰富。图中两人皆面容清癯,形容消瘦但目光坚定,画家以这样的形式表现出人物虽肉体遭受极大痛苦,但精神仍非常坚定的状态。这幅画所作之时正是国家危难之际,李唐作此画,实则借古讽今,以伯夷、叔齐宁死不屈的态度讽刺当时出现的一些苟且偷安、为外族效力之人。画中人物所表现出的气节,是画家极为赞赏的,这幅画表现了他对于有气节之人的赞扬与推崇,是他理想的人格描绘。

　　传为宋徽宗赵佶所作的《听琴图》,表现了贵族雅集听琴之景。主人公道冠玄袍,居中端坐,凝神抚琴,前面坐墩上两位纱帽官服的朝士对坐聆听,左面绿袍者笼袖仰面,右面红袍者持扇低首,二人仿佛正被这琴弦撩动着神思,随琴声而入定,陶醉在此中,最左侧一名侍立的蓝衫童子注视着拨弄琴弦的主人公。作者以琴声为主题,巧妙地通过听者的神态刻画出"此时无声胜有声"的音乐意境。画面背景简洁,如盖的青松和摇曳的绿竹衬托出庭园高雅脱俗的环

李唐《采薇图》

吟徵調萬籟下桐
松間疑有入松風
仰窺低審含情客
以聽無絃一弄中
　　　　　　　臣京謹題

聽琴圖

赵佶《听琴图》

境，而几案上香烟袅袅的薰炉与玲珑石上栽植着异卉的古鼎和优雅琴声一道，营造出一种清幽的氛围。作为宋室皇帝，赵佶喜爱文学艺术却一生陷于皇室之樊笼，图中悠然抚琴的主人公对他来说亦是一种人生理想之描绘，也许对他来说，皇位掷地可弃，他想要成为的，只是一名不为俗世所扰，悠然的林下抚琴之士罢了。

宋代词人描绘人物，往往也是借所绘人物，抒写自己心之向往。苏轼有一人物名篇《方山子传》云方山子："光、黄间隐人也。少时慕朱家、郭解为人，闾里之侠皆宗之。稍壮，折节读书，欲以此驰骋当世，然终不遇。晚乃遁于光、黄间，曰岐亭。庵居蔬食，不与世相闻；弃车马，毁冠服，徒步往来山中，人莫识也。见其所著帽，方耸而高，曰：'此岂古方山冠之遗像乎？'因谓之方山子。……河北有田，岁得帛千匹，亦足以富乐。皆弃不取，独来穷山中，此岂无得而然哉？余闻光、黄间多异人，往往阳狂垢污，不可得而见，方山子傥见之欤？"[①]描绘了一名隐士之形象，他笔下的方山子能力出众，原本家境富裕却隐遁于光州、黄州之间，以蔬菜野果为食物，不问世事，全然是一位高洁的隐士。词人写方山子，一方面是表达对落败无能的朝廷的愤懑：能人如方山子，竟然都未受重用，落魄归隐于山野。另一方面，他赞扬方山子旷达疏朗、人格高洁不流俗，方山子在此成了作者追慕的理想人格。

辛弃疾有一名篇《青玉案·元夕》："东风夜放花千树。更吹落、星如雨。宝马雕车香满路。凤箫声动，玉壶光转，一夜鱼龙舞。　　蛾儿雪柳黄金缕，笑语盈盈暗香去。众里寻他千百度。蓦

---

① 张志烈，马德富，周裕锴，主编. 苏轼文集校注[M]. 石家庄：河北人民出版社，2010：1343—1348.

然回首,那人却在,灯火阑珊处。"①词的上阙写元夕之夜的热闹场景:花灯挂满千枝万树,烟火似吹落的流星万点,骏马拉着华丽的车子,香风飘满一路。凤箫吹奏的乐曲流动,此起彼伏的鱼龙花灯飞舞着。下阙写元夕夜的美人们头上都戴着亮丽的饰物,有的人头上插满蛾儿,有的戴着雪柳,有的则飘着金黄的丝缕,美人们笑语盈盈带着淡淡的香气从他身边经过,而他却在群芳中千百次地寻找她而不得。突然一回首,要寻找的人正站在那灯火零星稀落之处。词人作此词时正值强敌压境,国势渐颓,当时祖国的半壁江山都在侵略者的铁蹄之下,而南宋统治阶级却不思恢复,偏安江左,沉湎于歌舞享乐,粉饰太平。洞察形势的辛弃疾,欲补天穹却恨无路请缨。他满腹的激情、哀伤、怨恨,交织成了这幅元夕求索图。词人在其中描绘了一名不慕荣华、甘受寂寞的美人形象。那个人是否真的存在后人并不可知,但词人所追寻的确是那个不在"蛾儿雪柳"之众,而在灯火稀疏之处的孤高女子。梁启超先生谓"自怜幽独,伤心人别有怀抱"②,认为此词有所寄托,其中的女子形象是词人所寻觅的知音,亦是作者理想人格的化身。

  词与画,作为两种不同的艺术种类,在对人物意象进行描绘时,虽有共通之处,但也有较为明显的不同。相较于宋画,宋词更为复杂,它选择了一种更为婉转含蓄的形式传情达意。而画则较为直观,宋画往往直接表现理想的人物形象和状态以寄托自己的人生理想,表达自己的情感,不如宋词含蓄。宋词多不直接塑造、吟赏理想的人物形象、状态和人物所处环境,而是以幽深婉转的缥缈形象寄托词人的情感,如前文提到辛弃疾词中描绘的女子形象。词中他并未

---

① 唐圭璋,编纂. 全宋词[M]. 王仲闻,参订;孔凡礼,补辑. 北京:中华书局,1999:2432.
② 梁令娴. 艺蘅馆词选[M]. 上海:中华书局,1936:88.

描绘美人的面貌、状态，而是通过自己的追逐之态，让人顺着花灯、车马，眼光伴随着词人的脚步一同追到了那灯火阑珊之处，似乎在词人蓦然回首的瞬间，观者亦见到那灯火稀疏处的奇女子。此外，作词者多为男性，而词中他们却常常假借女性之口表现自身情感，再由读者理解。

　　总而言之，词与画作中的人物形象于宋代文士而言是永恒的情感载体，是他们自己的理想人格之绘。画绘心意人情，词亦抒发胸臆。画为视觉艺术，画家通过诸如色彩、线条、空间、肌理等美术语言的运用，构成整体画面空间，较为直观地将自己的情感寄意于画面的物象形式组织中。词为想象艺术，比之绘画更为含蓄婉转，它需要通过文字意象的组合向人传达作者情感。比之绘画的直观可见，词中意象并不能清晰呈现于观者眼前，但读者可经由自己的想象在脑海中形成画面。因每个读者的生活经历、人生阅历各有不同，他们脑中所呈现出的画面亦有不同。因此，词相较于画，往往更加能丰富人的审美想象，余韵悠长。作为艺术时间长河中的璀璨之作，宋词与宋画共同指向的是文人的心灵，宋时文人们或构成直观画面表达情感，或以自然、人文意象的组合构成词作引人想象共鸣，以此诉人生的得意之喜或失意之悲。无论哪种方式，都值得我们反复品味，细细思忖。

第六章 灵韵藏妙品 词画联珠璧

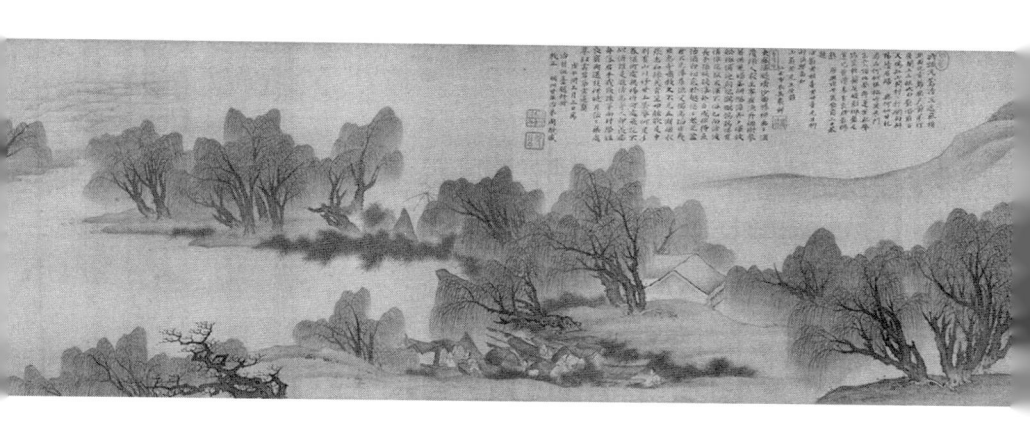

第一节

画里人

人物是最常见的绘画题材之一,人类非常热衷于表现自己,不管是真实的人物写照,还是被赋予人格气质的事物,在文人墨客笔下,都有自己独特的神情风韵。

一、闲人世外逍遥客

若身心因辗转于繁冗的俗世而疲倦,那便去自然中探寻心灵的澄净。闲人、隐士者,常不慕荣利,寄身山水,随心所欲,乐得自在。喧嚣是汴京河畔络绎不绝的人群,是虹桥长船一渡引来的一众目光。静谧是青卞隐士与山鸟唱和的謦音,是山间草庐檐下绵绵的细雨。

以渔隐为主题的词、画作品,或含有隐遁避世之意,或含有怀人忘尘之情。渔父这个形象,在古代的文艺作品中,大多带有文人化色彩。有的是对现实不满,想要归隐山林的士大夫;有的是无心追名逐利,向往自由生活的文人墨客。天景澄廓是他们心中所念,尘鞅脱尽是他们心中所求。

生于北宋而活跃于南宋的词人周紫芝曾作词《浣溪沙·和陈相之题烟波图》,以一句"庙堂空有画图看"表达了自己的态度倾向。"水上鸣榔不系船。醉来深闭短篷眠。潮生潮落自年年。　　一尺鲈鱼新活计，半蓑烟雨旧衣冠。庙堂空有画图看。"[①] 今日虽无法得知这首词所描述的《烟波图》具体是什么内容，但根据词中意象我们可以窥之一二。词中渔父不系小船，任其于水上或漂流或停留，醉时便遮上短篷安然入眠。古人若怀才不遇、壮志难酬，若心有怅恨、此意难收，便好以酒来伴，"桃花仙人"要摘得桃花换酒；梦回吹角连营，辛弃疾醉里挑灯看剑。"酒"扮演着人们寄托心中情感、消解惆怅的重要角色。悲也饮，喜也酌。渔父酌酒，是对世俗厌弃、欲将之忘却，还是因无拘无束而感到快乐？潮起潮落年年如此，渔父的生活也这般日复一日。不过，他的生活简单而不单调，偶有一尺长的鲈鱼上钩，为他带来喜悦。半蓑烟雨，岁岁年年，衣冠已旧。古人常将人物身份与服饰装束紧密联系，如"臣本布衣""绿衣黄里"。古代士以上戴冠，故"衣冠"指士以上的服装。"半蓑烟雨旧衣冠"暗示了此渔父曾为士人而非平民，且归于自然已久。"庙堂空有画图看"与《望江南·赋画灵照女》中"留向画图看"一句蕴含的惋惜之情极为相似：这样的人或景，现实不得见，唯见之于画上。庙堂之高，远于江湖，此中人只能从画里感受自在的渔父生活，而无法真正地沉醉烟波中。

南宋末年，朝代将更。赵孟頫的《渔父词·题渔父图》字数很少，但这并不妨碍它成为一首优秀的题画词。"渺渺烟波一叶舟，西风木落五湖秋。盟鸥鹭，傲王侯。管甚鲈鱼不上钩。"他在开篇便巧妙地把画幅之中旷远的景色收作一句，胸中层云河山皆在此中。渔父与沙鸥白鹭为友，傲视王侯。值得一提的是，赵孟頫的妻子管夫人，曾也为《渔父图》题词："人生贵极是王侯，浮利浮名不自由。

[①] 唐圭璋，编纂. 全宋词[M]. 王仲闻，参订；孔凡礼，补辑. 北京：中华书局，1999：1129.

争得似，一扁舟。弄月吟风归去休。"① 出身宗室的赵孟頫曾为南宋灭亡后新的朝代政治上相当显赫的人物，但他内心无意为官，非常想脱离官场。他向往着图中渔父的自在心境：管什么鲈鱼上不上钩——连垂钓，都不必担心能不能讨到生活，只享受那垂钓于渺渺烟波中的一番惬意与闲适。

宋代，是词的兴盛时期，此间词也为词意画提供了丰富的主题。出生于清末的书画大师吴湖帆绘有一幅画，名为《春江渔隐图》，图上有词两首，皆为宋代王沂孙的《南浦》，词画相衬。第三章我们提及了第一首，现取第二首词解之："柳外碧连天，漾翠纹渐平，低蘸云影。应是雪初消，巴山路、蛾眉乍窥清镜。绿痕无际，几番漂荡江南恨。弄波素袜知甚处，空把落红流尽。　何时橘里莼乡，泛一舸翩翩，东风归兴。孤梦绕沧浪，蘋花岸、漠漠雨昏烟暝。连筒接缕，故溪深掩柴门静。只愁双燕衔芳去，拂破蓝光千顷。"② 王沂孙通过描写春水，抒发了郁郁愁思。柳色碧绿与天连，涟漪漾开，渐渐平缓，春水将云影收入。雪初消融，柳叶是美人的蛾眉，她正以春水为镜，欣赏着自己的容颜。然而江南恨，藏在这无边绿意中。落红流尽、东风扫兴，花岸边，可有人唱起怨词？蘋花怨词为寄相思之作，而蘋花这个意象在王沂孙的这两首《南浦》中都有提到。第一首中他以"断魂重唱蘋花怨"表达了脉脉情思，这首词中又慨叹蘋花岸边烟雨朦胧，戚然寂静。王沂孙的词，紧扣春水，皆以怀人，词意正合吴湖帆的心境。吴湖帆发妻潘静淑早逝，因此他的很多作品中，都含有对亡妻的怀念之情。只是从第一首《南浦·春水》中我们能得知王沂孙的妻子不过是去了远道，而吴湖帆却再不能与

---

① 吴企明，史创新. 题画词与词意画[M]. 昆明：云南人民出版社，2007：66.
② 唐圭璋，编纂. 全宋词[M]. 王仲闻，参订；孔凡礼，补辑. 北京：中华书局，1999：4242.

吴湖帆《春江渔隐图》

潘静淑重逢。这幅《春江渔隐图》,描绘了盎然春色,是山水画中鲜有的以大面积的绿为主色的非青绿山水类的作品。画中一条小舟浮于江面,渔父于船头垂钓,画面上再无他人,只身一人的孤寂之意结合原词的寂寥之情为人所深刻理解。

渔隐题材不仅意境旷远淡泊,能营造惆怅寂寥的氛围,同时它又自由舒展,能寄托别样情感。

二、沉疴不治此命薄

词画付亡人,久疾尤在心。

"人道偏宜歌舞,天教只入丹青。喧天画鼓要他听。把着花枝不厝。 何处娇魂瘦影,向来软语柔情。有时醉里唤卿卿。却被傍人笑问。"① 这是辛弃疾的《西江月·题可卿影像》,从词的名称可知这是一首题画词,"只入丹青""把着花枝不厝",更加将之证实。这首词浅显易懂,并未有晦涩之句,哀婉悱恻的情思藏于其中。可卿想必是一位美丽且多才多艺的女子,首句说人们称赞她适合歌唱、舞蹈,转而词人又惋惜地叹道:"天教只入丹青。"天公无情,红颜薄命,这位能歌善舞的美人的美好形象只能呈现在丹青中。纵然现实生活中画鼓喧天,热闹嘈杂,她也只在画中拈着花枝,不作回应。可卿身形娇小纤瘦,楚楚可怜,不知她的芳魂现在去了何处?看着这幅画,辛弃疾回想到她平日温柔似水、体贴入微。人已去,可怀念之情如何消解?词人有时候在酒醉之时一声声地呼唤"卿卿",可是她却再也不会出现了。旁人不知缘由,笑问他何故如此。想来可卿是他心底里深藏的不舍为外人道也的人物。这首词情深意切,表达了辛弃疾对可卿的赞美和深深的怀念。

---

① 唐圭璋,编纂. 全宋词[M]. 王仲闻,参订;孔凡礼,补辑. 北京:中华书局,1999:2476.

蒋捷的《贺新郎·题后院画像》，与辛弃疾的这首词主题相似，都是通过题画像而怀念红颜的佳作。"绿堕云垂领。背琵琶、盈盈袖手，粉闲红靓。依约春游归来倦，又似春眠未醒。滟寒泚、低迷蓉影。莺带松声飞过也，柳窗深、尚记停针听。魂浩荡，孤芳景。　　金钗断股瓶沉井。问苏城、香销卷子，倩谁题咏。灯晕青红残醉在，小院屏昏帐暝。误嗔怪、眉心慵整。人道真真招得下，任千呼万唤无言应。空对此，泪花冷。"[①] 画上美人背着琵琶，袖手盈盈，双目未张，看着像春游归来困倦了，又像是本就在春睡仍未醒。柳窗深深，莺带着松声飞过。她的芳魂，与孤芳之景相顾而怜。金钗断，使人想起《长恨歌》中的"钗留一股合一扇，钗擘黄金合分钿"，暗示画里画外人物的爱情。只是这爱情和唐玄宗与杨玉环之间的感情一样，终成虚幻。美人香消玉殒，容颜留在卷上，请谁题写？传说唐代的赵颜得到一幅软障，上绘有美人名"真真"，他呼其名百日，女子竟真的走了下来。人们说画上的真真能变成真人，这幅后院画像中的美人却千呼万唤也不答应，只让人泪眼模糊，心灰意冷。

三、填词作画记小景

词人往往能仅凭画中一幕，就对画里人展开情节性想象，进行细节性的描写。宋代刘辰翁的《如梦令·题四美人画》便是如此。他将四美人图画用词进行描述，使得我们仿佛能看见画幕之外的人物日常生活情景。"比似寻芳娇困。不是弓弯拍衮。无物倚春慵，

[①] 唐圭璋，编纂. 全宋词[M]. 王仲闻，参订；孔凡礼，补辑. 北京：中华书局，1999：4361.

三寸袜痕新紧。羞褪。羞褪。忽忽心情未稳。"[1] 胜日寻芳，美人困倦，并不是因跳舞疲劳，而是由于新鞋太紧，竟勒出三寸袜痕。"羞褪"二字用得十分巧妙，欲脱鞋而未脱，美人羞怯，楚楚动人。若她独居内室，应是不必羞怯。故我们可以推测，她在这个地方脱鞋有可能会被他人撞见。"羞褪"，或许有"休褪"之意，作者意在告诫美人，不可在外人面前失了礼。袜痕显然不能脱去，佳人心情未稳。读此词，我们脑中就能浮现出女主人公平日寻芳、起舞、休憩的场景，连娇矜的神态，都仿佛出现在眼前。

《四美人画》顾名思义，有四个人物形象，皆是表现女子日常生活的一幕。第二幅画所对应的第二首词，巧妙的地方在于，画家无法表现的风和人物的思想活动，被作者以词句托出。"寂历柳风斜倚。错莫梦云难记。花影为谁重，一握鲛人丝泪。何事。何事。历历脸潮羞起。"柳风寂历，错莫梦已难记。美人托腮，具体在思考什么，我们不得而知。但是词人揣摩画意，将之假设为相思之情，不失一定的道理。鲜花簇簇开得正好，可与谁观赏？既是无人赏芳妍，花影空重重。美景良辰，反倒惹她洒了清泪。许是想起了梦境里的心上人，许是想起了昔日与恋人相伴的场景，女主人公脸上泛起红潮。一幕单独的画作，能被作者描述得如此丰富，可见词人心思缜密，注重细节，词画的完美配合使我们能更加深刻地理解作品。

第三幅，表现的是美人欠伸。"睡眼春阴欲午。当户小风轻暑。倦近碧阑干，斜影却扶人去。无绪。无绪。落落一襟轻举。"美人午时困倦，轻风当户吹来，削减了暑气。人们带着斜斜的黑影离去，只剩下她一人靠着碧栏杆，慵懒迷醉。她百无聊赖，轻举衣袖，打着哈欠。美人欠伸正因倦，虽然孤独，却也拥有一时宁静安闲。不

---

[1] 唐圭璋，编纂. 全宋词[M]. 王仲闻，参订；孔凡礼，补辑. 北京：中华书局，1999：4036.

仅小风削暑气，众人离去境更凉。看似孤寂，可我们怎知，她不想在这样无人且凉爽的环境里继续休憩呢？

第四幅是美人折桂图。"落叶西风满地。独宿琼楼丹桂。孤影抱蟾寒，寄与月明千里。休寄。休寄。粟粟蕊珠心碎。"[1]桂花开时正当秋，所以西风吹得落叶满地。她独宿琼楼，折下桂花枝，欲教明月寄相思。但当她看到桂花花蕊细小如粟，像自己破碎的心，情思不得寄远道，不由得难过了起来。《四美人图》中，有两幅应与相思有关，但是与崔徽、可卿不同的是，她们是否能与恋人团聚，最后的结局是好是坏，词与画都没有交代。空白的结局，只等读者去填补。《四美人图》整体的情感基调不算悲伤，即便是美人落了泪，却也即刻想起美好事情，脸红了起来，不同于生离死别的悲痛。虽说心碎如桂蕊，但能月下折桂寄相思，也正好说明心念之人尚在人间，还可以与自己同赏一轮月。看似惆怅万分，实则蕴含希望。

宋代以后以宋词词句作词意画的画作不胜枚举，清代画家尤为热衷。丛菊生岩下，人瘦胜黄花。小圆窗内，绫罗斗帐，垂有绳结。屏风几案，上置小物，瑞脑金兽。窗上梧桐枝繁叶茂，生机勃勃。窗前女子襟袖轻举，垂目看花。清代王素的《梧桐仕女图》，是据宋代李清照《醉花阴·薄雾浓云愁永昼》所作的词意画。画上女子面带愁思，案上置有香炉。重阳佳节又至，应饮酒、赏菊，但是她的丈夫不在身旁，无人与她共度佳节。柳永曾言："衣带渐宽终不悔，为伊消得人憔悴。"李清照则是："帘卷西风，人比黄花瘦。"人哪能比黄花还细瘦呢？易安之词总不拘一格。画上女子形象用色淡雅，姿容秀美，确实很有愁思如云的感觉。词中本未提及梧桐，但王素却将梧桐画了上去，拓宽了画境，让情感更为饱满。梧桐象征坚贞

---

[1] 唐圭璋，编纂. 全宋词[M]. 王仲闻，参订；孔凡礼，补辑. 北京：中华书局，1999：4037.

爱情，也可以代表孤独寂寞。李清照曾写梧桐与细雨缠绵，以托出"怎一个愁字了得"的心境，"寂寞梧桐深院锁清秋……别是一般滋味在心头"的李煜也曾将梧桐纳入词中。词意画虽以词为根据，但是很多情况下它们并不是完全对应的。添物、减物或者改物，都不妨碍一幅词意画成为名篇。

清代精于仕女图者，费丹旭与改琦齐名。费丹旭所作《仕女图册》，共十册页，是他用唐宋人的词句为乐石居主人作的画，这十幅皆用彩色画成，未添水墨。其中有七幅是选取宋词词境来加以表现的，在此我们选取其中部分作品来进行赏析。"雨打梨花深闭门"这一句词，曾为宋代李重元所作，也被唐寅用在自己题的《一剪梅》中，费丹旭以此句绘成一幅。画上繁密的梨花、

王素《梧桐仕女图》

梨叶，占据了大部分空间，枝条细柔。窗内，女子袖搭红巾，红巾赋色均匀鲜艳，非常惹眼。院门紧闭，院墙拦梨花。李重元和唐寅的那两首词，哀婉悱恻，都饱含了思念之情。画中女子面带愁容，蹙眉而若有所思，无论说此画是依据李重元的词，还是依据唐寅的词而作的，都无不妥。尤其是唐寅词中所说的千点万点啼痕，像极了画上细碎繁杂的梨花和梨叶。风雨无情打碎梨花，粟粟蕊珠心碎。

这《仕女图册》的另外一幅，正中是一颗巨石，前有两株硕大的芭蕉，右侧有两三株樱桃树。芭蕉与樱桃在古诗词中并不常见，二者更是鲜有同时出现。在蒋捷的《一剪梅》中，有这么一句："流光容易把人抛。红了樱桃。绿了芭蕉。"① 这正是费丹旭创作此画的根据。这幅图虽在《仕女图册》中，但芭蕉反倒像是主角了，岩石草木占了大部分空间，右边走出一名女子和她的丫鬟。是人度过了时光，词人却说时光抛却了人，暗示人无论如何也敌不过时间。年华易逝，红颜易老，樱桃和芭蕉也迅速生长。

还有一幅，是一名女子伫立于石板小径中，正低眉沉思，姿态优美，衣袂飘摇。枯枝于石块旁发出，盘虬卧龙，曲折的形态，与斜发向上的丛竹相得益彰。朱色绘栏，折分成段，与竹枝纵横相接。整幅图中艺术形象的走向都是从左下到右上，右边中偏下的地方题词落款，整个画面平衡而向背分明。词曰："日照钗梁光欲溜。循阶竹粉沾衣袖。拂拂面红如著酒。沉吟久。昨宵正是来时候。"② 这是周邦彦的《渔家傲》的下阕。阳光照在女子的宝钗上，几乎要滑走，小路旁新竹上的竹粉，沾上女子的衣袖。她面颊红红，仿佛方才饮

---

① 唐圭璋，编纂. 全宋词 [M]. 王仲闻，参订；孔凡礼，补辑. 北京：中华书局，1999：4354.
② 唐圭璋，编纂. 全宋词 [M]. 王仲闻，参订；孔凡礼，补辑. 北京：中华书局，1999：773.

费丹旭《仕女图册》(二)

费丹旭《仕女图册》(三)

费丹旭《仕女图册》(四)

费丹旭《仕女图册》(五)

费丹旭《仕女图册》(六)

了酒,久久沉吟,在回味心上人昨晚前来赴约的情景。费丹旭以细腻的笔法,描绘出了这丽人含羞神思的动人模样。

在一幅仕女扫花图中,中景右端是一块巨石,远近伸出数根琼枝,似在江边,往前,是一个女子拿着扫帚。这幅画体现了周紫芝《忆王孙》的部分词意。"红满地、落花谁扫。"她拿着扫帚,扫却未扫。何故如此?原来,"旧年池馆不归来",她在思念未归的游子。"又绿尽、今年草。"[①]流光容易把人抛,芳草绿尽。时光飞逝,故人不归,她低迷的情绪在画中也在词中。"态浓意远。眉颦笑浅。薄罗

---

① 唐圭璋,编纂. 全宋词[M]. 王仲闻,参订;孔凡礼,补辑. 北京:中华书局,1999: 1157.

衣窄絮风软。鬓云欺翠卷。"① 接下来的这一幅词意画，感情又明快了起来。茂密的树叶间，女子在小桥上独自玩乐，她容貌美丽，仪态优雅。紧窄的薄罗衣衫随柳风飘拂，如云乌髻重重地压着翠色的发饰。她面带微笑，神情怡然，此情此景，正合辛弃疾的这首《醉太平》的意趣。

费丹旭以不同的景物，表现出了人物不同的心境，《仕女图册》实为佳作。

四、人似芳妍花若卿

词画何须对粉面，花木犹似画里人。对于才华横溢的人物或者袅娜娉婷的佳人，词人从来不吝赞美。"江南尽处，堕玉京仙子，绝尘英秀。彩笔风流，偏解写、姑射冰姿清瘦。笑杀春工，细窥天巧，妙绝应难有。丹青图画，一时都愧凡陋。　还似篱落孤山，嫩寒清晓，只欠香沾袖。淡伫轻盈，谁付与、弄粉调朱纤手。疑是花神，褐来人世，占得佳名久。松篁佳韵，倩君添做三友。"② 江南有美人，善画梅，辛弃疾称之为仙子，他不仅赞美她容色绝尘，还赞美她画的墨梅"笑杀春工，细窥天巧"，使得其他画工都自愧凡陋。莫非这墨梅是花神来人世，久负佳名。他提出了愿望，请画梅者在纸上添加松与竹，将之绘成"三友图"。梅花自古以来在人们心中就是傲雪凌霜、美且顽强的形象，人们十分推崇它的品格。不管是"凌寒独自开"，还是"雪却输梅一段香"，都足以见得梅花深受人们喜爱。"竹君子""松大夫"，与梅合成"三友图"。竹有君子

---

① 唐圭璋，编纂. 全宋词[M]. 王仲闻，参订；孔凡礼，补辑. 北京：中华书局，1999：2540.
② 唐圭璋，编纂. 全宋词[M]. 王仲闻，参订；孔凡礼，补辑. 北京：中华书局，1999：2442.

之名，松曾因秦始皇避雨而被封为大夫，梅花虽然没有称呼，但盐梅可作烧菜之料，比松竹多了一项功能。明代杨士奇、清代罗聘，都对此进行了题写：梅应嘲问松竹，可有调羹手段无？

"光风入户，媚香倾国。"吴文英笔下的倾城美人，是吴琚所绘之兰。他以兰花之美，赞画者艺高。其《蕙兰芳引·赋藏一家吴郡王画兰》曰："空翠染云，楚山迥、故人南北。秀骨冷盈盈，清洗九秋涧绿。奉车旧畹，料未许、千金轻债。浅笑还不语，蔓草罗裙一幅。　　素女情多，阿真娇重，唤起空谷。弄野色烟姿，宜扫怨蛾淡墨。光风入户，媚香倾国。湘佩寒、幽梦小窗春足。"[1] 人以物比，物作拟人。此兰形作美女，翠色若湘妃之佩玉，仿佛都能让屋中幽静清凉，若在这样的屋子里睡去，连做的梦都是美好的，这环境令人惬意满足。美女的形象，在人们眼中应是婀娜动人、窈窕生姿的，兰花也是梅、兰、竹、菊四君子中最贴近女性形象的，纤巧而不羸弱，柔美而且清雅。梅枝曲且折，不若兰叶线条流畅；竹竿平滑但过于僵直，不如兰叶柔软有弧度；菊花形圆，不似人形，也不如兰花小巧。故此，将兰比作美人，更为贴切。水仙花与兰花在气质神韵上，有一些相似。水仙花古已被人称为"凌波仙子"，在周密的《夷则商国香慢·赋子固凌波图》中，他说水仙花"玉润金明"[2]，因其花瓣洁白若美玉，中有金黄作心，颜色分明。水仙开放于冬春时节，如娉婷的佳人一年一度与人重见。固然水仙花突遭风吹雨打，细长柔软的叶片摇曳颤动，但在作者的眼中，它们就如同洛神，在微凉、水雾弥漫的微波中姗姗而行。顾恺之所绘《洛神赋图》中，

---

[1] 唐圭璋，编纂. 全宋词[M]. 王仲闻，参订；孔凡礼，补辑. 北京：中华书局，1999：3664.

[2] 唐圭璋，编纂. 全宋词[M]. 王仲闻，参订；孔凡礼，补辑. 北京：中华书局，1999：4162.

人物衣袂飘摇，举止优雅，于水雾云天之上漫步，如何不像这柔美的水仙花呢？

第二节

境中物

在文人墨客眼中，花鸟河山皆可为词入画。日暮苍山，游鱼飞鸟，这些艺术形象，或寄托美好愿望，或抒发别样情感，或作纹样装饰，或彰显人物威仪。虽图画无语，却以句词传意。

一、苍山千仞踏川流

群山叠嶂，云烟缥缈，山水之景动人心魄，可观可赏，极目远眺，惹人神思。古代山水画中，不管是枯笔渴墨的苍劲有力，还是堆金沥粉的富丽堂皇，或是浅绛、水墨的湿润温雅，或是明代木刻版画的利落分明，各种类型，各种风格，都有其受众，宋词中的山水亦是引人入胜，佳境天成。

明代的《诗馀画谱》刊载有若干词意画，将宋词所描绘的景象进行还原，如王安石的《渔家傲·春景》："平岸小桥千嶂抱。柔蓝一水萦花草。茅屋数间窗窈窕。尘不到，时时自有春风扫。　午枕觉来闻语鸟，欹眠似听朝鸡早。忽忆故人今总老。贪梦好，茫然忘了邯郸道。"[①] 为了便于印制，《诗馀画谱》所录的皆是木刻版画，

[①] 唐圭璋，编纂. 全宋词[M]. 王仲闻，参订；孔凡礼，补辑. 北京：中华书局，1999：264.

黑白分明，轮廓清晰，在造形上体现了极高的要求。这首词的词意画里，重山叠嶂，小桥、河水、茅屋都有所体现。千山环抱之中，一湾春水青碧，花草丛生，静谧窅然。俗世的灰尘到不了茅屋，因为时时有春风将之扫去。王安石晚年退出官场，隐居金陵，心境渐淡，睡醒听见鸟叫声，想到当年早朝时骑马闻鸡鸣，恍如隔世。"故人"，其实指的就是他自己。忽然他想到自己年事已高，贪爱闲适的午睡，已然忘却了荣华之梦。唐人有小说《枕中记》，人物卢生在邯郸旅舍白日入梦，梦中荣华，梦醒，黄粱未熟，这便是"黄粱一梦"的典故。王安石曰"茫然忘了邯郸道",深知荣华富贵,不过是虚幻的。这首词表现了王安石退出繁冗的政治漩涡之后的淡泊心境。画中层峦陡峭,仿佛把这小河、茅屋保护在内,世俗不能有半分侵扰。两座小桥之上,有人挑柴前行,有人或漫步,或驻足凝思,过着简朴的平常生活。山脚线条渐失,巧妙地体现出一种距离感——画中境如此宽阔,非半日不得赴远山。山间云气弥散,线条纤细圆转,远景和近景不至于割裂,整幅作品的内容浑然一体。结合原词体会作者的心境,令人内心沉静平和。

"天台四万八千丈,对此欲倒东南倾。"宋代周邦彦的《玉楼春》,

《诗馀画谱·玉楼春》

展现了千山日暮、雁去人远的景象："桃溪不作从容住。秋藕绝来无续处。当时相候赤栏桥，今日独寻黄叶路。　　烟中列岫青无数。雁背夕阳红欲暮。人如风后入江云，情似雨余粘地絮。"[①] 相传，东汉时期刘晨、阮肇入天台山采药，倾慕于在桃溪边遇到的两名容色迷人的女子。二人留居天台半载，有思归之意，女子相送，为他们指明归路，没想到他们回家之后发现子孙已经到了第七代了。重访天台山，二女不复见。词人用了这个典故，为天台山增添了神秘色彩，又暗诉自己也曾有过这样的爱情，只是自己没有从容地居留，很快就与恋人分别了。词人与恋人分别，如同秋藕断开，再不能重连。何故以秋藕作比？因为藕与偶同音，佳偶难成。当时无奈离别，鸟鸣哀怨；今日重游此地，芳草萋萋。暮霭云烟中，青山无数，夕阳映照在雁背上，显出将黯淡的红色。恋人倏然而逝，如入茫茫江云，不知所踪；情意却似雨后粘在地上的柳絮，无法消解。显然这首词是一首触景生情的怀人之作，它在《诗馀画谱》中的词意画，虽未出现人物形象，却让人觉得情感细腻。此图不落俗套，没有用繁复的线条表现天台山，而是将之简化为长窄的山峰，突出其高险与遥远，排列得当、陡峭起伏。山下桃溪则作了更细致的刻画，它潺潺绕于乱石之间，两岸小桃树数棵，枝干纤细，少叶疏花。不知是印制的不足，还是作者有意为之，其中有一些桃枝是与树干分离的。这样的情况，反倒使得桃枝也如青岫生在烟中。凄然思慕如桃溪流水，绵绵不绝，潺湲回转。

二、琼枝万蕊度春秋

王国维认为，美有两种，一种是壮美，一种是优美。若山河万

[①] 唐圭璋，编纂. 全宋词[M]. 王仲闻，参订；孔凡礼，补辑. 北京：中华书局，1999：794.

里，云天浩荡是壮美，那么野芳幽香、碧草如茵则可以是优美。山水为题，气势磅礴，使人一见便觉震撼；花木入文，玲珑风雅，可深思，可细品。

北宋词人蔡伸的《柳梢青》，运用了数种花的意象，满肠幽怨流于纸上。"数声鹈鸠。可怜又是，春归时节。满院东风，海棠铺绣，梨花飞雪。　　丁香露泣残枝，算未比、愁肠寸结。自是休文，多情多感，不干风月。"[①] 春归时节子规啼，哀伤至极。东风满院，海棠争妍，铺了一地锦绣，梨花零落如雪。残枝上还留着露珠，宛如丁香泣出。词人苦笑这丁香泣泪之伤感，不及他寸寸肝肠都结满了愁绪。他像南朝史学家沈休文（沈约）那样多愁善感，心中哀伤连清风明月都不能知。《诗馀画谱》中这首词的词意画，人物站立于栏杆旁，望着院中湖石、花枝，若有所思。仆人端盘正来，燕子一停一飞，画面看似和谐美好，词却托出满腹愁情。海棠，在古代有相思、苦恋的象征意义，相传一位名为海棠的女子等待爱人归来而不如愿，所立之处生长红花，人以海棠为花名。有情人相思断肠，海棠又被古人称为断肠花。《嫏嬛记》卷中引《采兰杂志》："昔有妇人思所欢不见，辄涕泣，恒洒泪于北墙之下。后洒处生草，其花甚媚，色如妇面，其叶正绿反红，秋开，名曰断肠花，又名八月春，即今秋海棠也。"虽然根据这首《柳梢青》中梨花落下的时节和"春归时节"一句来看，此中春夏开放的海棠并非代表相思的秋海棠，但其间不无联系，词人完全能够对此进行挪移。梨与离同音，梨花凋谢，纷扬如雨，勾起词人心中的愁绪。"惆怅东栏一株雪，人生看得几清明。"梨花洁白无瑕，总被喻为白雪，雪容易被古人用来体现孤寂冷清，与梨花寂寞惆怅的象征意义相合。"青鸟不传云外信，

[①] 唐圭璋，编纂. 全宋词[M]. 王仲闻，参订；孔凡礼，补辑. 北京：中华书局，1999：1320.

《诗馀画谱·柳梢青》

丁香空结雨中愁。"丁香，也并非像石榴花、迎春花那样常被用来表示生机勃勃的景象。丁香泣泪何等悲戚，竟还不及词人伤心。这首词中的三种花朵的象征意义，指向思慕之情、惆怅之意。最后一句"不干风月"，将其情感状态点明。"风月"，一般喻指男女之情。春归时节，人本就易有伤春之心，哀鸣的子规和院中花朵，更易触发人的愁思。种种细节，都表明词人在伤春之情中怀有一丝看破红尘的淡漠或对远人的思念之情。

宋代词人陈人杰作有数首《沁园春》，其中《沁园春·赋月潭主人荷花障》是一首以障上荷花图为题的题画词。"云锦亭西，记与诗人,拍浮酒船。看洛川妃子,锦衾照水,汉皋游女,玉佩摇烟。秋老芳心,波空艳质,惟见寒霜凋碧圆。争知道,有西湖五月,长在尊前。　　素纨红障相鲜。更澹静一枝真叶仙。向风轩摇动,但无香耳,蓼丛掩映,自是天然。猊背生烟,蜡心吐月,赢得吴娃歌采莲。陈公子,似日休钟爱,兴满吟边。"①在云锦亭的西边,陈人杰记忆起和诗人朋友拍浮酒船(此为南朝宋刘义庆的《世说新语·任诞》中的诗酒娱情之典,即游泳、作诗饮酒)。见此荷花,他仿佛看到洛水之神宓妃,她的锦被映在水里;又像是见到了汉皋山(山名,于湖北襄阳西北)出游的美女,她们身上戴的玉佩似烟雾摇动。已经到了深秋,起伏的水面上没有什么东西,寒冷的霜促使荷叶失去生机,而这西湖五月的景色,此时此刻就在眼前。这架屏风(障),以红木为骨、素色丝织品为面,上面的荷花图案鲜艳美丽。水波纤缓,荷叶与花似立在水中的仙人。荷花方才似乎在摇动,却并没有香味。高大的植物像茂密的树林,彼此遮掩而互相衬托,是自然的造物。荷花深受人喜爱,引得吴地的美女歌唱采莲曲。陈公子(作者本人)像唐代作诗赞美荷花的皮日休一样,时常充满兴致地吟诵描写荷花的诗词。画上荷花引起了词人在云锦亭西的美好回忆,也让他在这花叶凋敝的秋天能欣赏到这样的似五月西湖所有的美景,作者于字里行间表达了对画上荷花的赞美与钟爱。

三、闲景小物何人赏

并非只有美丽的景色值得被写于词、作于画,古人日常生活物件、时令瓜果也可以被记录于词画之中,令人耳目一新。

更漏听萧瑟,何人有意闻此声?"漏"是古人的一种计时方法,

---

① 唐圭璋,编纂.全宋词[M].王仲闻,参订;孔凡礼,补辑.北京:中华书局,1999:3906.

《诗馀画谱·捣练子》

以容器盛水，使之滴落以达到计时的目的。"更漏"之所以为此名，是因为一夜分五更，计时能知几更。宋代秦观的词《捣练子·秋闺》就提到了"漏"："心耿耿，泪双双。皎月清风冷透窗。人去秋来宫漏永，夜深无语对银釭。"[1]"耿耿"，即烦躁不安，心事重重。词的主人公内心郁闷，双泪流下，月色皎洁，清风吹来，冷意入窗。《诗馀画谱》中记录有这首词的词意画，画上是一名女子托腮于窗前，神情不悦。原来"人去秋来宫漏永，夜深无语对银釭"，人离去而秋

---

[1]（明）汪氏，辑.诗馀画谱[M].孙雪霄，校注.上海：上海古籍出版社，2013：3.

至，宫中计时的漏夜夜未停，滴答水声在寂寥的夜里尤为清晰。夜色渐深，无人与她相谈，她只能以银色的烛台灯盏为伴。画中院门紧闭，小楼在湖石、植物之中，女子身旁，确是有长烛一盏。宫漏不绝，记录她逝去的年华；烛火曳动，为她带来一丝光亮与温暖。心中"耿耿"，是因时光逝去，青春不在，还是因故人已去，聚散无常？或许两者皆有，或许另有它意。

徐渭的墨葡萄，是"笔底明珠"，抒心中不平。而宋代的温日观画的葡萄，是骊龙颔下珠，不与寻常明珠相同。温日观精于画葡萄，宋代的曾寅孙、刘沆都为此题词以赞。

"生绡蜀茧。笔底墨云飞一片。点点秋腴。收得骊龙颔下珠。　兴来一扫。惜处有时悭似宝。露叶烟条。几度西风吹不凋。"[1] 这是曾寅孙的《减字木兰花·题温日观葡萄卷》。温日观作画或用未漂煮过的丝织品（生绡），或用蜀地的茧，笔下的墨水似云一样在纸上飘然一片。骊龙是传说居于深潭中的黑龙，它颔下的珠宝，是难以得到的宝物，而温日观竟能将之取得，展现于画幅之上，可见他的技艺十分精湛。时而有兴致，他挥毫笔墨，多少次从西边刮来的风，都无法让他笔下雨露浸润的繁枝密叶凋谢。曾寅孙将温日观的墨葡萄比作骊龙颔下珠，是对他技艺的极高赞誉，而这个意象，在刘沆的《甘州》中也有出现。《甘州》有注："余客燕山，心传曾君携日观葡萄见示，辄倚玉田甘州韵，形容墨妙之万一云。""曾君"可能就是曾寅孙，他带着温日观的墨葡萄给客居燕山的刘沆观看，刘沆即作此词。"爱累累、万颗贯骊珠，特地写幽芳。想黄昏云淡，夜深人静，清影横窗。冷澹一枝两叶，笔下老秋光。参透圆明相，日观开荒。　最是柔髭修梗，映风姿雾质，雅趣悠长。更淋漓草

---

[1] 唐圭璋，编纂. 全宋词[M]. 王仲闻，参订；孔凡礼，补辑. 北京：中华书局，1999：4341.

圣,把玩墨犹香。珍重好、卷藏归去,枕屏间、偏称道人床。江南路,后回重见,同话凄凉。"① 开篇刘沆就赞美温日观的墨葡萄果实累累,是骊龙之珠,但是他的这首词感情基调与曾寅孙之作有所不同,颇具凄凉意味。刘沆想起黄昏云淡、夜深人静时,窗外只有一枝两叶的植物清影与自己相伴,不及日观的葡萄充满了生机。作为客居人,刘沆不免感到孤独,他劝曾君将这葡萄图好好收藏,为居室增添文雅气息,日后与曾君再见,当一起再诉凄凉。普通的葡萄,在画中却成为令人珍视的宝物,更是勾起了刘沆客居他乡的戚戚愁思。

四、衔枝翠羽去未休

花应蜂蝶配,鸟从草木飞。鸟雀作为生动的意象,在宋词中常有出现。

苏轼在他的《浣溪沙·春情》中,加入了一些鸟雀的意象,使人仿佛能闻其音、身临其境。"风压轻云贴水飞。乍晴池馆燕争泥。沈郎多病不胜衣。　沙上不闻鸿雁信,竹间时有鹧鸪啼。此情唯有落花知。"② 燕子、鸿雁、鹧鸪,看似热闹非凡,却描绘出了"不闻鸿雁信,时听鹧鸪啼"的以动衬静的场景。"此情唯有落花知"中的"此情",又为何情？天气乍晴,词人苏轼徘徊于周围有水池的屋子内外,和风吹拂大地,云层低又轻,仿佛贴着水面疾飞,新燕争相啄春泥。本是良辰佳景,词人应感到愉悦、放松,没想到他却弱不禁风,像多病的沈郎一样,能欣赏这春日美景,却不能出门畅

---

① 唐圭璋,编纂. 全宋词[M]. 王仲闻,参订；孔凡礼,补辑. 北京：中华书局,1999：4342.
② 唐圭璋,编纂. 全宋词[M]. 王仲闻,参订；孔凡礼,补辑. 北京：中华书局,1999：409.

《诗馀画谱·浣溪沙》

游其中。常栖息沙地的鸿雁,没有为他带来他所期盼的书信,竹间鹧鸪倒是时不时啼鸣。词人不禁感叹道:"看来我的情思,只有落花知晓!"燕子多有美好的象征意义,也代表着此词的时间背景是春天,但在词中它容易被用来反衬孤单寂寞的心境,比如"落花人独立,微雨燕双飞",又如"无可奈何花落去,似曾相识燕归来。小园香径独徘徊"。词的前一句描写了美好活泼的景色,尔后词人转为描写自己身体有恙、心有郁结,这一喜一忧,一扬一抑,有着跌宕的审美效果。古代鹧鸪鸟象征思乡之情,据说它叫声嘶哑,听起来像"行不得也!",极容易勾起旅途艰险的联想和满腔的离愁别绪,故在古代诗词创作中经常被用来作为一种烘托离愁别绪与思乡怀人之情的意象。《诗馀画谱》载有此词的词意画，画中池馆内，主人公身着宽袍，左手垂而右手触门，视线所及之处，流水撞击池中石块，溅起浪花，细短的小树斜生岸边。近处松树凌天，远处燕欲入林，烟云弥散。苏轼运用鸟雀意象，暗示了他的心境和惆怅情绪，勾画出了其中意味；词意画则用细致的点、线，还原了苏轼词中的情境。

第三节

卷上思

万物无情，但可寄情，人有情思，可付词画。真实而饱满的感情不仅是一件艺术作品拥有不朽魅力的原因之一，也是艺术意蕴在某些方面的体现。喜怒忧思，爱恨悲恐，留向词画看。

一、留来欢愉纸上书

积极的感受一直是人们心中所求，如欢乐、幸福、自由自在。人们利用文艺作品将之记录，以便让终将逝去的欢快情感停留。

"山与歌眉敛，波同醉眼流。游人都上十三楼。不羡竹西歌吹、古扬州。　　菰黍连昌歜，琼彝倒玉舟。谁家水调唱歌头。声绕碧山飞去、晚云留。"[1]这是苏轼的《南歌子》。这首词一开始又用了常见的以美人眉目比喻山水的方法，表现山水引人。游人去到杭州名

---

[1] 唐圭璋，编纂. 全宋词[M]. 王仲闻，参订；孔凡礼，补辑. 北京：中华书局，1999：376.

《诗馀画谱·端午游湖图》

胜十三楼上，十分惬意，不必羡慕别人能去古扬州著名的竹西亭了。"菰黍"即粽子，端午节时，人们吃粽子，以昌歇（即菖蒲嫩茎切碎加盐）佐餐，饮酒作乐。谁人唱起水调一曲？如此动听，这声音绕着青山飞去，傍晚的云彩都被吸引，久久不愿离去。这首词的词意画《诗馀画谱·端午游湖图》，选取了小船途经水边植物、桥上行人三两走向十三楼的场景。水波荡漾，与船相和。船上人物姿态各异，一人独立船头远望十三楼，三人于船中间，或站或坐，正在交谈。其中一人看向伙伴，手指远处十三楼，仿佛在给朋友介绍，想要让他们去楼中玩耍。船尾一人独坐，似在煮酒。十三楼前，小桥之下，流水潺潺。桥上行人，一人在前，两人在后作谈话状，或许在谈论即将到达的十三楼。它没有大肆展现十三楼的华丽，亦没有重点表现端午节的习俗，而是以兴致勃勃的人物，表现出十三楼非常受欢迎。画的左上角，十三楼藏在树木、石块间，充满神秘感，引起游人一探究竟的欲望。此画距今已数百年，时至今日，词中欢快的景象，还能为人所观。

十三楼及其周边的美好景色使人向往，一些古画中的热闹场景也能带给人愉悦感受。周密的《龙吟曲·赋宝山园表里画图》，先写景尔后描写欢快场面，潇洒轻松的氛围洋溢在字里行间。"仙山非雾非烟，翠微缥缈楼台亚。江芜海树，晴光雨色，天开图画。两岸潮平。六桥烟霁，晚钩帘挂。自玄晖去后，云情雪意，丹青手、应难写。　花底朝回多暇。倚高寒、有人潇洒。东山杖屦，西州宾客，笑谈风雅。贮月杯宽，护香屏暖，好天良夜。乐闲中日月，清时钟鼓，结春风社。"① 画中景如仙境，青色山间弥散着的不是俗世的烟雾，其间有楼台点缀，想是天公妙手，赋得此景如画。南朝善作诗的谢朓（字玄晖）仙去后，后来的画家都难以展现这样的美景了。赞美了画中景色，词人转而提到人事之乐。此中有人不惧高处冷寒，自顾潇洒；东山的老人、尊者（杖屦），西州的宾客，皆风雅之人，在这里谈笑风生。酒杯宽，仿佛能将婵娟收入，屏风抵御寒冷，将点燃的香拢住，使之不易散尽。这是怎样的好时光、好夜晚！明月也悠闲，人物皆欢乐，钟鼓声声，觥筹交错。这首词让我们想起张炎的《南楼令·题聚仙图》，二者描绘的热闹景象有相似之处。"曾记宴蓬壶。寻思认得无。醉归来、事已模糊。忽对画图如梦寐，又因甚、下清都。　拍手笑相呼。应书缩地符。恐人间、天上同

---

① 唐圭璋，编纂. 全宋词[M]. 王仲闻，参订；孔凡礼，补辑. 北京：中华书局，1999：4150.

途。隔水一声何处笛，正月满、洞庭湖。"[①] 不知蓬莱（蓬壶）宴会上的人物如今可还互相认得，他们醉倒回来后，其间发生的所有事情的记忆，想来都模糊了吧？张炎今日见到这幅《聚仙图》，展开了这样的想象，感到画中景象仿佛曾入梦中。天帝离开居处（清都），与众神相会，众仙收到了请柬，拍手而笑，呼朋引伴，纷至沓来，像使用了缩地符（一种道家的符箓，可以让人快速地移动）一样快速。想必人间与天宫有相似之处，当也有这般盛景。张炎正沉醉于画中，却听见隔江传来一阵笛声，月已满，正映在洞庭湖中；又或许这笛声，也藏在画中，这幅画引起了他的遐想。这两首宋代题画词都描绘了聚会的欢乐场景，表达了作者对画作的赞美，也体现了绘画的感染力，愉悦的情感蕴含其间。

二、浮生长恨与风诉

世间怅恨有几多？离恨、生死恨、家国之恨……复杂的情感往往能激发艺术家不可遏制的创作欲望，让他们创作出动人心魄的艺术作品。

在战乱频繁、纷争四起的年代，人们渴望着天下太平，却总是不能如愿，唯将这怅恨与壮志寄书纸上。《石壕吏》中老人的一个儿子附书而至，另两个已经战死，为了保全家人，老妇都得随官兵去准备早饭。《春望》中杜甫忧愁得白发掉落，几乎无法插上簪子。"中原当日三川震。关辅回头煨烬。泪尽两河征镇。日望中兴运。　　秋风霜满青青鬓。老却新丰英俊。云外华山千仞。依旧无

[①] 唐圭璋，编纂. 全宋词[M]. 王仲闻，参订；孔凡礼，补辑. 北京：中华书局，1999：4443.

人间。"① 陆游的词，多有些哀恸在其间。不管是叹息与唐婉被棒打鸳鸯的爱情而作的《钗头凤》，还是因壮志难酬、报国无门，此生难见锦绣江山重现而作的《示儿》《十一月四日风雨大作》，都充满了悲愤辛酸。这首《桃源忆故人·题华山图》，是他见《华山图》有感而发作成的。作为一个爱国之人，虽此词名为题华山，却以大量笔墨追忆往事、抒发爱国的情怀，这是不同于大多数题画词描写景物、人物、故事情节的写法。陆游生在动荡的南宋，他回想起当年，金兵南下，中原地区战乱不息，泾、渭、洛三川以及函谷关、陇关之间的地区与长安东、南、北三辅所辖的地带战火四起，实在令人痛心落泪。自己两鬓斑白如秋霜满头，不复年轻，但是陆游仍希望自己能像唐代曾寄住新丰旅店的马周一样为常何陈写时政得失，得到皇帝的认可。只是云外这华山千仞，壮丽河山，仍在金人手中，何人过问？《华山图》不止一幅，陆游所写的是哪一幅，暂不可考。但是华山作为五岳之一，一直耸立至今，能为游人所见，我们配合其词，亦能将他的思想感情体会一二。他没有具体描写画面，而是借《华山图》为由头，表达自己的心声。陆游的"泪尽"与杜甫的《闻官军收河南河北》中"喜欲狂"的情感相反，这说明了国家兴亡始终牵动着国人的情绪。

不仅陆游抒发了爱国情怀，王沂孙的《一萼红·丙午春赤城山中题花光卷》也写出了自己身处乱世黯然神伤的思想情感。当时，王沂孙处在宋朝即将衰亡的年代，彼时杭城陷落，他避难于赤城山中。虽此词是为题咏花光之卷，但他含蓄地借题发挥，表现了自己心中的愁思怅恨。花光亦作华光，即僧仲仁，他画的梅花广受赞誉。王沂孙在题画词中说花光所画梅花雪白如玉，春渐渐远去，雪已经

---

① 唐圭璋，编纂. 全宋词[M]. 王仲闻，参订；孔凡礼，补辑. 北京：中华书局，1999：2061.

融尽,梅树还未生出青青的叶片。画上的梅花花萼稀疏,树枝纤细柔美,她应怨恨自己流落人间。此处,王沂孙的词笔从画上挪移,转而描写真实的梅花。黄昏时,月朦胧未明,称"淡月",这淡淡的光照在梅花上,随着月亮移动,梅的影子渐渐爬上了小栏杆。"渐瘦影、移上小栏干"[①]一句,化用了王安石《夜直》中的"月移花影上栏干",梅花点点,清雅空灵。花光所画梅花,如同词人在有微微寒意的初春早晨走过断桥与篱栅时所看到的孤山真实的梅花。只是这孤山梅花也渐渐凋残,不复从前冰肌玉骨,树上残留有灰尘,未被春雨濯净,赏花之人还轻将攀折。"未须讶、东南倦客,掩铅泪、看了又重看。故国吴天树老,雨过风残。"词人希望梅花不要惊讶,他是江南倦客,掩住铅泪,将这梅花看了又看。"铅泪"是指作者因时代动乱而留下的伤心之泪。为何作者会难过呢?原来是他想起吴地的梅树已经衰老,不堪风吹雨打。自己的故国,于风雨中浮沉,又何尝不像吴地的梅树呢?王沂孙的这首题画词,不似陆游之词奔放直白,但二人心中的悲痛之情却是一样的。这类题画词不管是直白还是含蓄,豪放还是婉约,都有着巨大的艺术感染力。

  白居易的《长恨歌》描绘了唐玄宗与杨玉环之间的爱情,其间"长恨"为何?为"安史之乱"?为天人永隔?往事作古,只留画图待人观。宋代的程武、陈深,观画有感,都作有题画词以展现当年人物的"长恨"。"蜀江城远,想连云危栈,接天穷处。惆怅烟尘回首地,双阙觚棱犹故。龙扈星联,羽林风肃,未放鸾辀去。不堪掩面,泪沾宸袖如雨。 底事当日昭阳,吹羌鸣羯,涴却霓裳舞。三十六宫春满眼,曾把色嗔香妒。芳草埋情,飞花陨怨,翻被蛾眉

[①] 唐圭璋,编纂. 全宋词[M]. 王仲闻,参订;孔凡礼,补辑. 北京:中华书局,1999:4248.

误。画图惊见,黯然魂断今古。"① 这是程武的《念奴娇·题马嵬图》。瓯棱为殿堂最高之处,也指代京城,双阙瓯棱未曾变,只是人已与昨日不同。"君王掩面救不得,回看血泪相和流",六军不发,迫唐玄宗将贵妃赐死,此事绝无回转的余地,皇帝只能掩面而泣,泪落如雨。外敌入侵,让昔日的美好生活化为乌有,更别说动人心魄的霓裳羽衣曲与其舞蹈。当时三十六宫春色醉人、美人无数,都不及杨贵妃容色动人。而今萋萋芳草埋葬了这深沉的爱情,落花都仿佛带着怨恨,叹息大唐繁华,红颜相误。程武见到了这幅令人震惊的《马嵬图》,想象起这历史事件,不由得心生感触;而陈深题写此事,是因见到了《玉环玩书图》,他的《虞美人》也深刻地展现了这种怅恨。画中,玉骚头斜着压在乌黑的长发上,杨贵妃的发髻像乌云坠下来,她以手支撑着脸颊,卧着翻看书卷,这便是开元天子唐明皇宠爱的一笑倾城的美人。马嵬坡上风雨大作,皇帝尚能离去,而贵妃的所有美丽却都被黄土掩埋了。谁将这深厚的感情写入图画中?陈深见到的这幅画,虽然内容简单,仅仅描绘了杨玉环生活中平常的一幕,但是也引发了他对历史事件的想象。画面越是美丽,杨贵妃的容貌越是受人称赞,尔后的风云骤变便越是让人叹息。"天长日久有时尽,此恨绵绵无绝期",这怅恨如词中所说,"江水江花千古、恨无穷"。

三、愁情片片未可断

　　世界上有很多改变不了的事,时光流逝是其中之一。时间让花朵凋零,让红颜老去。只是去岁枳花落,今朝花时又重开。而人一旦老去,便再也不会年轻了。所以,感叹时光的词、画也不乏其作,

---

① 唐圭璋,编纂. 全宋词[M]. 王仲闻,参订;孔凡礼,补辑. 北京:中华书局,1999:4015—4016.

《诗馀画谱·浣溪沙》

其间往往含有悲戚、萧瑟、孤独等情感。

"乍雨乍晴花自落,闲愁闲闷昼偏长",这是宋代欧阳修《浣溪沙》中的词句。《诗馀画谱》所载的词意画中,河面平静少波纹,河上燕子双飞,远处水汀沙岸,青杏掩映的屋舍中有人搬动酒坛。河岸边有一佳人驻足,身侧侍女二人,一人执长柄扇,一人正欲为她递上衣物。全词如下:"青杏园林煮酒香。佳人初着薄罗裳。柳丝摇曳燕飞忙。　　乍雨乍晴花自落,闲愁闲闷昼偏长。为谁消瘦损容光。"① 开头一句道出了环境，结合词意画来看，远处青杏林中应是有人煮酒，故而酒香四溢。园林对岸的美人穿着华美的薄衣，驻足岸边。画中她身形瘦削，可谓是"轻薄不胜罗"，修长的身形，仿佛连单薄的罗衣都撑不起。身后有巨大的湖石一块，与纤细的柳枝为伴，燕子在河面上追逐的场景，在画中定格。天气阴晴不定，乍雨乍晴，花朵难经，容易凋谢，就像美人终将老去，无可挽回。主人公由于心中愁闷，觉得白日昏昏，难以度过。不知道她是为了谁"消得人憔悴"，不再容光焕发，慨叹年华易逝、红颜易老。满腹愁情，尽在此中。

客游他乡的人有几多？心中惆怅又几何。除了时光老去惹人愁，乡愁题材也在描写愁绪的宋词中非常常见。

南宋词人张炎作《浪淘沙·题陈汝朝百鹭画卷》，以鹭的形象入手，抒发了自己前途渺茫、独在异乡的愁思。"玉立水云乡。尔我相忘。披离寒羽庇风霜。不趁白鸥游海上，静看鱼忙。　应笑我凄凉。客路何长。犹将孤影侣斜阳。花底鹓行无认处，却对秋塘。"② 鹭有幸福的寓意，百鹭争鸣，喧嚣热闹，而作者孤独寂寞，心中愁绪万千。百鹭如玉般洁白，亭亭而立于云水之间，作者观画入迷，忘却自我。鹭的羽毛被风吹得有些散乱，但它仍能抵御风霜。百鹭不随鸥鸟飞翔水上，只静静地站在水塘边，看水中游鱼倏尔远逝，往来翕忽。它们是如此地自由闲逸，应是会笑作者凄凉，这他乡的客路何其长，不知哪处是尽头，作者只得以孤影和斜阳为伴。百鹭不去花间嬉戏，独爱这秋塘；作者无心追名逐利于官场，只爱

---

① 唐圭璋，编纂. 全宋词[M]. 王仲闻，参订；孔凡礼，补辑. 北京：中华书局，1999：182.
② 唐圭璋，编纂. 全宋词[M]. 王仲闻，参订；孔凡礼，补辑. 北京：中华书局，1999：4444.

这自在景色。这首词与蒋捷的《一剪梅·舟过吴江》,同样抒发了客居之愁、思乡之情,但表现方法大不相同。此词半写景物半写情,以写白鹭为主,融入一丝词人自身的情感,说鹭应笑我,看起来很辛酸。而《一剪梅·舟过吴江》,充满了绵绵的愁思,直抒胸臆,一开篇便说自己含有春愁一片,待饮酒消去。风飘飘,雨潇潇,情景皆凄凄,不似白鹭闲游秋塘,蒋捷更是发出感叹,"何日归家洗客袍"[①],思乡之情跃然纸上。观两首词,会感觉一动一静,一首以鹭反衬"我"的孤独凄凉,一首以景表现"我"的无限愁绪。

四、故人远去留长思

离思,愁思,相思。世间思念千万种,所思不见惹心碎。

"西风摇步绮。记长堤骤过,紫骝十里。断桥南岸,人在晚霞外。锦温花共醉。当时曾共秋被。自别霓裳,应红销翠冷,霜枕正慵起。　　惨澹西湖柳底。摇荡秋魂,夜月归环佩。画图重展,惊认旧梳洗。去来双翡翠。难传眼恨眉意。梦断琼娘,仙云深路杳,城影蘸流水。"[②]吴文英的《梦芙蓉·赵昌芙蓉图,梅津所藏》,与很多作品一样,运用了以画作真的手法,将画上芙蓉当作真实的花来进行描写。赵昌是北宋名家,画艺不凡,代表作有《写生蛱蝶图》。他的这幅《芙蓉图》面貌今未可知,昔为南宋尹焕即梅津所藏。此词虽为题画词,却是吴文英借画思念伊人之作。情意绵绵,尽在笔墨中。芙蓉随着西风摇曳,绮丽优雅。吴文英见画中花,想到了一名杭州的女子,她也曾如这芙蓉般,婀娜美丽。他想起,自己曾骑

---

① 唐圭璋,编纂.全宋词[M].王仲闻,参订;孔凡礼,补辑.北京:中华书局,1999:4354.
② 唐圭璋,编纂.全宋词[M].王仲闻,参订;孔凡礼,补辑.北京:中华书局,1999:3678.

着紫骝马飞奔过十里长堤，断桥南岸，杭姬在晚霞之外等候。二人曾同宿湖心，醉于芙蓉花下。自从分别后，他想象杭姬面容消瘦，倚着枕头懒得起床。相思寸寸磨人心，使得杭姬无心梳洗。这不免让人想起他的另一首词《望江南·赋画灵照女》中所说的"慵临镜，流水洗花颜"。芙蓉花生在柳堤上，在月下摇动，如美人系着环佩，款款而来。今日重见芙蓉图，吴文英惊讶地认出了杭姬以前梳洗的模样，因为她梳妆时满头间珠翠犹如这芙蓉花一样色泽艳丽。画上一双翡翠鸟飞来飞去，却难以传达眼中怅恨，眉中愁怨。今见杭姬，唯在梦中。她的居处遥远，难以到达。不是生离死别，未因思人憔悴，这淡淡的情愫，缠绵悱恻，怀念之情织于字里行间。

　　画与词可以不完全相同，有的词句较之原文也有改动。清代画家任熊在他的《孙道绚南乡子词意图轴》的左上角题有一句："眉尖澹画春衫不喜添。"看似是对宋代孙道绚的《南乡子》进行了略微的改动，实际上应是任熊出了错误，按照词律，眉尖属于前一句，澹画春衫本是淡画春山。原词是："晓日压重檐。斗帐春寒起未忺。天气困人梳洗懒，眉尖。淡画春山不喜添。　　闲把绣丝挦。认得金针又倒拈。陌上游人归也未，恹恹。满院杨花不卷帘。"[①]古人讲究眉妆中的一种是"眉如远山"，即词中的春山。清晨的阳光映照于重重屋檐，春日微寒，女主人公从斗帐里起身，心中不悦。春困时节，她都懒得梳洗，只画上淡淡的如春山一般的眉毛，不再添色彩。她随意地拿起绣线，本认得绣花针，却倒着拿，无法穿线绣花。原来是心有所思。陌上行人归来否？她心中时时牵挂。满院杨花飞舞，她心生烦闷，将帘垂下，不让飞花落入窗内。

　　任熊的这幅《孙道绚南乡子词意图轴》，取的是女主人公左手

---

① 吴企明，史创新．题画词与词意画[M]．昆明：云南人民出版社，2007：291．

持镜、右手执笔,像刚刚才画好眉的这一幕。画面采用了常见的小窗、湖石、植物等元素,窗中人面带愁思。观察多首诗词我们不难发现,其中的情节、事物总暗示着一定的心境。《贺新郎·题秦女吹箫图》中女主人公弄玉任钗横鬓乱,也不整理,只愿追随郎君;《望江南·赋画灵照女》中女子无心临镜;《梦芙蓉·赵昌芙蓉图,梅津所藏》中,杭姬被想象成倚枕不起,她们心中都藏着自己的心上人,因而无心打理自己。而杨柳,多

任熊《孙道绚南乡子词意图轴》

周慕桥《吴文英唐多令词意图》

暗示着离别。"满院杨花不卷帘",女子见之烦闷,倒拈绣针,绣花不成,精神不振,心不在焉。相思之情何解?唯有等游人归来。

《大雅楼画宝》记录有近代画家周慕桥的多篇作品,其中不乏表现思念故人之意的佳作。这些作品,主要以线条勾勒为主,很少用皴擦渲染的手法,不求立体感。在他的《吴文英唐多令词意图》中,右侧一女子倚栏远眺,身旁芭蕉茂密,竹叶点点。地上草木稀少,时至清秋。左下题词,为吴文英的《唐多令》的前阕:"何处合成愁。离人心上秋。纵芭蕉、不雨也飕飕。都道晚凉天气好,有明月、怕登楼。"①从字面上来看,我们很容易判断出这首词与一个"愁"字脱不了关系。秋日人总爱生愁,愁字是怎么合成的?是心上一个秋字。雨打蕉叶惹人愁,可此时纵是无雨,风吹芭蕉声飒飒,也令人感到伤感。银烛秋光,夜色凉如水,秋日夜晚正是赏月的好时光,可纵然明月美丽皎洁,她也怕登楼,因为无人与她共赏,空惹无尽感伤。后阕,周慕桥虽未题画上,但我们可以从中更深层次地理解画中人的愁绪。"年事梦中休。花空烟水流。燕辞归、客尚淹留。垂柳不萦裙带住,漫长是、系行舟。"她的青春年华和往事经历都如梦一般消逝,百花凋零,烟水流去。秋日,燕子还知归来,人却不知归期。垂柳系不住客子的衣带,把他留在自己的身边。这幅画是十分切合词意的,秋思、怀人主旨直观明了。

周慕桥的另一幅作品《郑文妻忆秦娥词意图》,表现了女子思念丈夫的情景。郑文妻作此词,寄予的是久久不归的丈夫,词的字里行间,充满了自己对丈夫的思念。在这幅词意画中,左边一女子微微弓身,正编织着同心结。画的右边偏上留下了一大片空白,周慕桥将《忆秦娥》题于上方:"花深深。一钩罗袜行花阴。行花阴。闲将柳带,试(细)结同心。　　日边消息空沉沉。画眉楼上愁登临。愁登临。海棠开后,望到如今。"②女子在花阴之下徘徊,思念着远人。这般良辰美景,应是夫妻同行,琴瑟和鸣。只是今日她孤单一人,只得把那柳丝攀折,编成同心结。丈夫游学京都,没有归来的消息,她怕登临雕楼看不见丈夫归来,也怕看见这春光正好,徒增惆怅。虽是愁登临,可终是要登临,海棠花开后,望到如今,

---

① 唐圭璋,编纂. 全宋词[M]. 王仲闻,参订;孔凡礼,补辑. 北京:中华书局,1999:3723.
② 唐圭璋,编纂. 全宋词[M]. 王仲闻,参订;孔凡礼,补辑. 北京:中华书局,1999:4476.

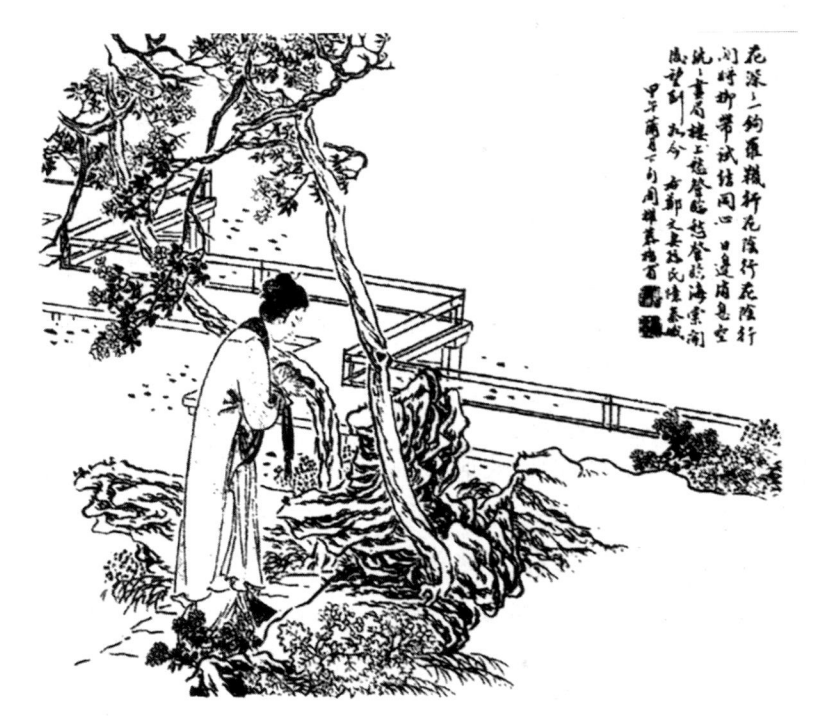

周慕桥《郑文妻忆秦娥词意图》

他也没回来。整首词的感情,真挚而热切,于愁思之中,增添了一分强烈的期盼。这幅词意画中,树、石、草线条致密曲折,与线条纤细而笔直的栏杆进行了很好的区分。更值得一提的是,女子身着长衫,画家仅寥寥数笔表现了一下衣褶,背景景物的黑与密更将她衬托了出来。女子的头发、领边为浓黑色,身旁景物为这幅画的灰色部分,而她的身体为白色,这样的安排,突出了女子的主人公地位,也体现了画面构成的绝妙之处。

第四节

行间语

词不仅具有语言艺术的结构性、语言美等审美特征，还具有自己独特的韵律，一句创一景，一字更一境，对仗、平仄皆有要求。文字有时还能调动鉴赏者的感官，营造独特的氛围。中国画有着自己的艺术语言，笔墨色彩，皆成意境。词画无声，却在用自己独特的语言向每一个认真欣赏它们的人展现出自己不朽的魅力。

一、词画何得冷暖分

第三章我们曾以吴文英的《望江南·赋画灵照女》为例，分析词的类似色运用。这首词哀婉悱恻，给人一种寒冷的感觉，似深夜见临照女堕入水中。色彩可分冷暖，而文字如何不能分？他是如何创造出这样的意境，让我们从语言和意蕴上进行分析。"衣白苎，雪面堕愁鬟"[1]，一个"白"字和一个"雪"字，一开始便奠定了本词的冷风格。"愁鬟"二字用得巧妙，愁的是面容，怎会是髻鬟？若改成"鬟堕雪面愁"，虽看似无不可，却不免有些平平淡淡，落了俗套。尤其是不能改成"堕鬟愁雪面"，因为这样会使前后阕每句末尾字的平仄不合。从后阕的前两句"慵临境，流水洗花颜"我们可以看出，前阕第二句最后一个字应为平声。人心有愁，看万物皆愁，

---

[1] 唐圭璋，编纂. 全宋词[M]. 王仲闻，参订；孔凡礼，补辑. 北京：中华书局，1999：3674.

只是鬓髻又如何？所以作者将文字如此安排，不更改词意，又别具一格。这首词中，"自织苍烟湘泪冷，谁捞明月海波寒"，将词意的冷、寒、悲推到了极致。"热泪"，总应因感动、感激，对于失去了未婚夫的临照女，泪自然应该"冷"。"湘泪"，是说当年舜死后，他的妃子娥皇、女英泪洒湘江。临照女也有同样的悲痛，泪水织成苍烟。"织"这个字独有新意，巧妙绝伦，愁思万缕如云密。"烟"，往往也给人一种冷冷的感觉，"苍"若从颜色上来说，是灰白色，符合烟雾的颜色。若以"苍茫"作解，也能让人联想到烟雾飘散至远方的感觉。而且烟雾若太少，难成苍茫之态，所以临照女的泪，应是极多；悲，应是极深。作者运用了夸张的手法，使得这句词成了整首词中最值得品味的一句。若改成"冷烟""寒烟""白烟"等词，或会有字的重复，或会有音律对仗方面的问题，也不如"苍"这个字能同时表现色彩和状态。"捞明月"，是王定保《唐摭言》中所记载的李白曾游采石矶，醉后捞月而死于江中的典故；而根据宋人杨天惠所撰的《彰明逸事》中所说，李白之妹名李月圆，所以民间有着李白捞月是因见水中明月而想起其去世的妹妹的传说。临照女捞月殉情，可能是词人想象出来的，因图画已不可考，故无法知道画面究竟表现的是哪一幕。作者这样写，表达了临照女之死和李白一样都有怀念已故之人的意味。词人仅仅一句词，就用了湘妃泣泪、李白捞月的典故，给临照女的故事增添了神秘色彩，也丰富了词的内容。最后一句"天澹雾漫漫"仿佛展现出临照女已经投水而死，江面从苍烟浮起、女子捞月的动态景象回归于水天一色的静景，留下无尽的沉默与哀伤。整首词的意象风格、情感都非常地统一，是一篇完完全全地"冷"的佳作，读者陶醉于其语言之美的同时，也深深地被这种凄美的氛围所吸引。

若说《望江南·赋画灵照女》是冷的，那么吴文英的另一首词《柳梢青·题钱得闲四时图画》则应是暖的。这首词字数不多，读来让人心中沉静，其中的意象也是偏暖的。顾名思义，这首词所依的图画展现的是四时之景。"翠嶂围屏。留连迅景，花外油亭。澹色烟昏，浓光清晓，一幅闲情。　辋川落日渔罾。写不尽、人间四并。亭上秋声，莺笼春语，难入丹青。"[1]重峦叠嶂，油亭掩映在花外，令人流连忘返。烟云缭绕，清晨的日光都显得浓了起来，闲情藏于画中。青翠的色彩、纷繁的花朵，使人联想到春日的暖意融融。山川之下，落日时分，渔人欲归，让人脑海中联想到将尽的夕阳颜色。夕阳若映在河面，将河水也染作一片橘红。再美好的字句，都写不完这画中的人间四时。看着这美景，词人仿佛听见了秋天的风声、春日的莺语，即便这些是丹青难以表现的。这首词没有详细地描述四个季节的景色，而是选取了一些暖词暖字，营造出了亲近的氛围。

　　难道所有的词，都能以冷暖相分吗？显然不能。词的冷暖风格不一定是统一的，它可以在字、境、情等多方面表现出不同的倾向。例如"春愁"，春暖花开，桃红柳绿，其境应暖，其情却冷。刘辰翁的《如梦令·题四美人图》其中的第二首便是境暖而情冷之作。女子倚于春日的柳风之中，繁花盛开，花影重重，应感到愉悦舒心。只是她所思之人不在身边，这美景无人与她共赏，所以她洒下清泪，因心中感到孤独冷清。而吴文英的《蕙兰芳引·赋藏一家吴郡王画兰》，说兰"秀骨冷盈盈"，说宜用淡墨，描绘"怨蛾"一般的兰叶。怨蛾，凄楚动人之蛾眉也。兰在空谷，幽深静谧。兰色如同湘妃的佩玉，"湘佩寒"，作者用了多处冷词，将兰的清冷描绘出来，字里行间都充满了对兰的喜爱，而无半分凄清之情，他认为有兰的屋子，人在小窗边入睡，都会做起幽梦，十分满足，对真兰、画兰都赞美

---

[1] 唐圭璋，编纂. 全宋词[M]. 王仲闻，参订；孔凡礼，补辑. 北京：中华书局，1999：3713.

陆俨少《辛弃疾鹧鸪天词意图》之一

有加，词句冷而感情积极。

　　画的冷暖，就比词更直观了。陶渊明笔下的桃花源，有良田美池，桑竹丛生，阡陌交通，鸡犬相闻，其中男女老幼皆怡然自乐。这样的世外桃源，引无数人向往。辛弃疾的《鹧鸪天·戏题村舍》，不赋桃源，却也描绘出了一种闲适自得。"鸡鸭成群晚不收。桑麻长过屋山头。有何不可吾方羡，要底都无饱便休。　新柳树，旧沙洲。去年溪打那边流。自言此地生儿女，不嫁余家即聘周。"[①]配合陆俨少的《辛弃疾鹧鸪天词意图》之一，我们能进一步地感知这种温暖和谐的场面。鸡鸭成群，傍晚未入笼，不知是鸡鸭沉迷这晚霞

[①] 唐圭璋，编纂. 全宋词[M]. 王仲闻，参订；孔凡礼，补辑. 北京：中华书局，1999：2483.

中的田园小村不愿归去,还是主人家沉浸于这份美好的闲暇懒得将它们赶入笼中?房前屋后,桑麻争相生长,都高过了小茅屋。村中人并不富裕,但是他们也不追求什么优越的物质生活,只要能吃饱饭,便心满意足。今年的柳树长出了新叶,沙洲还是那片沙洲,去年的溪水在那边流,今年却流到了这边。村民们善良淳朴,无忧无虑,连婚嫁都是在村中,不嫁余家便是周家。词人对这样的生活充满了向往,字里行间透露着喜爱、羡慕之情。陆俨少的词意画,左上角题写的是这首词的前两句。画面之中,小茅屋几座,旁边桑麻柳树等植物十分茂盛,将屋舍掩住一部分,真正的"桑麻长过屋山头"。一段篱笆,数只鸡鸭啄食、漫步,一群鸭正悠闲地浮在水上,远处农田小径纵横。画面用墨较润,墨笔不多,陆俨少运用了暖黄、青蓝等色彩,描绘出一幅绿意盎然的景象。背景天空为浅紫色,晚霞千里。这幅画直观地给人一种生机勃勃的感觉,与词紧密贴合,不管是景色还是词人、画家的感情,暖风格的倾向都十分明显。陆俨少的另外一幅《辛弃疾鹧鸪天词意图》,也同样充满了生机,原词曰:"陌上柔条初破芽,东邻蚕种已生些。平冈细草鸣黄犊,斜日寒林点暮鸦。　　山远近,路横斜。青旗沽酒有人家。城中桃李愁风雨,春在溪头野荠花。"[1]很明显,这首词写的是早春景色。是时,万物复苏,桑叶生长。黄牛见春草萌出,欢喜地鸣叫,暮色中,乌鸦栖息在树枝上,犹如一个个黑色的墨点。眼前山峦远近,阡陌交通,卖酒的地方竖着青旗。城中的桃花、李花,娇贵脆弱,畏惧风雨将之摧残,不像这荠菜花,漫山遍野,娇俏可人,生命力顽强。词人对乡村生活充满了喜爱,不愿在城中养尊处优,愿为顽强的荠菜花,即便无人看重,也占尽春光。陆俨少的词意画,取的是"平

---

[1] 唐圭璋,编纂.全宋词[M].王仲闻,参订;孔凡礼,补辑.北京:中华书局,1999:2449.

陆俨少《辛弃疾鹧鸪天词意图》之二

冈细草鸣黄犊,斜日寒林点暮鸦"这一句。画中地面色浅,似乎尚存残雪,草木已生,牧童穿着单衣,骑在牛背上悠游,林间一群黑鸦正飞起。整幅图的色彩依然以青蓝、暖黄为主,衬有朱砂点点,早春的暖意流于纸上,让人不觉陶醉其间,思绪去到乡野水边,久久不能回神。

二、撷来珠玑妙成文

语言之美,动人心弦。单字不觉奇,入篇成佳句。

"玉纤风透秋痕。凉与素怀分。乘鸾归后,生绡净剪,一片冰云。　心事孤山春梦在,到思量、犹断诗魂。水清月冷,香消影瘦，人立黄昏。"① 吴文英的《极相思·题陈藏一水月梅扇》，婉约凄清，充满了绵绵情思。"水月梅扇"乃是吴文英曾相识的女子的旧物，扇上图为陈藏一（即陈郁）所绘。吴文英睹物思人而作此词。七月流火，风无形影，却显现出秋的踪迹，"风透秋痕"，这四字着实精妙。纤纤玉手将放下团扇，不再赖以扇风，即便不舍，却也要与团扇分离了。团扇以"鸾扇"为美称，扇上若有鸾凤，也已飞去了，这白净的生绡如一片冰云，正好可用来作画。作者将团扇比作冰云，表现其色雪白，其形团团。而冰云又如同自己的心，凉意丝丝。陈藏一受到爱梅的林逋及其诗作的启示，于此扇上作水月梅画。而今林逋的遗韵，只得在梦中找寻。陈藏一追寻着林逋的诗魂，将自己的心事寄托在画梅上。水清月冷，梅香消散，瘦影枝枝，吴文英独立窗前，拿着这水月梅扇陷入了深深的怀念中。乘鸾、香消，都在暗喻离去的佳人。作者从想象秋来女子不舍置扇，到扇面本身，到画家心中所求，再到自己所思，短短几句，内容丰富，情感细腻。文字有限，而余意悠悠，给人留下无尽的想象。

　　吴文英的另一首词《醉落魄·题藕花洲尼扇》也用优美的字句编织着无尽的美感。从他的《声声慢·赠藕花洲尼》我们可以得知，藕花洲尼是指藕花洲的庵中女尼，《醉落魄·题藕花洲尼扇》则与《极相思·题陈藏一水月梅扇》相同，为题写扇面的一首词。"春温红玉。纤衣学剪娇鸦绿。夜香烧短银屏烛。偷掷金钱，重把寸心卜。　翠深不碍鸳鸯宿。采菱谁记当时曲。青山南畔红云北。一叶波心，明灭澹妆束。"② 藕花洲中，秀美端庄的尼姑面色红润，使人如沐春风，

---

① 唐圭璋，编纂. 全宋词[M]. 王仲闻，参订；孔凡礼，补辑. 北京：中华书局，1999：3715.
② 唐圭璋，编纂. 全宋词[M]. 王仲闻，参订；孔凡礼，补辑. 北京：中华书局，1999：3715.

她学习着裁剪青黑色的布料为自己做衣裳。夜间，熏香焚烧，她夜不成眠，以致蜡烛都烧短了，索性她偷偷地投掷铜钱，把深微的心意占卜。扇面上绘有春水，翠色颇深，不妨碍鸳鸯栖睡在荷叶荷花丛中。不知何人还记得当时的采菱曲？青山南，红云北，画里面水中央的小船上，荷花与荷叶之间隐约可见一名妆容清雅的女子。虽然这首词为题写扇面的作品，吴文英却不吝笔墨，描绘藕花洲女尼。采菱曲指描写爱情的歌曲，采菱这一事件也常常被古人用来暗喻爱情，比如沈周写《人月圆·采菱图》表现了少女对意中人的情思，又如诗句"无端隔水抛莲子，遥被人知半日羞"表现了女子抛莲子追求心上人的场面。藕花洲中的女尼，深夜未眠，扇上鸳鸯双栖，她是否也对红尘之中的爱情有了向往？或者说，她回忆起了曾经失去的爱情呢？这首词的语言婉约动人，正合女子的脉脉情思。

　　宋灭而民族气节不失，上文提到郑思肖是一位极具爱国情操的画家。他喜爱画兰，所作墨兰图甚多。南宋张炎为他画的兰题词《清平乐》，已不知所咏的是哪一幅兰，词句美妙而情深境远，让人难忘。"三（原字散佚，依常见版本）花一叶。比似前时别。烟水茫茫无处说。冷却西湖风（原字散佚，依常见版本）月。　贞芳只合深山。红尘了不相关。留得许多清影，幽香不到人间。"[1]郑思肖所画的这幅兰花，花有三朵而叶只有一片，张炎见之想到了以前与故人分别时见到的那株兰花，二者极为相似。兰花的坚贞品格，可以向谁说呢？西湖有孤山，是爱梅的林逋的隐居之处，只是西湖烟水茫茫，梅花尚未开放，无人可诉。坚贞的兰花只应在深山幽谷中生长，不沾染凡尘俗事。墨兰的清影长留画卷，而它的幽香却吹不到人间。这首词的字句，给人遗世独立的孤高清雅之感。"冷却西湖风月"，却、湖、月，三字平

---

① 唐圭璋，编纂. 全宋词[M]. 王仲闻，参订；孔凡礼，补辑. 北京：中华书局，1999：4449.

仄相间，读来有跌宕之感，字面所营造的气氛，让人如夜晚临湖，看静月一轮，感寒风凛凛。"红尘了不相关"让人能感受到兰花的隐逸之风。花如此，人又如何不是？彼时宋亡，而郑思肖坚贞不屈，不愿出仕元朝，就像这兰花，只适合静谧幽深的山谷，不以香气自炫。张炎所作此词，不仅赞美兰花、歌颂郑思肖的气节，也表现了自己的人生态度和价值取向，具有很强的艺术感染力。

三、卷里修辞生巧句

将修辞手法用在词中，能使词生动灵活，也更能引发读者的想象。

张炎的题花之词，语言极美。他的两首为自己画的墨水仙所作的题画词词句温柔。一首是《浪淘沙·余画墨水仙并题其上》："回首欲婆娑。淡扫修蛾。盈盈不语奈情何。应恨梅兄砜弟远，云隔山阿。　　弱水夜寒多。带月曾过。羽衣飞过染余波。白鹤难招归未得，天阔星河。"[1]水仙花像一位素妆的美女，淡扫蛾眉，翩翩起舞。"修蛾"，修长之蛾眉也，清丽柔美。美人眉眼盈盈，含情不语，应怅恨梅花山砜都远隔千山，自己孤独一人。宋人称梅花是水仙之兄，而山砜是水仙之弟。传说中，弱水羽毛不浮，众生不可渡。而水仙是水中仙女，身披月光，着羽衣，飞过夜寒时的弱水，香气染透弱水的余波。后来，她乘着白鹤飞去，再难招回，只留下星河天阔。这首词的结尾，与《望江南·赋画灵照女》非常相似，烟波浩渺，天水茫茫。但一个是乘鹤飞去，一个是投水而死；一个是想象之景，一个是现实之事。二者的情节与感情是完全不同的。文中写人、写景的字句都十分美妙，角度也很有新意。古人尝好以凌波仙子、洛

---

[1] 唐圭璋，编纂. 全宋词[M]. 王仲闻，参订；孔凡礼，补辑. 北京：中华书局，1999：4443.

水女神来描写水仙,但张炎不同,他以自己的想象,将水仙花同样描绘得美丽清雅。

张炎另一首《临江仙·题墨水仙》,也有着深远的意境。"剪剪春冰出万壑,和春带出芳丛。谁分弱水洗尘红。低回金叵罗,约略玉玲珑。 昨夜洞庭云一片,朗吟飞过天风。戏将瑶草散虚空。灵根何处觅,只在此山中。"① 一月水仙初开放,为人间带来芬芳和春意。"剪剪",有整齐的意思,也暗示风吹轻寒状。风拂过千山万壑,掠散冰上寒气,也带来春意几分。"弱水"是传说中的仙水,水仙花被它洗掉灰尘泥土,玲珑剔透。作者将水仙花金黄色的花心,比作古代酒器"金叵罗",表现出它的精致小巧。水仙花在张炎的笔下纯洁而优雅。后阕,作者又跳出画面形象,展开了丰富的想象。昨夜,自己像一个神仙,乘着洞庭山上的一片云,抟风而飞,吟诵着词句,飞过太湖,将仙草水仙散在空中,一个"戏"字展现了作者轻松愉悦的心情。何处去找寻它的灵根呢?唯有在洞庭山中。

张炎的这两首词,同样赞美了水仙,也同样展开了对花或者自己飞过水上的想象,别具一格。他还有一首《浣溪沙》也是描写墨水仙的题画词。该词有注:"写墨水仙二纸寄曾心传,并题其上。"词曰:"昨夜蓝田采玉游。向阳瑶草带花收。如今风雨不须愁。 零露依稀倾凿落,碎琼重叠缀搔头。白云黄鹤思悠悠。"② 这首词先写了他采摘水仙这一"瑶草",表达了他对水仙的爱惜:从今以后,你再也不用担心风雨将你摧残了。水仙被摧残之后零落残损,在他眼中却另有风韵,它的花瓣像细碎的美玉(琼),点缀在如搔头(一种

---

① 唐圭璋,编纂. 全宋词[M]. 王仲闻,参订;孔凡礼,补辑. 北京:中华书局,1999:4450.
② 唐圭璋,编纂. 全宋词[M]. 王仲闻,参订;孔凡礼,补辑. 北京:中华书局,1999:4437.

装饰物)一般的茎叶上。张炎这些题写墨水仙的题画词,运用拟人、比喻的修辞手法,把水仙描写得生动可人,表现出极大的艺术魅力。

周密的《清平乐·杜陵春游图》也运用了拟人的修辞手法,读来别有新意:"锦城春晓。苑陌芳菲早。可是杜陵人未老。日日酒迷花恼。　归鞯困倚芳醒。醒来还有新吟。人与杏花俱醉,春风一路闻莺。"[1]这首词表现了春游人醉的场景。锦城春日,东君来早,杜陵中人日日饮酒赏花,生活闲适。游春的人骑马归来,困与花同眠。想来那杏花,与人一样都醉了吧?踏着春风,游人带回一路莺鸣。这首词不仅描述了春游图的画面,还融入了词人的想象:我醉,料杏花也是如此。修辞手法的运用,为词增添了趣味,让人能更好地体会词中的情怀。

四、画语浅浅入境深

中国画有着自己独特的物质媒介和表现方式,与传统诗词配合,能拥有辽阔深远、古雅动人的意境。

董其昌的《秋兴八景图》是一系列的八幅画,每幅皆有他用行楷所题的题记及署款。这几幅词意画,展现了空灵秀丽的山水之美。其中《秋兴八景图》第二幅作于镇江,此画描绘的是秋江两岸的景色,右上角题有宋代万俟咏的《长相思·山驿》:"短长亭。古今情。楼外凉蟾一晕生。雨余秋更清。　暮云平。暮山横。几叶秋声和雁声。行人不要听。"[2]初看此词,读者会想象画面中有精细描绘的亭台楼阁,然而并不是如此。在画面最左边偏下的江中小洲上,董其昌绘出了被

---

[1] 唐圭璋,编纂. 全宋词[M]. 王仲闻,参订;孔凡礼,补辑. 北京:中华书局,1999:4153.
[2] 唐圭璋,编纂. 全宋词[M]. 王仲闻,参订;孔凡礼,补辑. 北京:中华书局,1999:1050.

短长亭古今情楼外凉
蟾一晕生雨条山更清
荇云平暮山横岚菜
秋声和雁声行人不
要听　玄宰　庚申九
月朔京口舟中写

董其昌《秋兴八景图》（二）

岩石、树木遮掩了一角的小亭一座，色之淡，形态隐隐，比之远山更不足。再回看词，原来是因亭并不是词中意象的主角，词人所写的羁旅途中所见长亭、短亭，是为了表示自己归途漫漫，还家无望之情。而董其昌的《秋兴八景图》，也是以描绘广阔无边的景色为主要目的。月亮有很多别称，婵娟、桂魄、金蟾……词中凉蟾便是楼外凉凉明月，朦胧不清，雨过未清，又将风起。暮云一片，占尽长天；暮山千座，连绵不绝。一叶尚能知秋，何况几叶？大雁南归，鸣叫之声与风声相和，倍加萧瑟。词人说，希望在外的游人，不要听这凄清的声音，若是听了，如何能抵得过思乡之情呢？理解了词，再回画中，江面宽阔平整，两岸山石绵延，整幅图的色彩以茶色、赭石、花青为主，浓墨点染部分树木，赤朱橙黄之色夹杂其间，秋意浓浓。树木枝干曲折，山石皴擦点染，水墨、色彩不干，似蒙一层薄薄秋雨，与词中所云雨后之秋相呼应。虽词中雨后为夜晚，但画中也可以表现这种白天的蒙蒙细雨之感，不一定要与词完全相同。国画中白日之景远远多于夜晚景象，白日红树、山石更清晰可见，秋意能够更好地被表现出来。若是冬日雪景，则更合夜色。

《秋兴八景图》第四幅与第二幅相似，但墨色略干，更有俯视之感。词题左上角，为秦观的《木兰花》："秋容（图中为光）老尽芙蓉院。草上霜花匀似剪。西楼促坐酒杯深，风压绣帘香不卷。　　玉纤慵整银筝雁。红袖时笼金鸭暖。岁华一任委西风，独有春红留醉脸。"[①] 院中，八九月间开的木芙蓉开得正好，竟使秋光也拿它无法。草上的白霜均匀平整，如用剪刀剪出。西楼上，歌姬与来客饮酒，风吹帘帐，酒香不散。她似乎不太喜欢这样的生活，纤纤玉手慵懒地拨弄古筝的弦，时不时靠近火炉取暖。"玉纤"是指女子的纤纤玉

---

① 唐圭璋，编纂. 全宋词[M]. 王仲闻，参订；孔凡礼，补辑. 北京：中华书局，1999：592.

秋光老盡芙蓉院，堂上霜花
句似剪。西樓促坐酒杯深，風壓
繡簾香不捲。　玉纖慵整銀箏
雁，紅袖時籠金鴨煖。歲華一夕
委西風，獨有春紅留醉臉。
偶書少游詞　庚申八月舟行
瓜步江中乘風愛坐有偶然欲
書之意　玄宰識

手,这个词在吴文英的《极相思·题陈藏一水月梅扇》中也出现过:"玉纤风透秋痕。""雁"是指筝柱,因其排列如雁成行,故称雁柱。女子百无聊赖,感到生活无趣。原来是青春年华都随秋风而逝,即便脸上有红色,也只是朱颜酡,不是红颜娇。董其昌的这幅画,展现了他的浅绛山水淡雅古朴的特色。虽画中无人也无西楼,这秋风带来秋景,褪去春夏青绿,又何尝不像青春褪去的美人呢?董其昌使用的不是常见的以水墨勾画山石的方法,而是用赭石色勾画轮廓,再以同色皴擦。松树也用赭石勾勒大概,再施以一样的颜色。松针墨色浓淡,颇有层次感。此图极具苍黄之感,具有浓浓的秋日氛围。而前文提及的《秋兴八景图》的第五幅(见第三章),色彩更鲜艳,意象在视觉上更清晰,如小雨冲刷过后,天地一片清新。远处水中沙洲,蒹葭片片。时值深秋,水浅露沙痕,又近傍晚,清霜始落。湖面烟笼寒水,孤鸿远去。画中并未出现孤鸿,更给人孤寂落寞之感。湖上水雾微茫,近处树石清晰,与第二幅中天地之间细雨迷蒙的感觉是不一样的,它是有范围的。山石的着色范围,比之前的画更大,色彩更深,鲜有留白。情感方面,画上所题叶梦得《菩萨蛮·湖光亭晚集》前阕只为写景,没有掺杂太多伤春悲秋的情感,寄予怎样的情怀,便看观画之人的想法了。

第五节

词画异

题画词与词意画,虽然都与所题之画、所引之词相配,但其中细节并非一一对应。作为不同种类的艺术,画与词的审美特征有着明显的区别。这种区别，使二者在表现方式上更灵活。

一、浮想联翩据此生

语言艺术，具有间接性的特点，这是它与其他艺术不同的地方。其他类型的艺术，或能在视觉方面进行艺术传达，如绘画、雕塑、舞蹈；或能作用于人的听觉，如音乐。唯有语言艺术是必须依托文字、语言展现其审美价值，其中的艺术形象是需要被描述、被想象的。这种审美特征上的间接性，缩小了艺术接受的局限性，使得我们在品读一首题画词的时候，能以词句为据，按照自己的习惯、爱好进行想象，获得不一样的审美感受。

月，常常能勾起人的无限情思。"我寄愁心与明月，随风直到夜郎西"也好，"此时相望不相闻，愿逐月华流照君"也罢，月亮总容易被赋予不一样的寓意。张炎的《疏影·题宾月图》，从多方面描写了《宾月图》中高士"宾"月下独立的情形。"雪空四野，照归心万里，千峰独立。身与天游，一洗襟怀，海镜倒涌秋白。相逢懒问盈亏事，但脉脉、此情无极。是几番、飞盖追随，桂底露衣香湿。"①此词前阕，描写画面中的艺术形象：银雪覆万里，四野茫茫，明月照着这位独立于千峰之上归心似箭的高士。单单前几句，就能让我们想象出"宾"独凌绝顶，一览众山小的情景。虽然他人站在山上，可是心思已游于天外，胸怀澄净如被濯洗，海水涌动，倒映夜空。为何不是"心与天游"而是"身与天游"呢？"宾"作为一名凡人，自是无法凌空，但思绪飞扬，他能够假想自己云游四海、无拘无束，我们也可以从文字中感受到他的浩然胸襟。他想象自己游于天外，与那月中嫦娥相逢，沉浸在脉脉不尽的情感中，懒问月亮

---

① 唐圭璋, 编纂. 全宋词[M]. 王仲闻, 参订; 孔凡礼, 补辑. 北京: 中华书局, 1999: 4407.

阴晴圆缺。"此情"为何？是他对嫦娥的倾慕之情、对月宫的向往之情，还是对这造化的喜爱之情？高士独立许久，回过神来，想起自己曾几番欲追随月光却不得如愿。他在桂树下久坐，冷露含香，沾湿衣裳。词的前阕写景、写人、写现实、写假想，丰富的角度为我们提供了想象生发的依据。词的后阕，依然着笔于高士的遐思并抒发感叹："闲款楼台夜色。料水光未许，人世先得。影里分明，认得山河，一笑乱山横碧。乾坤许大须容我，浑忘了、醉乡犹客。待倩谁、招下清风，共结岁寒三益。"① 高士想，笼罩在月色中的楼台水光，许是人世先得。远处乱山碧色，山水之影很分明。天地如此之大，应容得下我，更何况我还是他乡之客，应被好好招待。词人希望请人招来明月清风，与他结成三友。词从写画中高士，最后转为写自己的意愿，文字缀连，数句成一幕，引人思绪飞扬，浮想联翩。

"梅失黄昏，雁惊白昼，脉脉斜飞云表。絮不生萍，水疑浮玉，此景正宜舒啸。记夜悄、曾乘兴，何必见安道。　　系船好。想前村、未知甚处。吟思苦，谁游灞桥路杳。清饮一瓢寒，又何妨、分傍茶灶。野屋萧萧，任楼中、低唱人笑。渐东风解冻，怕有桃花流到。"② 这是张炎的《法曲献仙音·题姜子野雪溪图》。这首题画词内容丰富，让人思绪飞扬。图中，黄昏时分，梅花已经开尽，大雁飞于云间。姜子野的《雪溪图》，虽已散佚，但顾名思义我们可以联想到它是一幅绘有春寒料峭时冰雪融化景象的画。冰雪初融，溪水之上浮着玉一般的碎冰。这样的时节，已无冬日的寒风砭骨，此景致，正适合人们散心、吟啸。接下来词人用了王徽之（王子猷）夜

---

① 唐圭璋，编纂．全宋词[M]．王仲闻，参订；孔凡礼，补辑．北京：中华书局，1999：4407．
② 唐圭璋，编纂．全宋词[M]．王仲闻，参订；孔凡礼，补辑．北京：中华书局，1999：4437．

访戴逵（戴安道）至门不入而归的典故。《世说新语·任诞》说王子猷雪夜乘小船访戴逵，到了门前，不敲门而返回，人问其故，他说："吾本乘兴而行，兴尽而返，何必见戴。"《雪溪图》引起了词人对这个典故的联想。若有这般兴致游玩，可要将船系好，前面是什么村落，不得而知，何人灞桥一去？长路杳杳。溪水清清，可饮这一瓢寒水，无需去茶灶将之煮沸。远郊小屋几座，游人隐约可听见楼中有人低声歌唱、谈笑风生。和风催得小溪解冻，张炎想到，怕桃花落了，随流水远去。他或许是舍不得清澈可饮的溪水被花瓣所污，或是舍不得这春色如落花随水而去。该词可谓"异句换景（详见第三章）"，读之让人视点挪移，浮想联翩。天际雁飞、水上浮玉、访戴典故、游玩之路、清饮寒水、野屋小楼……一幕幕如同一组连环画，浮现在读者的脑海中。鉴赏者的想象中，可以有浅浅春绿、银白冰凘（解冻时流动的冰，欧阳修《渔家傲》有云"玉壶一夜冰凘满"①），也可以有寂寂山谷、世俗人笑。一首内容丰富的好词，能够引起读者的多种想象，给予读者美好的阅读感受。

二、寥语不拘画中意

语言艺术不仅具有间接性的特点，还有一个非常值得注意的地方，那就是它的广阔性。这个特征，使它不受物质材料、时间与空间的局限，而能展现出无限的艺术内容。绘画由于本身特点，往往只能展现出一幕，但词能够描绘过去、假想未来，叙述画外之境，物外之情。

梅，极能入词。宋代晁冲之所作《汉宫春》中，写景与写情相结合，用有限的篇幅描绘了丰富的情感和画面，表达了他对梅花的

---

① 唐圭璋，编纂. 全宋词[M]. 王仲闻，参订；孔凡礼，补辑. 北京：中华书局，1999：163.

《诗馀画谱·汉宫春》

怜爱和赞美。"潇洒江梅,向竹梢稀处,横两三枝。东君也不爱惜,雪压风欺。无情燕子,怕春寒、轻失佳期。惟是有、南来归雁,年年长见开时。 清浅小溪如练,问玉堂何似,茅舍疏篱。伤心故人去后,冷落新诗。微云淡月,对孤芳、分付他谁。空自倚,清香未减,风流不在人知。"① 在他的眼中,梅如第一句所说,是"潇洒"的。江边野梅,有同为四君子之一的竹相伴,只三两枝,孤洁瘦淡。春神不怜爱她,任风雪将她欺压,燕子也无情,畏惧春寒料峭,错

---

① 唐圭璋,编纂. 全宋词[M]. 王仲闻,参订;孔凡礼,补辑. 北京:中华书局,1999:845.

过了梅花开放的好时节，在仲春才归来。不过还好有南来的大雁，能年年与她长相见。小溪如练，细长且弯，此梅虽是江边野梅，却像生长在玉堂前被人照料过一般生机勃勃，可爱动人。古人林逋"梅妻鹤子"，极爱梅花，他去世之后，梅便失去了知音，微云淡月，梅有孤芳而无人赏。她只能孤零零地倚着竹，虽清香未曾减退，但其中风韵已无人知。作者选择了"清浅""冷落""淡"等一些色淡神寒的字词，突出了梅花的高洁风骨，清疏淡永，毫不急促寒窘。这首词的词意画中，溪边巨石嶙峋，似有入云霄之势。岩后篱笆一段，茅屋近藏。屋前细竹挺拔，中有梅枝。画的作者以细小的短线和点表达并不十分繁密的梅花，纠缠的梅与竹，和以直而密的长线组织成的巨石、篱笆相分，又与后面空白的茅屋顶、右侧粗简的野草区分开来。整幅画疏密有致，节奏分明，不失为一幅好的作品。词中，作者数字一景，写梅的生长环境、想象梅所受的不平，又联想到燕子、大雁与之相遇相离。后阕转而写景，言此梅开在溪边却如在玉堂前，又由此梅想到林逋，对梅更增添了一分同情怜爱，叹息她孤芳自赏。若是只看这幅词意画，我们根本无法理解作者的感情，甚至可能会猜测，他是由巨石来反衬梅的俏丽或竹的灵动。反之，若说以梅竹来衬巨石"方且厚，可以卒千年"也不是说不过去。所以，语言艺术的广阔性在这一组词画作品中得到了很好的体现。

"花凝露湿燕脂透。是彩笔、丹青染就。粉绡帕入班姬手。舒卷清寒时候。　春禽静、来窥晴昼。问冷落、芳心知否。不愁院宇东风骤。日日娇红如旧。"[1] 这是宋代高观国的《杏花天·题杏花春禽扇面挂轴》。画中，凝结的露珠仿佛渗进了燕脂色（胭脂色或红色）的杏花花瓣，它的美丽颜色，是画者以彩色颜料染成的，它当

---

[1] 唐圭璋，编纂. 全宋词[M]. 王仲闻，参订；孔凡礼，补辑. 北京：中华书局，1999：3025.

被画入班姬（班昭）手中于清寒之时挥舞的粉色绡帕上。春天的禽鸟，悄悄地来窥探晴朗的白天。院落冷清，何人知道杏花的情意？她不用为院落里突然刮来的风发愁，脸颊依旧日日红润娇嫩。诗人以花瓣上的露珠展开赞美杏花，进行春日禽鸟窥探晴天、杏花情思脉脉的想象，写出一丝冷清和萧瑟，从物到人，以小见大，由内而外，体现出画中春日杏花娇美的模样。虽然这首词字数不多，但它的情感十分饱满，词外的感情延伸甚远。

三、画图有貌收眼底

语言艺术具有间接性和广阔性的特点，而绘画作为造型艺术，有着造型性和直观性的特点。绘画能够直接表现图像，给人以直观的视觉感受。品读文学作品时，读者可以尽情地想象，随文字展开无穷无尽的探索，脑中产生不同的意象。但观赏一幅画的时候，观画者总是会不自觉地依照画上图像进行鉴赏。这也是画与词不同的地方。

《诗馀画谱》中有一幅词意画，是依据苏轼的《南乡子》所作的。"霜降水痕收。浅碧鳞鳞露远洲。酒力渐消风力软，飕飕。破帽多情却恋头。　佳节若为酬，但把清尊断送秋。万事到头都是梦，休休。明日黄花蝶也愁。"[①] 若未见画，只看词，我们能联想到，霜降时节，碧波粼粼，环绕水中小洲。酒微醒，风力弱，一点飕飕声，吹在脸上，令人心情舒畅，惬意无比。巾帽陪伴自己多年，依然依恋着自己的头，不肯为风所吹走。佳节如何度？清酒满樽，心意付与秋。最后，作者抒发了人生感叹：万事到头终究是一场梦，明日黄花不再这般开得好，蜂蝶也为之愁。正因如此，今天才该把

---

① 唐圭璋，编纂. 全宋词[M]. 王仲闻，参订；孔凡礼，补辑. 北京：中华书局，1999：374.

《诗馀画谱·南乡子》

握好这良辰，痛饮美酒，忘却尘鞅。不看画的时候，我们脑中能产生萧瑟的秋景，产生风吹帽动、饮酒的场面。但看了画之后，我们对词的体会能够更上一层楼。画中有三人于江边一块巨大山石之上，岩上石阶小路一条，顶面平坦。两名成年人相对而坐，饮酒观景，旁有童子手持小扇正扇风煮酒。岩下沙岸细草点点，远处山峦高低起伏。原来，表现词中意气，不一定需要描绘秋风落叶、丛菊争妍，也无须绘满整幅枫叶色。仅仅江面广阔，山石一座，就能展现出空旷辽阔的意境。图中山石造型奇特，为登顶闲坐之佳处。四野茫茫，无杂树遮蔽,若今人身处其间,定也能如他们一样愉悦。一种豁达的胸襟,一种旷达的心境,都展现在图中,清晰明了。这样一种视觉上的震撼,是词无法表现的。绘画以自己的特征优势,展露出极大的审美价值。

《诗馀画谱》中依据苏轼的《阮郎归·初夏》而作的版画,描绘了初夏景象。"绿槐高柳咽新蝉。薰风初入弦。碧纱窗下水沉烟。棋声惊昼眠。　微雨过,小荷翻。榴花开欲然。玉盆纤手弄清泉。

《诗馀画谱·阮郎归》

琼珠碎却圆。"①绿槐高柳，新蝉鸣，夏风初起。碧纱窗下，午休的女子被下棋的声音惊醒。方才下了小雨，小荷叶翻转，石榴花发树欲焚。女子来到水池边，纤纤素手玩荷叶上的水珠，看着它们圆了又碎，碎了又圆。读词，我们感受到了其中的惬意美好，图画亦是如此。这幅词意画，细节丰富，构图饱满。廊后有巨大山石，形态奇异，有升腾之势，仿佛将这小屋舍庇护了起来。房前屋后树木几棵，柳枝柔顺，绿槐叶茂。屋前池塘微波粼粼，池中荷叶几许。屋内女子侧过头，看向那下棋惊扰了她的二人。屋顶样式，廊内外的小石块拼接，描绘得十分细致。语言艺术讲究结构性和语言美，而绘画也讲究构图、位置、平衡、向背……图的右上方不仅有巨大山石，左下方也有石块、塘边泥地与之呼应，达到一种画面的平衡，让画面平稳端正。右上、左下的事物，将画的这两个角填满，而左上一棵生机勃勃的树，掩映房屋，又不完全遮挡天空，达到了一种"半满"的状态。女子身左朝右，右下角全空，无一笔意象。画面四角，全满、半满、全空，都有所体现，景观又与人物、屋舍的向背配合得很好，具有很高的审美价值。倘若词给我们展现的是氛围美，那么画体现的就是精致美、细节美。画面之灵动精妙，让人感觉下一秒仿佛画上的女子就要走出房屋，摆弄荷叶了。这样的居所，这样的景象，不知多少人向往呢？

"楼上黄昏杏花寒。斜月小栏干。一双燕子，两行征雁，画角声残。　　绮窗人在东风里，洒泪对春闲。也应似旧，盈盈秋水，淡淡春山。"②这首词是宋代阮阅的《眼儿媚》，字句凄凄，愁思跃然

---

① 唐圭璋，编纂. 全宋词[M]. 王仲闻，参订；孔凡礼，补辑. 北京：中华书局，1999：384.
② 唐圭璋，编纂. 全宋词[M]. 王仲闻，参订；孔凡礼，补辑. 北京：中华书局，1999：827—828.

纸上，它的词意画描绘了词中场景。华美的高楼之上，一名妇女托腮远眺。楼下小桥一座，草木丛生。楼外江面广阔，小山数座。她面前，双燕飞舞，似嬉戏打闹。远处大雁，成群结队。大雁和燕子皆有伴，唯她孤独。伤春悲秋，春天又正是容易惹人相思的时节。词的最后几句，运用了对面落笔的手法：自己如此思念丈夫，丈夫想必也在思念自己，回忆自己眼波如秋水盈盈，眉毛似淡淡春山。值得分析的是，右侧高楼呈竖状，远山、近桥为横向，屋顶的斜线，又与横竖相配合，精彩不拙。最底下偏右的树木，打断了桥与房屋之间的连接，破其直线，又与远山草木相呼应。画面上、右、下三

《诗馀画谱·眼儿媚》

面合围，左中题字，既不失平衡，又不堵塞其气，仿若画外仍有无限风景。这幅画的构图与细节等方面都展现出了深刻的思想和高超的技艺，绘画的造型之美也得以表达。

四、一瞬风华世长留

品读词的时候，读者的思绪会跟着词句挪移。也许上几句脑中还是十二楼高，彩鸾飞至，下几句便是词中人于霄汉上共游戏。每一句词，都可以表现不同的画面，多个画面可以表现在一两句词中。如"月寒江路唤真真，一缕清愁犹著故枝春"，描写了词人于月色之下在江路边呼唤真真（指代画上梅花），而梅花不理睬，化作一缕清愁。而绘画由于具有瞬间性和永固性的特点，一瞬成一幕，不因更改或被损坏，便永能如此。故事里的洛神，不会永远停留在空中一动不动，曹植也不会点着永不熄灭的蜡烛一直盘坐下去。画家在作词意画时，只能选择有代表性的一瞬，进行艺术传达。但这一瞬，就足以千古流传。

《诗馀画谱》中有两幅图，都表现了骑马行人的形象。那么两幅画的内容有什么不同呢？其中一幅词意画是根据黄庭坚的《踏莎行》词意绘成的。"临水夭桃，倚墙繁李。长杨风掉青骢尾。尊中有酒且酬春，更寻何处无愁地。　　明日重来，落花如绮。芭蕉渐展山公启。欲笺心事寄天公，教人长对花前醉。"[①] 这首词表达了游人赏春之乐。桃花夭夭，李花倚墙。垂柳之下，毛色青白相杂的马走过。杯中酒，且付春光，此地即佳境，何必再寻别处。若今日不尽兴，以后再来，便百花落尽，地如覆锦。芭蕉也渐渐展开，要向上天诉说自己的心事：望春长在，百花长开。这幅赏春之图，构图饱满，

---

① 唐圭璋，编纂. 全宋词[M]. 王仲闻，参订；孔凡礼，补辑. 北京：中华书局，1999：501.

《诗馀画谱·踏莎行》

春意流于纸上。植物不是很多,但生机勃勃。画家表现的是游人于大自然间游玩的情景,近处小桥上,一人骑马过,马腿交错,作行走状;远处几人,或漫步小桥,或席地赏春,姿态各异。山峦座座,湖广无波,柳枝垂垂,屋舍俨然。这惬意美好的一刻,永远留在了画中。另外一幅词意画是根据秦观的《如梦令》绘就的。"遥夜沉沉如水。风紧驿亭深闭。梦破鼠窥灯,霜送晓寒侵被。无寐。无寐。

《诗馀画谱·如梦令》

门外马嘶人起。"① 这两首词虽然都有人物骑马的形象，两幅词意画也都以骑马人物为主，但是词中情感、画中氛围截然不同。夜色如水，天还未亮，旅人正欲离开驿亭。想起昨夜，本在梦中，却被惊醒，一看，一只老鼠窥视油灯，似乎要来偷吃灯油。白霜起，凉意侵，薄衾不耐寒。醒来再无眠，等到门外马嘶鸣，旅人起身欲行。图中驿亭于山石草木之间，陡峭小崖之上，唯有一座小桥与对岸相

---

① 唐圭璋，编纂. 全宋词[M]. 王仲闻，参订；孔凡礼，补辑. 北京：中华书局，1999：595.

《周晋点绛唇词意图》

连。空中弯月高悬，山间水流倾泻，旅人或骑马，或持担，看这道路险阻，心中应是不悦。整首词的词境是凄凉寒冷的，词中人的心情也是烦闷的。因山高路险，清梦被扰，尔后一夜无眠，生活艰辛如此，惹人伤感。淙淙流水千古在，多少英豪过此桥？

"午梦初回，卷帘尽放春愁去。昼长无侣。自对黄鹂语。　絮影蘋香，春在无人处。移舟去，未成新句。一砚梨花雨。"[①] 南宋周晋的这首《点绛唇》，描绘了这样的场景：午时，女子梦初醒，卷

---

① 唐圭璋，编纂. 全宋词[M]. 王仲闻，参订；孔凡礼，补辑. 北京：中华书局，1999：3528.

起重帘，想把满屋春愁释放。春日昼长，无人相伴，只有黄鹂能听她倾诉衷肠。飘飞的柳絮被日光照射，留下浅浅影子，蘋花香气飘散，春就在这无人之处。女子真正"放走"了春愁，乘船寻芳，想赋新词，天却有雨，洒落梨花上，又入砚台，使墨也染花香。周慕桥为这首词所作的词意画笔法细腻，题词在左上，画中景色怡人，女子姿态优美。词由于具有广阔性的特点，可以逐句表现同一个人在做不同的事，但是绘画却不能同时展现一个人在不同时空中的两个动作，一幕即一幕。于是，周慕桥巧妙地把词中的女子变成两个人，一个在楼上凭栏语对黄鹂，一个在楼下水中行舟。两名女子虽未看向对方，却面容相对，相互呼应。楼前、舟边，植物枝繁叶茂，颇有生机。楼上女子衣袂飘动，似甩袖未落，舟中女子还撑着船，目光探寻草木茵茵处，正是寻春模样。词中女子孤独寂寞，画中却能有另外一个自己相伴，何不美哉？这幅画的精妙之处，不仅在于它生动的造型、饱满的构图、精细的内容，也在于作者独具匠心的安排。

结　语

词与画都以中国艺术内在的抒情形式展现着各自的个性特点和艺术本质。"山沓水匝，树杂云合。目既往还，心亦吐纳。春日迟迟，秋风飒飒，情往似赠，兴来如答"，无论是词还是画，皆为创作者情感熔铸于现实的产物，高山叠嶂间，流水萦萦声，树木杂生处，云霞郁起时，他们眼观万物总含情。世间万物在创作者主观的情感及艺术处理下，成为栩栩如生的艺术形象，所状之物、所述之景，经由作者的艺术加工，或以线条、色彩、肌理、材质、空间等构成直观画面以表达情感；或以自然、人文意象的组合构成词作引人想象共鸣，诉人生的得意之喜或失意之悲。

晁补之说："画写物外形，要物形不改；诗传画外意，贵有画中态。"[1]绘画作为图像的艺术，不能过多侧重文学的言说功能。诚然，其也不能单纯地只以诗意为审美追求，正如陆机所云："宣物莫大于言，存形莫善于画。"[2]张岱指出："诗中有画，画中有诗，因摩诘一身兼此二妙，故连合言之。若以有诗句之画作画，画不能佳；以有画意之诗为诗，诗必不妙。"[3]因此，艺术创造不能过分强调"一律"，而需要在一定程度上保留各自的艺术独立性。画的形象直观而情感含蓄，而词将画未尽之语补足的同时，又具有自身的审美特点。画意取词亦是，词意画需经过构思经营，取词佳处，画家需将词中意

---

[1]（明）李贽.焚书[M].北京：中华书局，1961：218.
[2]（唐）张彦远.历代名画记[M].俞剑华，注释.上海：上海人民美术出版社，1964.
[3]（明）张岱.琅嬛文集[M].长沙：岳麓书社，2016：114—115.

象重组、挪移，或增或减或改动，创作出可观赏的作品。郑思肖画兰无数，多不绘其根，众多题画词将其图绘形象与思想感情尽展露，写它三花一叶，写它托根无地，说它只合深山，说它浪迹无家。自对黄鹂语，移舟寻芳去，周晋词中人孤寂，其《点绛唇》一词的词意画却化一人为两人，她们楼上倚栏、水间行舟，遥对相伴。正是因为词与画具有独立性，所以题画词与词意画具有令人耳目一新的审美特性。它们不仅在一定程度上补足了所据画、词的表现空缺，自身还拥有深层的艺术意蕴。

古人对于山川万物的理解与自身生命情怀的表达，今日我们也可从这词与画中体会当时创作者的心境。站在词画对等的立场，观画赏词亦如同穿越千年的对话。读苏轼题《华山图》之词，我们可以理解他心中的怅恨；品周慕桥的《吴文英唐多令词意图》，我们可以看到芭蕉叶旁倚栏女子的忧伤。古人与万事万物的联系，体现在他们对事物的态度上，其中最多的为认同。高山巍峨，人乐以游之，填词作画以记之。山常与水相伴，二者都是自然界最有分量的事物之一，它们常引故国之思，也常被古人用以指代祖国。山河无声，但与人同行。菊残傲霜，鸡有五德，文人们会不由自主地赋予事物美好品质，让其成为表意的对象，抒不可抒之情。味东坡之感，纵天地乐观惬意；感易安之情，见人生百态悲欢；悟稼轩之骨，怅家国壮志难酬；品正道之图，观喧哗之市熙来攘往；看李嵩之画，感山间之农家野趣；绘李成之景，感壮丽之山河惟摹营丘。

总之，我们着力于"画境"与"词心"的相互对照，从文学与图像关系视角探讨宋画与宋词的差异性和关联性。站在中国艺术抒情性的角度，对词与画在艺术本质、发展历程、艺术意蕴、审美追求、艺术手法等层面做宏观讨论；以创作者的主体情怀为中心，对宋代绘画与词作中的山水、花鸟及其人物精神作出对比分析，对词与画在宋代的发展历程进行深层次的挖掘，总结不同的抒情形式有着相同、相似的主体情怀；通过对比分析词意画与题画词两种不同的艺术形式，重点探讨词与画在创作内容与表现形式方面的融通与开拓；并对宋代绘画与词在不同时期的不同作品所表现出的美学风格作一定阐述，以构成词与画的主要意象为基本着眼点，将词与画中的物象表达出的比兴寓意依类作出总结，阐释二者在美学特征、表现形态和题材选择、意象选择和意境营造等方面的异同。既着眼于"承传"又着眼于"通变"，将宋画与宋词放在历史的大背景和宋人心态的大环境中，解析它们的承传与革新。依此为前提，论及词与画的差异性和关联性对当代文艺创作、审美追求、理论思考等诸多方面的重要功能和研究价值，以此加深和丰富我们对宋代绘画与词乃至宋代文化的理解，进而探讨其给现代词、画创作带来的启示意义，以期能对当下文学艺术创作相互借鉴二者的创作手法和创作思想提供现实可行的思路。同时，也期望本研究作为抛砖引玉的尝试，能够引起人们对相关问题进行更大范围、更深层次的探讨、探索和发掘！

参考文献

1. （上古）伏羲，（商）周文王. 周易 [M]. 李择非，整理. 沈阳：万卷出版公司，2009.

2. （春秋）孔丘，等. 四书五经 [M]. 北京：线装书局，2007.

3. （战国）吕不韦. 吕氏春秋 [M]. 北京：线装书局，2007.

4. （战国）荀况. 荀子 [M]. 廖名春，邹新明，校点. 沈阳：辽宁教育出版社，1997.

5. （汉）班固. 汉书 [M]. 赵一生，点校. 杭州：浙江古籍出版社，2002.

6. （汉）许慎. 说文解字 [M]. 北京：中华书局，1963.

7. （魏）曹植. 画赞序 [M]. // 俞剑华，编著. 中国古代画论类编. 北京：人民美术出版社，1998.

8. （南朝梁）刘勰. 文心雕龙选译 [M]. 周振甫，译注. 北京：中华书局，1980.

9. （南朝梁）沈约. 宋书 [M]. 北京：中华书局，1974.

10. （南朝梁）钟嵘. 诗品注释 [M]. 向长清，注. 济南：齐鲁书社，1986.

11. （南朝宋）宗炳. 画山水序 [M]. 陈传席，译解. 北京：人民美术出版社，1985.

12. （唐）杜甫. 杜诗详注 [M]. （清）仇兆鳌，注. 北京：中华书局，1979.

13. （唐）杜牧. 杜牧全集 [M]. 陈允吉，校点. 上海：上海古籍出版社，1997.

14.（唐）李白. 李太白全集 [M].（清）王琦, 注. 北京：中华书局, 1977.

15.（唐）司空图. 司空图选集注 [M]. 王济亨, 高仲章, 选注. 太原：山西人民出版社, 1989.

16.（唐）张彦远. 历代名画记 [M]. 俞剑华, 注释. 上海：上海人民美术出版社, 1964.

17.（唐）朱景玄. 唐朝名画录 [M]. 温肇桐, 注. 成都：四川美术出版社, 1985.

18.（后蜀）赵崇祚, 编. 花间集 [M]. 刘崇德, 点校. 保定：河北大学出版社, 2006.

19.（南唐）李煜. 李煜词集 [M]. 王兆鹏, 导读. 上海：上海古籍出版社, 2013.

20.（宋）陈郁. 藏一话腴·外编卷 [M]. 台北：台湾商务印书馆, 1986.

21.（宋）邓椿. 画继 [M]. 北京：人民美术出版社, 1964.

22.（宋）郭熙. 林泉高致 [M]. 周远斌, 点校、纂注. 济南：山东画报出版社, 2010.

23.（宋）郭若虚. 图画见闻志 [M]. 邓白, 注. 成都：四川美术出版社, 1986.

24.（宋）韩拙. 山水纯全集 [M]. // 俞剑华, 编著. 中国古代画论类编. 北京：人民美术出版社, 1998.

25.（宋）胡寅. 斐然集·崇正辩 [M]. 长沙：岳麓书社, 2009.

26.（宋）黄静. 逍遥词附记 [M]. //（清）王鹏运. 四印斋所刻词. 上海：上海古籍出版社, 1989.

27.（宋）黄休复. 益州名画录 [M]. 成都：四川人民出版社, 1982.

28.（宋）李成. 山水诀 [M]. // 俞剑华, 编著. 中国古代画论类编. 北京：人民美术出版社, 1998.

29.（宋）刘道醇. 宋朝名画评[M]. // 俞剑华，编著. 中国古代画论类编. 北京：人民美术出版社，1998.

30.（宋）孟元老. 东京梦华录注[M]. 邓之诚，注. 北京：中华书局，1982.

31.（宋）米芾. 画史：外十一种[M]. 上海：上海古籍出版社，1991.

32.（宋）欧阳修. 欧阳修全集[M]. 李逸安，点校. 北京：中华书局，1997.

33.（宋）潘阆. 逍遥集[M]. 北京：中华书局，1991.

34.（宋）潜说友. 咸淳临安志[M]. 杭州：浙江古籍出版社，2012.

35.（宋）秦观. 淮海集·卷2[M]. // 文渊阁四库全书. 台北：台湾商务印书馆影印本，1986.

36.（宋）沈括. 梦溪笔谈[M]. 长沙：岳麓书社，1998.

37.（宋）苏轼. 东坡题跋[M]. 上海：上海远东出版社，1996.

38.（宋）苏轼. 苏轼文集[M]. 顾之川，点校. 长沙：岳麓书社，2000.

39.（宋）王安石. 临川先生文集[M]. 北京：中华书局，1959.

40.（宋）王安石. 王荆文公诗笺注[M].（宋）李壁，笺注. 上海：上海古籍出版社，2010.

41.（宋）王灼. 碧鸡漫志校正[M]. 岳珍，校正. 成都：巴蜀书社，2000.

42.（宋）吴曾. 能改斋漫录[M]. 北京：中华书局，1985.

43.（宋）宣和画谱[M]. 岳仁，译注. 长沙：湖南美术出版社，1999.

44.（宋）严羽. 沧浪诗话[M]. 北京：中华书局，1985.

45.（宋）俞文豹. 吹剑录全编[M]. 上海：古典文学出版社，1958.

46.（宋）张炎. 词源[M]. // 唐圭璋，编. 词话丛编. 北京：中华书局，2012.

47.（宋）张元幹. 芦川归来集（卷九）[M]. 上海：上海古籍出版社，

1978.

48.（宋）张载．张载集[M]．章锡琛，点校．北京：中华书局，1978．

49.（元）方回，选评．瀛奎律髓汇评[M]．李庆甲，集评校点．上海：上海古籍出版社，2005．

50.（元）王冕．王冕集[M]．寿勤泽，点校．杭州：浙江古籍出版社，1999．

51.（元）夏文彦．图绘宝鉴[M]．北京：商务印书馆，1938．

52.（明）董其昌．画旨[M]．毛建波，校注．杭州：西泠印社出版社，2008．

53.（明）胡应麟．诗薮[M]．北京：中华书局，1958．

54.（明）李贽．焚书[M]．北京：中华书局，1961．

55.（明）汪氏，辑．诗馀画谱[M]．孙雪霄，校注．上海：上海古籍出版社，2013．

56.（明）杨慎．词品[M]．//唐圭璋．词话丛编．北京：中华书局，1986．

57.（明）张岱．琅嬛文集[M]．长沙：岳麓书社，2016．

58.（清）陈廷焯．白雨斋词话[M]．彭玉平，导读．上海：上海古籍出版社，2009．

59.（清）黄氏．蓼园词评[M]．//唐圭璋，编．词话丛编．北京：中华书局，1986．

60.（清）况周颐．蕙风词话[M]．孙克强，导读．上海：上海古籍出版社，2009．

61.（清）厉鹗．宋诗纪事[M]．上海：上海古籍出版社，2013．

62.（清）刘熙载．刘熙载文集[M]．薛正兴，点校．南京：江苏古籍出版社，2001．

63.（清）刘熙载．艺概[M]．上海：上海古籍出版社，1978．

64.（清）王国维．人间词话新注[M]．滕咸惠，校注．济南：齐鲁书社，

1986.

65.（清）永瑢，等．四库全书总目·词曲序[M]．北京：中华书局，1965.

66.（清）张惠言．词选[M]．北京：中华书局，1957.

67.（清）张惠言．茗柯文编[M]．黄立新，校点．上海：上海古籍出版社，2015.

68.（美）姜斐德．宋代诗画中的政治隐情[M]．北京：中华书局，2009.

69.陈传席，顾平，杭春晓．中国画山文化[M]．天津：天津人民美术出版社，2005.

70.程昌明，译注．论语[M]．太原：山西古籍出版社，1999.

71.顾青，编注．唐诗三百首[M]．北京：中华书局，2012.

72.郭伯勋．宋词三百首详析[M]．北京：中华书局，2005.

73.胡云翼．宋词研究[M]．长沙：岳麓书社，2010.

74.蒋勋．蒋勋说宋词[M]．北京：中信出版社，2014.

75.金启华，张惠民，王恒展，张宇声，王增学．唐宋词集序跋汇编[M]．南京：江苏教育出版社，1990.

76.孔六庆．中国花鸟画史[M]．南昌：江西美术出版社，2017.

77.李德壎，编著．历代题画诗类编[M]．济南：山东教育出版社，1987.

78.李松石．两宋题画诗词研究[M]．北京：新华出版社，2021.

79.李希凡，总主编．中华艺术通史·五代两宋辽西夏金卷·下编[M]．北京：北京师范大学出版社，2006.

80.李学勤，主编．毛诗正义（上）[M]．北京：北京大学出版社，1999.

81.李泽厚．美的历程[M]．北京：生活·读书·新知三联书店，2014.

82.梁令娴．艺蘅馆词选[M]．上海：中华书局，1936.

83. 刘石. 诗画之间 [M]. 北京：人民文学出版社，2020.

84. 刘毓盘. 词史 [M]. 北京：商务印书馆，2015.

85. 路成文. 宋代咏物词史论 [M]. 北京：商务印书馆，2005.

86. 潘运告，主编. 宋人画论 [M]. 长沙：湖南美术出版社，2003.

87. 彭玉平. 唐宋词举要 [M]. 北京：商务印书馆，2014.

88. 钱锺书. 七缀集 [M]. 北京：生活·读书·新知三联书店，2019.

89. 石理俊. 中国古今题画诗词全璧 [M]. 北京：商务印书馆，2007.

90. 孙祖白. 米芾 [M]. 香港：中华书局，1975.

91. 孙祖白. 米芾 米友仁 [M]. 上海：上海人民美术出版社，1982.

92. 唐圭璋，编纂. 全宋词 [M]. 王仲闻，参订；孔凡礼，补辑. 北京：中华书局，1999.

93. 唐圭璋，编. 全金元词 [M]. 北京：中华书局，1979.

94. 唐圭璋. 全唐诗 [M]. 北京：中华书局，1980.

95. 王璜生，胡光华. 中国画艺术专史·山水卷 [M]. 南昌：江西美术出版社，2008.

96. 王水照. 苏轼研究 [M]. 上海：上海人民出版社，2020.

97. 王晓骊. 三吴文人画题跋研究 [M]. 上海：上海人民出版社，2012.

98. 吴企明，史创新. 题画词与词意画 [M]. 昆明：云南人民出版社，2007.

99. 谢桃坊. 宋词辨 [M]. 上海：上海古籍出版社，1999.

100. 徐悲鸿，徐悲鸿自述 [M]. 合肥：安徽文艺出版社，2013.

101. 许伯卿. 宋词题材研究 [M]. 北京：中华书局，2007.

102. 杨柏岭. 唐宋词审美文化阐释 [M]. 合肥：黄山书社，2007.

103. 杨大年，编著. 中国历代画论采英 [M]. 南京：江苏教育出版社，2005.

104. 叶嘉莹. 词之美感特质的形成与演进 [M]. 北京：北京大学出版

社，2007.

105. 俞陛云. 唐五代两宋词选释 [M]. 上海：上海古籍出版社，1985.

106. 俞剑华. 中国画论类编·下册 [M]. 北京：中国古典艺术出版社，1957.

107. 郁逢庆. 郁氏书画题跋记. 中国书画全书 第4册 [M]. 上海：上海书画出版社，2000.

108. 张洲，导读、注译. 柳宗元集 [M]. 长沙：岳麓书社，2018.

109. 周明秀. 词学审美范畴研究 [M]. 上海：上海古籍出版社，2014.

110. 朱良志. 曲院风荷：中国艺术论十讲 [M]. 北京：中华书局，2014.

111. 宗白华. 美学散步 [M]. 上海：上海人民出版社，2005.

112. 饶宗颐. 词与画——论艺术的换位问题 [A]. 师道师说：饶宗颐卷 [C]. 东方出版社，2017.

113. 程荣. 论"词中有画"——以柳永词为中心 [J]. 安徽农业大学学报，2011（6）.

114. 彭国忠. 唐五代北宋绘画与词 [J]. 学术研究，2008（11）.

115. 钱锺书. 通感 [J]. 文学评论，1962（1）.

116. 王万发，冯云轩. 宋代山水画与词的关系及其寄托情结 [J]. 重庆社会科学，2012（11）.

117. 王万发，冯云轩. 宋代山水画与词的美学特征 [J]. 重庆社会科学，2013（7）.

118. 刘睿. 城市空间视角下的宋词研究 [D]. 浙江大学，2017.

后记

拙著《心灵的栖园：郭熙绘画美学引论》出版之时，我曾感言："艺术，是我们生命旅程中一个个可以栖息的驿站。已近而立之年的我将学术钻研的第一站栖息在了宋代艺术之中，栖息在了郭熙'不下堂筵'就能'坐穷泉壑'的审美世界里。"如今，已近不惑之年的我仍然将学术视野聚焦在宋代的艺术世界里。

在《"画境"与"词心"：宋代词画艺术之美》中，我们试图通过"画境"与"词心"的相互对照，从文学与图像关系视角探讨宋代词与画的差异性和关联性，及其在承传演变上对艺术发展所发挥的巨大作用。此选题涉及语言艺术与图像艺术两大艺术门类，有必要且必须站在词、画对等的立场展开研究，要达到预想的目标需要有较为丰厚的学术积淀，然而本人学殖瘠茫，其中缺漏错讹乃至谬误在所难免，故恳请读者不吝赐教。

书稿付梓之际，我同样要以自己的一颗拳拳之心向所有关爱和支持我的人表达最真挚的谢意：感谢陕西师范大学陈刚教授为本书作序，他以其深厚的学养带领我走进艺术美学研究的"梦想国度"；感谢我的同门兄长冯云轩，本书的部分内容是《宋代山水画与词的关系及其寄托情结》《宋代山水画与词的美学特征》等文观点的延伸，这其中也凝聚着他的学术智慧；感谢我的硕士研究生王佳佳、蔡悦贞，他们参与了部分章节的资料搜集整理；感谢广西师范大学出版社的编辑，经过编辑们数次修正、审定，本书才得以顺利出版。另外，书中借鉴了一些学者的研究成果，除随文标注之外，再此一并表示感谢！

王万发

癸卯仲春于贵山之南